女人与猫

野莽 著

海峡出版发行集团 | 鹭江出版社

2018年·厦门

"走向世界的中国作家"文库
编辑委员会

主编： 野 莽

成员：（以姓氏笔划为序）

王池英（美） 立松升一（日） 吕 华

刘浩冰 许金龙 安博兰（法） 周大新

尚振山 贾平凹

不仅是为了纪念

——"走向世界的中国作家"文库总序

野莽

在一切都趋于商业化的今天,真正的文学已经不再具有二十世纪八十年代的神话般的魅力,所有以经济利益为目标的文化团队与个体,像日光灯下的脱衣舞者表演到了最后,无须让好看的羽衣霓裳做任何的掩饰,因为再好看的东西也莫过于货币的图案。所谓的文学书籍虽然仍在零星地出版着,却多半只是在文学的旗帜下,以新奇重大的事件,冠以惊心动魄的书名,摆在书店的入口处,引诱对文学一知半解的人。

这套文库的出版者则能打破业内对于经济利益的最高追求,尝试着出版一套既是典藏也是桥梁的书,为此做好了经受些许经济风险的准备。我告诉他们,风险不止于此,还得准备接受来自作者的误会,此项计划在实施的过程中不免会遭遇意外。

受邀担任这套文库的主编对我而言,简单得就好比将多年前已备好的课复诵一遍,依照出版者的原始设计,一是把新时期以来中国作家被翻译到国外的,重要和发生影响的长篇以下的小说,以母语的形式再次集中出版,作为中国当代文学的经典收藏;二是精选这些作家尚未出境的新作,出版之后推荐给国外的翻译家和出版家。入选作家的年龄不限,年代不限,在国内文学圈中的排名不限,作品的风格和流派不限,陆续而分期分批地进入文库,每位作者的每本容量为十五万字左右。就我过去的阅读积累,我可以闭上眼睛念出一大片在国内外已被认知的作品和它们的作者的名字,以及这些作者还未被翻译的本世纪的新作。

有了这个文库,除去为国内的文学读者提供怀旧、收藏和跟踪阅读的机会,的确还能为世界文学的交流起到一定的媒介作用,尤其是国外的翻译出版者,可以省去很多在汪洋大海中盲目打捞的精力和时间。为此我向这个大型文库的编委会提议，在编辑出版家外增加国内的著名作家、著名翻译家，以及国外的汉学家、翻译家和出版家，希望大家共同关心和参与文库的遴选工作，荟萃各方专家的智慧，尽可能少地遗漏一些重要的作家和作品。这方法自然比所谓的慧眼独具要科学和公正得多。

遗漏总会有的，但或许是因为其他障碍所致，譬如出版社的版权专有、作家的版税标准，等等。为了实现文库的预期目的，那些障碍在全书的编辑出版过程中，出版者会力所能及地逐步解决，在此我对他们的倾情付出表示敬意。

目录

女人与猫	001
失踪的小保姆	062
北路镇	082
父亲和他的七个情人	105
兄妹开荒	127
基辅罗斯餐厅	154
窗外的蜘蛛人	183
林老爷家的阴阳鞭	203

痛苦	224
好大一棵树	246
愤怒的青年	262
还乡记	276
寻人记	298
打狗记	318
代后记	343

女人与猫

她就站在小路边胡思乱想着,无意中得知这一家人居然和那一窝猫同样可怜。

1

一道黑光在裴太太的面前一闪就不见了,裴太太吃完晚饭正坐在院子里面乘凉,手里的团扇被吓掉在地上。她在脑子里还原了一下当时的情况,那道消失的黑光先是贴着地的,接着向上一跃,仿佛是朝着她家阳光房的房顶,在整个过程中没有发出一点声响。她心里的负担就越发沉重起来,捡起地上的扇子赶快进屋,一时间忘了女儿下周就要考试的事:"菲子,刚才有个黑乎乎的东西在我面前一闪,可我眨下眼睛它又不见了!"

"你的意思是说我们家里也在闹鬼?"菲子用这样的方式拒绝讨论这样的问题,在此之前她有一次听人议论,她家住的院子在前主人住着时曾经闹过鬼。

"这女子!只当我没说好吗?等你爸回来我和他说!"那件事裴太太也听说了,她为女儿的镇静和冷漠感到惊讶。

很晚的时候裴先生才带着一股酒气回来,裴先生在一家电视台上班,那里的人很少在家吃饭,能在深夜以前回来已经很不错了。裴太太对他复述完黑光一闪的事后，还笑着学说了一遍菲子的话，目的是希望他像女儿一样无动于衷。裴先生听了这话却一弹而起，大声喊道："可能是一只猫！黑猫！对，肯定是它！你看见它身上的疤没有？很多的疤？"

"当时就那么一闪，我要能看见它身上的疤不也能看清它是一只黑猫了？"

裴先生认为太太的话从逻辑上讲没错，就点了一下头说："这倒也是，何况夜里也是黑乎乎的。"

"你怎么知道它是黑猫，还知道它身上有疤呢？"裴太太在脱产成为职业太太之前是一名幼师，思考和提出问题是她多年以来养成的习惯。

"这个你别问了，说出来我怕吓死你们。"

"你在家我怕什么？菲子你早些去洗洗睡觉，我想让你爸给吓死！"

"看来还真是闹鬼了。"菲子继续用她的方式表达说。

裴先生带着一股酒气从头道来，在电视台上班的人一般都是很会说的，这和能经常接触节目主持人有一定的关系。他从这个院子在他买下之前发生的几件事情说起，那也是他能以最低的价格把它买到手的原因，这原因虽不是唯一的，但也算是其中之一。

这个院子原来的主人是一个煤老板，房产证上写着黄某，他家太太养了一只猫，很有可能就是新的房主裴太太今天看见的那只黑猫，那是一个十分稀有的品种，整个园区里就数它长得漂亮。黄老板除了这房太太之外别处还有几个女友，若非逢年过节，平时他都不在家住，这位黄太太也就和这只黑猫日夜厮守，相依为命。但是这只黑猫自从喜欢上了邻居家一只年长的白猫，就开始和男主人一样夜不归宿了，它和男主人的区别仅在于它是母的，而那只白猫才相当于风流成性的黄老板。它们常常在草坪上一棵参天的骚白杨下幽会，交配时发出的叫声凄厉惨烈，让黄太太听了长夜难眠。

黄太太对她的黑猫由爱生恨，更恨的还是那只夺走黑猫的白猫，她一心一意地要整死它，有一天大限已到的它正好来了。白猫被黑猫引导到她家后院的一个墙角里，两个就开始嘶叫起来，黄太太溜回厨房烧了一壶开水，悄悄拎到墙角边上朝着忘乎所以的白猫兜头一泼，白猫惨叫着滚下黑猫的身子，冲出墙角在院子里狂奔一圈儿就断气了。黄太太用开水烫白猫的时候黑猫躺在白猫的身下，开水泼下去不免连累到它，黑猫也驮着一身烫烂的皮肉往外逃命，还没逃出后院的栅栏门就一头栽倒在地上。黄太太觉得它们死在自己的院内会让她背上虐杀动物的罪名，就一手提着死了的白猫，一手提着没死的黑猫，趁人不备把它们一起扔进后院外的垃圾桶里，然后小心翼翼地盖上桶盖。

几个月后，黄太太在后院的栅栏门中看见了一只黑猫，接着就认出正是那天她没烫死的那一只，黑猫把脑袋伸在栅栏门的两根木条之间，一双眼睛望着她。她发现黑猫身上的毛掉了一大半，光秃处露出粉红色的嫩肉，过去那张漂亮的脸蛋现在丑得像鬼，下面还拖着一个大肚子，里面一定装满了那只死白猫的孽种。黑猫被她烫成这样居然还来找她，黄太太觉得无非有两个原因，一是认为她在烫白猫时误烫了它，后来把它扔进垃圾桶里也是误以为它和白猫一样死了；二是它心里什么都明白，但它为了生下肚子里的小猫，还想求她看在过去的情分上收留它们。黄太太站着想了想，走过去从地上抱起黑猫，再一次走向那个垃圾桶，黑猫在她怀里愣了一会儿，突然挣脱出来，跳到地上一路哀号着没命地逃跑了。

就从那天夜里开始，黄太太夜夜都会听到这样的号叫声，一边叫一边用爪子使劲拍打她卧室的窗户，像一个要来向她索命的冤家。有一次她听到响声拉开电灯，看见窗户外面直立着一个黑乎乎的影子，正把一张丑脸贴在玻璃上对她龇牙咧嘴，吓得她大喊大叫着，穿着内衣跑出门外。黄太太觉得这样的日子她不能再过下去了，再过下去只有死路一条，她就寻死抹喉地闹着要黄老板卖掉这个可怕的院子，让她搬到一处神不知鬼不觉，当然黑猫也找不到的地方住下。

黄老板为了家庭的和谐答应了太太，没想到的是出卖院子的原因传出去后,谁都不敢买这个凶宅,甚至来看一眼都怕沾上晦气。正是有了这个不利的因素,裴先生才以略高于十年前的价格把这个院子买了下来,此时这座城市的房产已经大大升值了。有人说他捡了便宜,也有人说他乘人之危,还有人说等着看吧,这个便宜可不是好捡的,遭报应是或早或晚的事。裴先生一不留神竟把这样不吉利的话也说给了太太听,但他立刻知道失口,接着就解释,说这话的多半是自己不敢买,看见别人买了又有些后悔,于是寄希望于这里出一点事让买者也感到后悔的人。

裴太太听得毛骨悚然,半天说不出一句话来。

"编,接着编,想不到我们家里还出了个蒲松龄。"菲子又用她的方式讽刺道,觉得这个故事和她听到的不是一个版本。

"年轻人,不要以你们有限的思维推论一切,刚才我说的都是真的,只不过我把它整理了一下,听起来像一个传奇故事是吗?"裴先生尴尬地笑了笑说。

"你说的这只黑猫是在黄太太家里,这事你又怎么知道呢?"裴太太终于还是说出话了。

"因为我除了知道黄太太,还知道黄太太家有一个家政助理,就是你坚决不要的保姆,她叫阿燕,黄太太搬走以后她没跟着黄太太走,而是到园区另一家去做保姆了。那个阿燕什么都知道,还知道那只黑猫是怎么从垃圾桶里逃出来的！菲子，我再告诉你一个秘密，阿燕差点儿被我请到家里来照看你们母女两个，是遭到你妈的抵制我才打消了这个念头！"

"既然那个黄太太已经搬走了，这只黑猫还来干什么呀？"裴太太没听进去裴先生后面的话，缓过劲儿来以后忧心忡忡地问。

"可它不是阿燕，也不是我，它怎么知道黄太太搬走了呢？再说黄太太搬走了并不等于黄太太把这个院子也搬走了，它的脑子里还死死地记着这个院子……没事的，你也别在意，以后大家都提高一点警惕就是了。"

裴先生打了一个大呵欠，结束谈话去睡觉了。

2

裴太太第二次看见那道黑光，是她一夜未眠之后的第二天清早，裴先生去了电视台，菲子去了学校，院子里又只剩下了她一个人。听过昨晚丈夫带着一股酒气的讲述，她对那道黑光算是有了形象的认识，内心那种无可名状的恐惧消失了，但是另一种担忧却随之而来，现在她最害怕的不是菲子讽刺的闹鬼，而是那只黑猫，如果它真是丈夫说的那只黑猫的话，万一把她错认成过去的女主人，又跑到她的卧室窗外进行报复，她的胆子可没有那个已经独居惯了的黄太太那么大。

这次的黑光闪过时稍微慢了一点，被她看了个一清二楚，那的确是一只黑猫，浑身的确是伤痕累累，其实它身上剩下的黑毛和露出的白皮混杂在一起，远看是一只大花猫，近看可就是一只癞皮猫了。它的嘴里叼了一个银光闪闪的长条形东西，模样像一条鱼，大概正是这样才影响了它奔跑的速度，如果蹿得太快的话，中途碰到障碍会掉下来。裴太太昨天看见的是它先在地上横着一扫，接着向上斜着一跃，今天发现它的全套动作却是分为三次的，第一次是从院外蹿进院里，第二次是从地面蹿上院墙，第三次是从墙头蹿上房顶。不错，应该叫蹿。它蹿上的那个房顶是原来的房主在小楼外面加盖的阳光房的顶子，大约有四米高。裴太太把黑猫这一套动作分解开来，感觉就好比电视里灌篮高手的三大步，最后凌空一个高跳，把手里的篮球灌进了篮筐。

她来不及思考这只癞皮猫嘴里的鱼来自何处，首先想到的是它为何要把鱼叼上房顶，按照流浪猫的正常行为，它可以找个相对隐蔽的地方吃掉这条鱼，最明智的选择应该是某个垃圾桶边。裴太太有一次去倒垃圾，亲眼看见两只猫在一个写着"厨余垃圾"的绿色塑料桶边抢着吃一根鸡肠子，那样子像饿疯了。园区里有人把那种猫叫野猫，其实它们过去是有主人的，因为老了、病了、不好看了，主人就把它们扔出门外，所以她按规范的说法称它们弃猫。这么想着她的思路又拓宽了，怀疑它正是闻到鱼的腥气，才顺藤摸瓜从垃圾桶里翻出鱼来，而这条鱼正是出自黄太太把它烫个半死又扔进去的那只垃圾桶。它完全可以就地取材，原地吃掉，那样做的好处是还能减少路途的风险，比方说有可能遭到狗的追击。

　　昨晚裴先生有几句话她记住了，一是这只癞皮猫在它还没癞时已有孕，二是黄太太下手之前怀疑它肚子里的是那只白猫的种。裴太太心想这就对了，根据这个她可以做出以下判断——她家阳光房的房顶上一定有它做的猫窝，那里面一定藏着出生不久的小猫，它嘴里叼着的鱼一定是要喂给它的孩子们的。她的心里有一种说不清是紧张还是恐惧的滋味，此外她还莫名其妙地感到惊喜，好像是因为这只死里逃生的癞皮猫竟然有了孩子。她想把眼前的事情弄个水落石出，证明她的想象是与不是，于是她转身回屋，爬上二层，进入卧室，走到窗边。这个卧室的窗外正好是前主人搭建的阳光房，从窗户翻出去直接就能踏上房顶，不过裴太太自从离职以后身体就开始发胖，不方便还像很久以前那样翻窗而出，她只能悄悄地隐在窗户后面，透过两扇窗帘的缝隙向外偷看。

　　阳光房的房顶略微有点向外倾斜，那是为了下雨天不至于积水，房顶上散落着一些树木和竹子的枯叶，倒是没有发现动物的影子。裘太太不相信自己亲眼所见的黑猫会隐身术，眨眼工夫就和它嘴里的鱼一道消失，她的眼睛沿着房顶的四边展开搜索，果然在空调机的内侧发现了不明物。那是一台卧室空调的室外机，与墙壁之间有一道半尺多宽的夹缝，裘太太看见那道夹缝里拥挤着一排毛乎乎的小东西，有黑的，有白的，还有一道黑一道白的，它们正兴致勃勃地埋头进餐，她数了数，总共是五只。

裘太太对它们的毛色产生了兴趣，结合丈夫说的那只被黄太太烫死的白猫，她从遗传学的角度想着，白猫和黑猫生的小猫，可不就是有黑有白还有一道黑一道白的！她继续寻找生下它们的癞皮猫，最后在房顶通往夹缝的入口处找到了它，这只皮疤肉癞的母猫横卧在那个狭窄的地方，一夫当关地守卫着它的孩子们。裘太太看出它自己还没有吃东西，因为它那至少烫了五个大疤的肚子瘪得像一块打着白补丁的黑布口袋，松松垮垮地向下耷拉着，正在一抽一噎地喘着气。

它的一张癞脸幸福地对着那五只小猫，两只玻璃球一样的眼睛里释放出温存慈爱的光芒。裘太太被它这表情和目光感动得心都软了，她由此联想到她和菲子。菲子小的时候她就是这样，每天清早起来先给这小家伙做好了吃的，自己才草草地吃上几口剩餐就去上班。那年头她在幼儿园里上班，离丈夫让她做全职太太还有三年充实的时光。即便现在,她整日待在家里,菲子也上了学,很多时候她还会捡起从前的习惯,饿着肚子让菲子吃好了先走,比方说女儿的学校组织了重要活动,老师嘱咐学生一定要提前到校。

忽然间她的心悬在了空中,她发现五只小猫里身体最小的一只,全身一道黑一道白的小猫看上了空调室外机上的一根管子,似乎把它当成了一个庞然大物的尾巴,用两只前爪抱住它高高兴兴地玩耍着,样子像幼儿园的孩子玩拔河的游戏。这可把她吓了一跳,以她对电器似是而非的一点知识,她觉得幸亏被她无意中看见,不然等到晚上她一开空调,那个可爱的小玩意就会被电流击中。供应商安装空调的时候她曾趴在窗口观察,那根缠着一层白色胶带的管子里面是一根指头粗的金属丝,金红色,大概是铜丝之类,小花猫在玩耍中一旦用爪子抓破外皮,露出的核心正是导电之物,这五只小猫一只挨着一只,一旦触电一只也逃不走,而癞皮猫要去营救它的儿女,必然会和它们葬身一处。

裴太太感到蹊跷的是,自从担心阳光房顶上的空调室外机能电死可爱的小猫,这时候的气温好像特意要试一试她,忽然之间就热了起来。她的身子发胖以后,一到夏天特别怕热,比丈夫和女儿都更离不开空调,每晚睡觉以前必先释放一会儿冷气,因此她可不能为了自己的凉爽而成为这样的杀手。这只身世传奇的癞皮猫已经够悲惨的了，现在虽说是大难不死必有后福，但只要她一按空调的开关，那幸福的一家子顷刻就会大祸临头，全世界无论是人间还是猫间，都没有比这更大的大祸了！

她的心里这么想着，手不由得轻轻一抖，守卫在夹缝边的癞皮猫好像听到哪里有一丝轻响，一纵身就站了起来，两眼迅速地向她张望。它的眼珠亮得像一对黄色的玻璃球，在两个秃毛的圆眶中滴滴溜溜地转动着，当它发现了眼前正在晃动的窗帘，只听它嘴里发出一种类似喷水的短促声音，身上一丛丛杂乱无章的黑毛瞬间全部竖起，让那些皮开肉癞的部位陷得更深，面积也显得更大，颜色由于情绪的紧张由白变红，看上去可怕极了。五只小猫听它发出这个危险的信号，纷纷相依为命地挤成一团，连那只最顽皮的小花猫也松开了室外机的尾巴。这一下反倒把裴太太给吓坏了，她一松手合上帘缝，离开窗边，退出门外，贼一般地轻手轻脚地走下楼去，长长地吸一口气再吐出来。

经过这上上下下的一番折腾她有些累了，很想躺一会儿。过去每天中午她要躺上一个小时左右，这是她从前工作时养成的午睡习惯。但她今天是睡不着的，她只是要躺着想想怎样才能救出这一家六口。问题是她觉得自己再一露面必然又会惊动它们，最好连二层的卧室也别再进去，要躺只能躺在一层的客厅沙发上。她躺下不久又爬起来，屋前屋后走了一遍，低头寻找着一样东西，没有找到就再躺下。这时她听到有人在外面嚷叫开门，声音好像是菲子的，起来一看正是菲子放学回来了。她扭脸看了一眼墙上的挂钟，问道："怎么回来得这么早？"

"今天是周末你都忘了，我倒要问你怎么见了我这么慌呢，是不是趁我爸不在家你约男朋友了？"菲子看她头发散乱，脸色泛红，故意伸长脖子做侦探状。

"看我不打死你！哪有这样和妈妈说话的！你回来得早倒也是件好事，我正想问你还记不记得上次那只泡沫箱放在哪里了呢。"裘太太有时想入非非，如果自己不辞去幼师，女儿也不长大，她们母女之间再加一层师生的关系，菲子就不敢明目张胆地欺负她了。

"泡沫箱？装螃蟹的泡沫箱？"

"是的，那次你爸让你扔我没舍得，我看它很好看也很结实，想着以后会有用。"

"有什么用？一次性的工具，螃蟹吃完它就成了垃圾，垃圾就该扔进垃圾桶里，垃圾桶扔不下我把它扔到垃圾桶外边了，在这个问题上我和我爸的观点高度一致！"

"原来你还是把它扔了！可它现在真到了有用的时候！"

"你想干什么？"

"知道吗？你爸爸说的那只黑猫就住在咱家阳光房的房顶上！空调室外机后面的夹缝里！它生了五只小猫，其中有一只抱着室外机的电线玩呢，晚上我一开空调不就电死它了？电死一只不就会电死一窝吗？所以我想把它们装进一只箱子里，家里有纸箱，可纸箱怕淋雨，一淋雨就成了一堆烂纸浆，只有泡沫箱……"

"哈哈哈哈，妈你别逗了，你懂不懂物理呀？空调室外机上那不是电线，那是管子，它是不可能导电的，你别杞人忧天了，让人知道了笑掉大牙！"

裴太太听说那东西是管子而不是电线，一愣之后又是一喜，但她不怕女儿嘲笑，接下来又杞人忧天了："谁说它不是电线？它万一是电线呢？不行，那可是几条活生生的命，为了保险起见还是得找个泡沫箱把它们装起来，没有比装在泡沫箱里更好的了，我总不能给它们盖间房子吧？呃，对了，为什么不能给它们盖间房子？不过那是下一步的事，当务之急还是到哪里去找一个泡沫箱……"

"你要是闲着没你就去实现你的猫道主义吧，反正我是不会去找什么泡沫箱子的，我倒衷心希望房顶上有一根高压线，把那窝野猫统统电死了才好！不管它以后会不会像我爸说的那样夜里来吓我们，就说医学证明它的身上有一种病毒，住在我们家不也是对我们莫大的威胁吗？好了，不说这个了，我认为当务之急是吃饭，我都饿了！妈！"菲子在空中做了一个果断的手势，卸下书包就往厨房走去。

裴太太嘀咕着："这孩子，怎么像是黄太太的孩子呢？"

3

昨天中午没有睡好的裴太太,昨天夜里仍然没有睡好,原因是她被菲子那句"我和我爸的观点高度一致"吓破了胆。她把她们母女二人昨天的对话回顾了一遍,竟然后悔自己把那只黑猫和五只小猫住在她家房顶上的事告诉了菲子,这等于让一个有关生命的机密被一个不可靠的人捏在了手里。她应该从菲子平时接人待物的态度,由此及彼地想到对待动物,尤其是对待一只半夜跑来吓唬主人的癞皮猫,菲子会是什么态度。等到裴先生晚上回家,她就再也不敢对他说了,不仅自己不说还怕菲子替她说,害怕他们两人勾结起来,把那个可怜的六口之家一窝端掉。她采取的办法是切断他们之间的联系,催着父女二人早些回房休息,她几乎每隔三五分钟就唠叨一遍,简直可以说是不厌其烦。

其实没心没肺的菲子早把猫的事给忘了,由此对她产生了另外的怀疑,在她的耳边笑着小声说道:"你是不是忒想和我爸做爱了?那我就成全你们吧,拜拜,晚安,明儿见。"

裴太太这时的心理是只要能让房顶上的猫们平安度过这个夜晚,自己宁可做出被女儿猜中心思的尴尬表情,心想就让她得意去吧,也小声笑着回了一句:"看我不打死你!还不知道你成全谁呢!"

裴先生听到她们母女的对话，自然也生出同样的误会，但他听从召唤，一切收拾停当，匆匆忙忙地上床之后，却发现她并没想做女儿说的那件事情，只是提出和他在床上交换一个位置。过去他睡在靠窗那边，她睡在靠门这边，双方的边境线是床头画上两只鸳鸯之间的一枝荷花，今夜她坚持自己要靠着窗睡，这就第二次把他导入了误区："我明白了，人一发胖就怕热，那我索性把窗户打开给你透一透气儿！"

"别，千万别开窗！"裴太太慌得差点儿从床上跳到床下。

"我明白了，胖人更怕蚊子，那我给你打开空调！"

"别别别，空调能把好人吹病，把病人吹死，你想吹死我还是怎么的？"

裴太太一听空调全身发麻，就像她担心的小花猫触电那样，为了防备丈夫坚决要开，她再一次跃身而起，将空调的遥控器一把抓了过来，又顺手塞在枕头底下，用脑袋死死地压着它。

"你说不开我不开就是了，看把你吓成了什么样子，难道一开人就真的死了不成？"裴先生哈哈大笑。

裴太太有一句心里话强忍着没说出来，如果说出来就是："知道不会死人，但是会死猫，你没见多好看的一只花猫呀，一道黑一道白的，像一个人见人爱的毛绒玩具！"

前天裴先生提到黑猫时曾经说过以后要提高一点警

惕，但他说完这话过了一夜就忘记了，更不知道那只黑猫和它的孩子就住在他家的阳光房顶上，还和他家的空调有一定的关系。看裴太太不说话了，他又乘胜追击地补充了一句说："你不会因为电费涨了，宁可热出病来也舍不得开空调吧？"

"你说对了，我就是抠门儿，我就是要钱不要命！"裴太太痛痛快快地作践自己说。

整个夜晚她连身子都不敢翻，更不敢合上眼皮，虽然她从白天熬到晚上已经困得特别想睡，但她害怕一睡就睡过去了，丈夫会趁她睡着之后把空调打开，呼的一响，窗外六条命就没有了！她对菲子嘲笑她不懂物理始终半信半疑，正是其中还有怀疑的因素，所以她最后宁可选择不信。裴太太就这么头枕着遥控器，脸对着窗户盼望天亮，天一亮就好了，裴先生明早要上班，菲子明早要上学，院子里又只剩下她一个人了。要说还有的话，那就还有房顶上一只大猫和五只小猫。

天亮后这一家人先后起床，裴太太做好早餐让父女二人吃了出门，自己随便吃点也随后出门了。她的目标是后院外那一排垃圾桶，这是菲子为她指明的寻物方向，昨天菲子告诉她，扔不进垃圾桶的泡沫箱只能扔在垃圾桶边，根据这个不知对错的规则，园区里的其他房主可能也都保持这种做法，那么她就去那里寻找一个她需要的泡沫箱吧。竖在那里的垃圾桶总共三个,排成一排,一个上面写着"厨余垃圾",一个上面写着"其他垃圾",一个上面写着"可回收垃圾",三个垃圾桶都是深绿色的,雪白的泡沫箱应该和它们形成鲜明的对照。但是裴太太老远并没看见这个东西,在距离垃圾桶一米左右倒露出了一点白色,那却是果树根部刷的石灰,环卫工人每年冬天用它来杀死病虫。

裴太太在失望中看见一个身穿橙色马甲的女人,戴着一双伸到肘拐的黄色胶皮手套,提着几只巨大的黑色塑料袋向那里走去。在那女人走过的小路上停着一辆手推车。身穿橙色马甲的女人走到一个垃圾桶边,把盖子掀开,从中掏出装满垃圾的黑色塑料袋,扎好袋口先放在地上,再把手里的空袋套进桶里,盖上盖子,接着又去掀开第二个垃圾桶的盖子。裴太太心中嘀咕,过去来清理垃圾的保洁工都是男人,负责这一片的那个男人又黑又瘦,每次见面都对她憨憨一笑,嘴里的门牙掉了几颗,女人干这活儿的好像还没见过。

她继续向那女人靠近,希望把自己想要一个泡沫箱的信息传达出去,随口问那女人:"是刚来的吗?"

"你是问俺?是啊,俺是来顶替俺男人的……"女人有些慌张地扭脸看她。

听说顶替男人,裴太太马上就看出了夫妻相,那女人也是一张又黑又瘦的脸,只是门牙一颗不少,像一排金黄结实的玉米粒。"噢,你们干这个还能……顶替?"

"是啊,哦,不是,本来是没有顶替这一说的,是你们这些当大领导的可怜俺们家的困难,不嫌弃俺是个女人,经过研究才批准俺来顶替,听说上回有个儿子想顶替老子,你们当领导的都没有批……"

"你认错人了,我不是这里的领导,你说的是物业的人吧?我只想随便问问……你男人怎么不来了?是不是家里的农活儿忙起来了?"

"不是的,地里的麦子都割罢了,他的兄弟也多,是他得了病不能来了……"

"噢,什么病?有病恰恰要到这里来治,大城市才有大医院呀!"

"俺也没记住是啥病,大医院说没治了,只能活一天是一天呗!唉,本来俺该在家里侍候他,可他要吃药,儿子要上学,家里还有两个老的要人养活,他给俺下跪求俺来顶替他!你以为俺这一大把年纪的女人家愿意出远门哪?"

那女人相信了她不是这里的领导,情绪一下子松弛下来,裴太太分析那女人刚才的紧张是担心自己一句话没有说对,会让顶替男人的好事受到影响,一时间忘记她是来做什么的了。她就站在小路边胡思乱想着,无意中得知这一家人居然和那一窝猫同样可怜,幸亏那女人还能顶替男人的工作，来这里挣钱回去救夫养家，在这点上又和那只伤痕累累的癞皮猫有几分相似。这么想着她的话题又回到来找泡沫箱的事了，对那女人说："你每天在这里清理垃圾，看没看见有人往这里扔泡沫箱？就是那种四四方方的白箱子，比纸箱子要硬扎得多的？"

"俺晓得的，你一说俺就晓得了，那样的箱子昨天俺还清理走了一个，可俺今天还没看见有人来扔。你问那箱子做啥呢？"

"我想拿它装几只小猫，有一窝猫住在我家的阳光房顶上……"裴太太长话短说，不必从头叙述小花猫在她家空调室外机的夹缝里玩耍的事，学说一句菲子嘲笑她的话，那女人比她更不懂物理。

不料那个不懂物理的女人一听说装猫，忽然大声嚷起来："你拿这个箱子装猫？俺男人就是拿这箱子装猫呢！俺男人说他有一天在垃圾桶里捡到一只黑猫，那猫一身连皮带肉被人烫得稀巴烂，他当它是死的，往外拖垃圾袋时看见它肚子还在噎气，就把它抱出来了。俺男人说，那天正好有人扔了一个泡沫箱在这里，他顺手就把猫装在那个箱子里，带回他的住处，给它买药，给它换药，喂它喝水，喂它吃食，清早出来干活儿把它锁在屋里，晚上回家把它抱到床上一起睡觉。赶巧那猫又是个母猫，同屋住的人都笑他从哪里捡了个癞媳妇儿！还说那母猫的肚子大了，肯定是俺男人给搞大的！"

"天哪，原来还是他！那他后来怎么又把它放了？"裴太太想起昨晚丈夫说过，那只黑猫后来又出现在黄太太面前，那应该是在这个男人救走它了之后。

"你咋晓得俺男人把它放了？那不是他要放它，那是他得了重病，泥菩萨过河——自身难保了，临要回家才托付给同屋的人，他们是十多个人住一屋！唉，都说老天有眼，都说做好事的人有好报，可俺男人呢？俺男人呢？他做了好事咋还要得病呢？……你说的莫不就是那只猫？那只猫莫不是又从俺男人托付的人手里跑了？"那女人更加大声地惊问着。

"很可能！你刚才的话都是你男人亲口告诉你的吗？"

"他不说俺咋晓得？俺为啥要编假话？编假话又不能挣钱给俺男人买药吃！"

现在裴太太可以肯定，世上的事情就是这么碰巧，这个女保洁工的男人救走的黑猫，就是她家阳光房顶上的那只癞皮猫。她突然从衣兜里掏出十元钱来，按在那女人的手心里说："麻烦你个事，你注意着帮我找一个泡沫箱，就是刚才我们说的那种，什么时候有了什么时候告诉我吧，当然是越早越好！我住在这个园区的6排6号，你在小院门口喊一声就能听到！我姓罗，喊我罗姐！"

"哎呀，俺也姓罗……麻烦个啥？不就是一个废箱子吗？俺帮你找着送来就是了，咋能要你的……"那女人听明白了她的意思，追上来要把手里的钱还给她，她已经快速地走向她的小院了。

裴太太回到家里，身上出了一层碎汗，不过她的心里高兴起来。简直像听传奇故事，今天她无意中听说了那只黑猫是怎么从垃圾桶中逃出来的，她敢说这件事就连第一次给她讲起黑猫的丈夫都没听说过，这个院子的前主人黄太太就更是蒙在鼓里了。同时让她高兴的是她还认识了一个女保洁工，通过那个女人又知道当时是谁救了这只黑猫。但是当她一想到那个男人好心没有好报，病得快要死了的时候，她又开始难过了。

4

裴太太遇见阿燕也是一次偶然。这天清早，丈夫和女儿走后她又坐在院子里，等着那只癞皮猫嘴里叼着食物蹿上阳光房的房顶，却不敢再从卧室的窗帘缝里去偷看它。这时她发现对面有个推着一辆婴儿车的中年女人正在打量着她的院子，目光似乎有些深情，无意中连脚步都停顿下来，被她注意到了以后赶忙转移视线，一边向前走动，一边对着婴儿车里说话："噢，我们的宝宝要回家是吗？那我们就回家吧，噢，噢。"

她觉得像在哪里见过这个推婴儿车的女人，再一想又像就在她这院子门前，竟鬼使神差地想起丈夫对她说起的一个人来，试探着叫了一声："阿燕，是阿燕吗？"

女人惊慌地回头望她："你咋认得我？"

这么一问就等于承认自己是阿燕了，裴太太笑着骗她说："我这人会算，看一眼就能算出你姓什么，叫什么，以前在哪里住过，你是不是在这个院子里做过保姆？"

阿燕又是一惊，接着笑道："你是诈我呢，肯定是你听说我给黄太太家做事，看见我老往这院子里望，就猜中是我了对不对？"

裴太太说："你说得对，进来坐坐吧，我还有事想问你呢，听说黄太太搬走以前家里养过一只很漂亮的黑猫，你知道那只黑猫后来哪里去了吗？"

阿燕这次是大吃一惊，慌忙左右看看，推着婴儿车快步进到院子里，又往后看看，回过头来伸长颈子小声道："你说的是黑桃皇后？哦，黑桃皇后是黄老板给那只黑猫取的名字，那个黑桃皇后和邻居家的白马王子缠上了，白马王子是那只白猫的名字，这两个骚东西不晓得是从哪里弄来的种，发起情来叫得那个难听！黄太太那段日子总跟黄老板闹架，脾气坏得很，一赌气烧壶开水要烫死它们，我挡都挡不住她，差点儿把我都给烫了！可没想到一个烫死了，一个还没烫死，她让我扔我不敢扔，她就自己提着两只猫，一起扔进后院外面的垃圾桶里了！可没想到黑桃皇后又跑了出来，过些天每到半夜三更的时候就在黄太太睡觉的房间外面怪叫，黄太太都快被吓死了，这样她才把这院子卖了搬走，不然打死她也舍不得离开这里！你家肯定是没听说这事吧？听说就不会买这院子了！好多人本来都想买……"

裴太太见她忽然把话打住，意识到自己失口了一样，心跳得更快，嘴上却笑了，说："说吧，没事的，不过她搬走不会是这一个原因，只为这个她再烧壶开水烫死它就是了，或者想个别的办法斩草除根，何至于怕一只猫宁愿卖一个院子？"

"哎呀，你咋晓得还有别的原因？"

"刚才我不是说我会算吗？"

阿燕就又一笑，把一张尖嘴贴在裴太太的耳朵边上小声说："她还怕邻居晓得了白马王子是她烫死的，要想法报复她，还要把她告到法院让她赔猫！听说那白马王子比黑桃皇后还值钱，要抵这个院子里的半层楼！……这事可别说是我说的啊！"

裴太太嘴里"哦"了一声，把她的说法和丈夫的说法再加女保洁工的说法汇总起来，点了一下头，说："听你这么一说这个故事就算吻合了，原来还是一个皇后和王子的爱情故事！那我再把后面的故事讲给你听吧，你猜怎么着？

黑桃皇后给白马王子生了一窝小王子,总共五只,就在我家阳光房的房顶上,我正要找个泡沫箱让它们先住着,以后再想法给它们搭一间猫房呢!"

阿燕听得眼睛都瞪圆了,刚想问一句什么话,这时候不远处有个身穿橙色马甲的女人手里提着一个白色的东西,兴冲冲地朝这院子走来,一边走一边用乡下口音叫嚷着,叫嚷的什么有些含糊不清。裴太太一见她来就扔下阿燕,急着向她迎过去说:"正和人说着泡沫箱呢,你这就给我送来了!"

顶替男人的女保洁工盯着裴太太的眼睛,觉出那里和前天见面时不大一样,脱口问道:"啊,你这眼睛是咋的啦?俺看着就像肿了一样!"

"可不是吗?连着两个夜晚都热得睡不着,又不敢开空调,今天你再不来……"裴太太见她连自己眼睛浮肿都看出来了,心里越发感动,张开双手去接过她怀里的泡沫箱。

"快别沾手,这是俺从垃圾桶里拣出来的,你说放哪儿俺就给你放哪儿!"

"那我就太谢谢你啦!可你得跟我进屋里来,上到二楼的卧室,从我的卧室窗户翻出去正好是阳光房的房顶,那一窝猫就住在那里!"

她正要带着女保洁工一道进屋,阿燕用推婴儿车的一条膀子碰她一下,又小声说:"不能随便让生人进屋里去,未必你连这个都不晓得？"接着提高了声音说，"其实不用进屋里去，黄太太走时不是扔下一架梯子在后院吗？那架梯子是施工队在搭盖阳光房时比着房檐的高低钉的，有一回房顶上面积雨，天晴了黄老板还爬上去扫过树叶！"

裴太太明白了她的意思，女保洁工好像也明白了她的意思，对她咧了一下嘴就止步不前，有自知之明地抱着泡沫箱在原地待命。裴太太按照阿燕的提示，果然在后院找到一架梯子，那是用两根长木杆和十多根短木条钉起来的，自从裴太太搬来以后一直横躺在后院的栅栏边，上面沾着一些泥土和草屑。裴太太为了院子的美观，曾经让丈夫把它清扫一下竖在后墙上，或者索性当作废物扔了，这意见并没有被那位电视台的人采纳。

这个顶替男人的女保洁工力气真大，放下泡沫箱就把梯子竖了起来，又独自把梯子扛到阳光房和院墙邻近的房檐边，试了试它的结实程度，抬腿往上登了一级，一手攀梯，转过脸来让裴太太把泡沫箱递到她的另一只手中。裴太太记得这里正好是癞皮猫黑光一闪蹿上房顶的位置，想不到她们两个不谋而合，共同相中了这条上房的路线，她站在梯子脚下紧张地仰望着那女人，当眼前那件橙色的马甲刚刚能和房檐平齐，就开始等不及地问道："看见了吗？一只大的，五只小的，有黑的有白的还有一道黑一道白的，大的那只身上到处都是疤，哦，你应该认得它的，就是你男人对你说过的那只被烫过的黑猫！"

她反复不断地问着这样的话，问到手举泡沫箱的女人肚子高过房檐，接着大腿也高过房檐，再接着把上半个身子伏倒在房檐上，最后四肢都横卧到房顶上了，仍说没有瞅见。裴太太着急起来，以少有的大声喊着："你再往空调室外机的后面看看，就是挨着墙的那道夹缝，前天它们全都藏在那里！怎么？一只都没有了？都到哪里去了？哎呀，不会是……"

女保洁工把全部身子都移上房顶之后，就站立起来，双手端着泡沫箱向裴太太指定的方位走去，走了十几步突然发出一声大叫："俺瞅见啦，那里真的有一窝小猫，一只，两只，三只……总共五只，可是只有小的，没有大的呀，你说的那只大黑猫到哪儿去啦？"

听了这话裴太太的心里一喜一忧，喜的是五只小猫还在，忧的是一只大猫没了，她一边指挥女保洁工再仔细找找，一边猜测那只癞皮猫是不是出去给儿女们打食还没回来，自己却返身进屋，上到二楼，直奔卧室。因为缺少了那只无比警觉的老猫，她不必再把自己隐藏在窗帘缝里，索性一不做二不休地拉开窗帘，贴着玻璃往外面观看。她看见受命上房的女保洁工正好面对着她，两条粗腿很不雅观地左右撇开，形成一个八字蹲在了房顶上，一双枯瘦如柴的脏手一次一次地伸进空调室外机后的夹缝。那双手每伸一次，嘴里都要学着老猫颤悠悠地轻轻叫一声"喵"，弯曲的手掌合并成一只小瓢，像在小河里舀水一样向前游去，进去的时候手上空着，出来时手心就多了一个毛绒小玩具。这样进去四次，出来四次，前后已有四只小猫轻而易举地进入了那个泡沫箱里。

裴太太发现那女人是个捉猫的高手，心想着过去莫非是在乡下养猫，养大以后带进城里卖给黄太太那样的人，不然何以有这么高明的办法。当她接着再往下想，想到那女人会不会是一个猫贩子时，立刻就责骂自己不知好歹，甚至是有点恩将仇报，逼着自己赶快断了这个念头！她看见最后一次，那女人的嘴里颤悠悠地叫着"喵"，把手伸向那只抱着室外机的管子玩游戏的最小的小花猫，不妙的事发生了，这小玩意竟和那四只乖猫大不相同地发起疯来，又抓又咬，喉咙里发出可怕的叫声，逼得那女人的身子直往后退。裴太太不顾一切地打开窗户，把头伸出窗外，两只手也在外面不起作用地抓挠着，惊恐万状地大声呼道："哎呀，小心可别从房顶上掉下去啦！"

女保洁工在她的呼喊声中站稳了脚跟，再次出手，到底还是把那只最小的小花猫捉进了泡沫箱里，裴太太拍着心窝，出了一口长长的气。在整个捉猫的过程中，它们的母亲癞皮猫自始至终都没有出现，窗户内的裴太太就更加坚定了对它出去打食的猜测，现在这五个手足同胞紧密地团结在一起，动静渐渐小了下来，接着就无声无息了。女保洁工循着裴太太声音的源头知道了她所在的位置，双手抱起泡沫箱来，再用一只手托着，腾出另一只手"啪啪"地拍打箱体，又向她叉开五指，表示这箱子里小猫的数量。裴太太见那泡沫箱被拍得在空中摇摇晃晃，慌得高叫："快别比画了，赶紧两只手把它抱住！"

"放在哪儿呀？"那女人笑着问她。

"先抱过来让我看看！"裴太太的手像汤勺一样往怀里舀着。

那女人就一步一晃地把泡沫箱抱到窗前，让她亲眼检阅自己的战果。

"啊，我的小乖乖啊，这下子就电不着你们啦，先在里面委屈几天，过些日子再让人给你们盖间小屋子好不好？啊，出来了是不是有点儿晒啊？那我再去拿把伞来给你们罩在头上，好不好？好不好？"裴太太向它们做着友好的手势，重点是对着那只最小也最顽皮的小花猫。忽然她手搭凉棚往天上看了一眼，急着转身离开了这个窗户。

只过了一小会儿，裴太太又回到这里，把手里的一把小折叠伞从窗口伸出去，递给外面立下汗马功劳的女人，说："接住，把它罩到箱子上面，手握的这一头插进箱子里，拿块砖头固定住了，晴天遮太阳，下雨天还能挡雨呢！箱子要尽量靠着墙放……哦，你不会打开这样的伞吧？"

裴太太问完不等对方回答，"啪"的一下把伞撑开，隆重地交到那女人的手里。这是一把印满了向日葵的金黄色小花伞，三年前送给菲子的生日礼物，撑开来就像盛开了一丛灿烂的葵花，特别讨菲子的喜欢。她的心里此时也美得像花一样，想象着等那只打食的癞皮猫满载归来，发现儿女们住进这么漂亮的房子里，一定会高兴得"喵"个不停。同时她自己今晚也终于可以打开空调，好好地睡一个安生觉了。

她又掏出十元钱来给那女人："今天真是辛苦你了！"

5

晚上到来之前，离菲子放学回家大约还有一个钟头，裴太太又看见了那道黑光，自从女保洁工完成使命爬下阳光房的房顶，她就开始在第一次见到它的地方等候着它。她料定它走得不会太远，时间也不会太久，果不其然它在这个时间段返回来了，嘴里叼着一个看不清是什么的东西，仍然像灌篮高手的三大步一样飞身蹿上了阳光房房顶。裴太太等着看它下面的好戏，想象中当它发现自己藏在夹缝里的五个孩子不见了，它会多么焦急，当它在泡沫箱里找到了它们，它又会多么惊喜。

裴太太清楚地听到它的号叫，焦急而又悲愤，一声紧似一声，她强迫着自己不动声色，静等那声音发生好的转变。好消息真的被她等来了，只听得那焦急悲愤的癞皮猫猛地发出一声嘶吼，回应它的是一群小猫"喵喵"的叫声，和女保洁工捕捉它们时的声音一模一样，只是更加细小和柔弱。它们都还是婴儿呀，裴太太记得菲子刚出生时身子也小，声音也小，因为这个差点儿被她取名"猫咪"，那时候别的孩子饿了是哭，菲子的小嘴巴里却滋儿滋儿地吧唧着，一听吧唧她就知道喂奶的时候到了。

通过声音的变化她知道这一家母子已经团圆，不由得为它们高兴起来，然后再听，阳光房顶上突然又没有了动静。她的心里毫不慌张，像是胜券在握，猜想它们正在吃着刚才它带回来的食物，猫吃食物的时候悄无声息，这一点她是懂的，虽然她从没养过猫，但她从人们对猫的形容中知道了它们的特性。因此，正所谓无声胜过有声，这证明癞皮猫已经替它的孩子们接受了那个泡沫箱。看来这件事她做对了，世上的事情就是这样，只要设身处地为对方着想，总不至于有什么错吧。

这么想着她的心里充满了快乐，她怀着一种类似崇高的心情进到厨房，一边做今天的晚餐，一边设计明日的蓝图，暗自计划着再接再厉，要把这件慈善事业进行到底，那就是为这六猫之家搭建一个漂亮的猫窝。她设想的猫窝应该是一间木头做的小房子，四壁用油漆刷成蓝色，上面是一个教堂式的尖顶,搭盖着暗红色的沥青瓦,前后有通风采光的玻璃门窗。它既像童话书里的一种建筑,也曾在电视的少儿频道出现过,一群可爱的卡通猫在里面欢乐地嬉戏,蹿进蹿出。

晚饭照常只做她们母女俩的,裴太太刚刚做罢正要洗手,身背双肩包的菲子突然冲进厨房。这种现象比较少见,更少见的是这个不怕鬼的女儿神情慌乱,满脸煞白,小手急切地拍着胸脯,哆嗦着嘴唇说:"妈呀,吓死我了!"

"什么事还能把你吓着呀?"她故作镇定,其实女儿这样把她也吓着了。

"我看见你前天说的那个黑光了,不过它最开始倒不是一闪,它在阳光房的房顶上走过来又走过去,走过去又走过来,看见我才呼的一闪就不见了!"

"是不是?是不是?这次你亲眼看见了吧?不说院子里闹鬼了吧?"

"应该就是你们说的那只黑猫,只不过我没看见它身上的疤!"

"就是它!就是它!你眼睛好,你还看见它嘴里叼了什么没有?"裴太太话一出口,就知道自己问得多余,因为菲子看见的是它在房顶上走来走去,这就不会是叼了食物去喂它的孩子们。

"有,好像叼了一个毛乎乎的东西,颜色黑不黑、白不白的。"想不到菲子恰恰看见了。

"哎呀,那会不会是一只小猫?"

"怎么会!你们说它是黑猫,那它生下的小猫也应该是小黑猫!"

"不对,你爸说它和邻居家的一只白猫相好,它们的孩子就有可能又有黑又有白,那是物种的进化!"

"哈,我们家真是藏龙卧虎,刚刚出了个蒲松龄,这又出了个达尔文!可这不叫进化,而叫变化,相当于美国黑人和白人结合生下的混血儿吧?又有黑又有白,白加黑是灰,那不成了老鼠吗?哈哈,猫生老鼠,传出去可成了天大的奇闻!"

裴太太可没工夫和菲子扯闲篇,她一门心思全在猫的身上,从女儿的话中她已断定,癞皮猫嘴里叼的那个黑不黑白不白的小东西,就是五只小猫中最小、最调皮的那只。她又回到了好心情,庆幸自己刚才问得一点儿都不多余,菲子的话给她提供了一个信号,癞皮猫发现它的孩子们被人装进一个白色的泡沫箱里,上面还罩了一把遮阳挡雨的小花伞,高兴得叼着它最喜欢的一个在房顶上面散起步来。

但她忽然又对自己的判断产生了动摇,怀疑癞皮猫在房顶上的走来走去不是散步,而是对那个白色的泡沫箱提高了警惕,为了安全起见,它要把自己的亲骨肉转移到另一个地方,正在房顶上选择撤离这里的路线。她焦急地追问菲子:"你看见它叼着小猫在房顶的哪边走来走去?"

"在挨着院墙的房檐边上,那里竖了一架梯子,我说老妈,你都胖得像头老母熊了,还敢爬梯子上房顶去看望它们呀?"

裴太太顾不得维护自己的尊严,惊叫一声:"我明白了!"她记得被她请来的女保洁工顺利爬下房顶以后,匆忙中忘记把梯子放回原处,直到出了院子她才想起来,那会儿人家已走远了。当时她想的是癞皮猫再要从那里上去,就不会像过去那么容易,因为梯子的两根长木直着竖起,正好形成一道屏障,把院墙和房檐从中阻断,癞皮猫即便还能穿过横格,也不可能再像上两次那样快如闪电,而它再想从这里跳下房檐,并且嘴里还要叼着小猫,那就更是困难重重了。

她一时不知道应该和菲子一起把梯子搬走,让那只可怜的癞皮猫叼着它的孩子,一次一个分为五次离开这里,还是应该把它们留在阳光房的房顶上,给它们一个难得的安身之处,等孩子们长大了再离开。但她刚把这个不成熟的想法说出来,正要听听菲子是怎么想的,却被菲子又挖苦了一句:"你爱关心猫类你就去关心猫类吧,我们人类想吃饭啦!"

裴太太无意和她计较,应付说她实在饿了就一个人先吃去,心想房顶上的那窝猫此时也许和她们一样,癞皮猫让它的五个孩子吃饭,自己却饿着肚皮在想别的事情,可知全天下只有母子之情,没有人畜之分。她嘴里虽然这么说着,手上还是开始盛饭端菜,形式上和菲子共进晚餐,只是用眼睛密切关注着窗外随时可能闪过的黑光,两只耳朵也竖起来倾听阳光房顶上的风吹草动。

今晚裴先生回来得略微早点,这时的天色还能让他看清竖立在房檐前的那架梯子,他大声问这是谁干的事,从昨夜到今天并没有下雨,难道阳光房漏水了吗?裴太太明知隐瞒不了,只得把房顶上发生的情况告诉了他,对他说自己因为这个,不仅认识了一个顶替男人的女保洁工,而且还认识了那个名叫阿燕的家政助理,然后就如何处理房顶上那一窝猫的问题让他拿出一个成熟的意见。裴先生带着一股酒气大发感慨:"唉,俗话说人畜一般,俗话又说故土难离呀,想不到那猫还真有决心打回老家来了,这比有些没心没肺的人还值得尊敬呢!既然是这架梯子挡住了它们搬迁的道路,那我们就挽留它们再住一夜,明天一早放它们走吧!"

"不,我不放它们走,我还要花钱给它们做一间小房子,让它们正式住在里面。"

"哟嗬,一个舍不得给自己开空调的女人,倒舍得给猫盖房子了!那不等于你把它们囚禁起来了吗?"

"你不是也把我囚禁起来了吗?无非囚禁我的房子比它

们的要大些罢了!说到这里我还想和你商量,等菲子上完这个学校,我坚决要出去找一份工作!"

"我们是在说猫的事,怎么说着说着说到你的事了?"

"那就还说猫的事吧,猫的事你别管了,我这一辈子就做这一次主!"

"我不是怕你花钱,而是怕你成为第二个吓得搬家的黄太太!"

"你说错了,对它不好才会得到不好的报应呢!"

裴太太从丈夫的话中听出他和自己全然不同的心态,不禁又有些暗自发慌,只指望他说过撂过,今夜睡过一觉,明早走时把这事忘了,一切还是按她的想法来。她想的是明天一早,折腾一个晚上的癞皮猫就会筋疲力尽,天亮以后再转移小猫,往返五次又将增加路途的风险,那样它就改变主意,决定不走。丈夫说的人畜一般,故土难离,这倒是两句古人的话,如今人在进行某种抉择的时候就会想起这个。至于她呢,刚才她已表了决心,她可以对天发誓,此生永远不做第二个黄太太。房顶上那位已经失去旧日容颜的黑桃皇后,以及它长大以后的孩子们,它们愿爱谁就爱谁好了,她决不烧开水去烫它们。她想起自己从前做教师时读过的课文,她要用心灵的泉水,浇灌它们的爱情之花。

她觉得今天夜里特别的热,又觉得这热或许有两方面的因素，一方面是天气本身，前两天相当于要进伏天的前奏，从今日起是正式进入伏天，也就是到了夏季最热的时候；另一方面是心理作用，连着熬过两个夜晚，人已经有些承受不住了，现在五只小猫从空调室外机后安全地转移到泡沫箱里，她再也没有后顾之忧，也不用再担惊受怕，可以潇洒地打开空调，让自己凉快一下，度过一个轻松而又舒服的夜晚了。她从枕头下面拿出收藏了两夜的遥控器，对准卧室的空调轻轻一按，风扇页上的那条红绸随之在空中飘动起来。

两天前换成靠门而卧的裴先生，首先体验到了一阵徐徐吹来的清风，闭着眼睛调侃说："啊，难道电费又降了吗？"

今夜若是往常，裴太太可以围绕这话和他说笑一番，但她此时另有心思，闭口不言，耳听得他鼾声渐响，自己睡不着觉正好想事。她仰面朝天，睁眼上望，仿佛这样能够看到阳光房顶上的那六口之家，可怜天下母子情，曾经遭受暗算的癞皮猫如何才能相信，墙边那个雪白的泡沫箱没有一丝半点歹意，完全是为了保护它们一家的性命。她仿佛听到了它的牙齿咬噬泡沫的声音，它在房顶跑动的声音，甚至它的玻璃球似的黄色眼珠在烫秃了毛的眼眶里滴滴溜溜转动的声音。那是一对夜明珠，在没有星星和月亮的夜晚能够发出像星星和月亮一样的光。

半夜的时候，她真的听到了一些声音，那声音先像猫的号叫，接着又像猫的撕抓，再接着又像有一样东西沉重地掉在房顶上，然后什么动静都没有了。

6

裴先生并没忘记自己说要搬走梯子的事，或者一觉醒来已经忘了，直到清早出门时再次看见它，于是才又记了起来，就顺手把它搬到后院，还和从前那样横放在木栅栏边。接下来菲子也出门了，裴太太出来晚了一步，她本想让丈夫像这个院子的前主人黄老板一样，利用这架梯子爬上阳光房的房顶，把她昨夜听到的声音弄个清楚，看看房顶上的母子六猫发生了什么新的变化。但是等她赶出门外，丈夫和梯子都不见了。

她没法知道那件事情的结果，连早餐也没吃好，几乎一个上午心神不定，感觉心口乱跳，眼皮也乱跳，而且还是右边的眼皮。眼看又快到了吃午饭的时候，心思还没有安定下来，她突然生出一个大胆的念头，何不试着从二层卧室的窗口翻出去，亲眼看看外面的情况。这栋小楼的窗户看似不大，却也不是太小，虽然自己身体臃肿，但要翻出去并非没有一点可能，过去不这样做是因为没有必要。窗外就是阳光房的房顶，距离窗台不过一级阶梯的高度，落下去正好是她想要的位置。

裴太太觉得自己回到了过去在职的光景，那时候她体态轻灵，动作迅捷，心里想做的事立刻就做。她找出一双偶尔郊游才穿一次的平底布鞋提在手中，快步上楼，进了卧室，奔到窗前，撩开纱帘，飞速扫了一眼窗外。这一眼把她给吓坏了，她发现昨天由她亲口指挥，并且亲眼看见女保洁工放在墙边的那个泡沫箱不见了踪影，印着一丛葵花的小黄伞孤零零地撑在那里，伞边横躺着疤痕累累的癞皮猫。看样子它已经死了，身子下面洇着一摊乌红的血，是从它的口腔流出去的，龇咧在外的尖利白牙有一半被染成红色，两只爪子拼命向前伸着，这姿势证明它在死前经过了一场激烈的搏斗。她几乎立刻就把它的死和泡沫箱的失踪结合起来，那里面住着它的五个孩子，它是因为要保卫它们而做出了牺牲。

"我的妈呀！"裴太太手拍胸口，不由得发出一声惊叫。

她用最快的速度合上窗帘，不过没过多久她又拉开了，这是她回忆起了刚才看见的癞皮猫，洇在那摊血中的身子好像抽搐了一下，为了检验是不是自己的眼睛看花了，她决定再看一眼。再看一眼还是那样，抽搐的是那个疤癞的肚子，像是人手腕上的脉搏那样轻轻一跳，过一会儿又轻轻一跳。

"天哪，它还没有死！"她又在心里这样叫道。

她来不及想这伤天害理的坏事是谁干的，打开窗户，换上布鞋，尝试着从窗口挤了几次，竟然成功地挤了出去，这事有点儿超出她的预料，把她的胸脯都挤疼了。随后她带着一股惯性，双脚落在阳光房的房顶上，只是在落下时身子一个趔趄，碰着了那把黄色的葵花伞，撑得浑圆的伞面向前滚动了两圈儿之后，翻过来变成了仰脸在上的姿势，为了不踩着它扎着自己，她险乎儿一脚踩中了癞皮猫。裴太太又一次受到惊吓，慌忙后退，弯腰细看，现在她看得更清楚了，癞皮猫的嘴边有两根胡须在一颤又一颤，此时四下里并没有风，吹动它的是从鼻孔散出的气息，乌红的血也从那两个小黑洞里往外洇着，随着吹气冒出米粒大的小圆泡。

裴太太这时想起了爬上阳光房房顶的女人，当然不会想是她打死的大猫，偷走的小猫，想起的是她那病倒在家的男人从垃圾桶中把猫救走养活的故事。想着这只猫已经死过一次，眼下这是第二次了，这次命中注定，刚好遇在自己手上，裴太太心里产生了一种不可推卸的责任感，觉得自己理所当然，应该像那个女人的男人一样，再次让这只奄奄一息的猫起死回生。那人还跟物业雇用的保洁工们一起合住在一间破房子里，自己却拥有这大一个院子，而同样这一只猫，如今已成为有了五个孩子的妈妈，不再是恋爱中无牵无挂的单身汉了。

她告诉自己不能再迟疑了，否则的话将要错过营救的时机，那会让她觉得愧对于它，在以后的日子里后悔不已。于是她蹲着向前移了一步，伸出双手，试探着慢慢靠近它的身体。在此之前，她从来不敢亲手接触垂死的动物，家里剖一条鱼，杀一只鸡，如果它们还没完全死定，身边又没有贩子的帮助，她必须等着裴先生回家来做，自己还要远远地躲到厨房以外。现在她好像变成了另一个女人，竟然用手指绕过癞皮猫的前爪和牙齿，触着了它背上疤癞的皮毛，感觉到它的身体还是热的，不是太阳晒着的那一种热。这时的太阳才刚刚出来，并不具备把它晒热的力量，是它自己的内部还没有变冷。

裴太太长吸了一口气，为自己壮足胆子，双手托起癞皮猫，迈着小步朝窗口走去。她庆幸这件事情还算顺利，这是由于她的措施得当，准备充分，布鞋走在阳光房的房顶上踏实而又平稳，一路上什么意外也没有发生，如果穿着拖鞋或高跟鞋就不行了。但是这事再往下面进展，到底还是出现了问题，她从窗口翻回卧室的时候因为双手用在癞皮猫的身体上，不能和出来时一样扶住窗框，连人带猫也比独自一人的体积大了许多，而她刚才本就是强行挤出来的，这下试了几次都不能返回屋里。她又急又慌，出了一身汗，没提防胳膊一抖，手中的癞皮猫一下摔落在了房顶上。

这一声响直把她吓得魂飞魄散，她以为它这下子可死定了，浑身烫成那样都没有死，被人打成那样都没有死的这只命大的猫，这下子却要死在一心救它的她手里了。她瞪大眼睛看它肚子和鼻孔的变化，看见它身子在摔落的地方仍然保持着原来的姿势，两爪前伸，尖牙龇咧，肚皮和胡毛反而煽动得快了一些，更奇异的是它的眼睛还睁开一道细缝，从那半掩的黄色玻璃球中闪烁出了一点亮光。裴太太由惊转喜，心中狂跳，以为是她的歪打正着让它活了过来，同时又担心这种现象是传说中的回光返照，片刻之后就会气绝身亡。

她再一次弯腰蹲下，这次想不顾一切地把它抱在怀中，用自己的血肉之躯唤醒它的血污之身，弥补自己刚才的过失。她贴近它，双手分别伸向它的脑袋和后臀，发现它的眼睛正在一点一点睁大，大到了过去那对溜圆的玻璃球，充满恐惧地盯着她的脸，接着那表情转为仇恨，从黄色的眼珠里射出两道红光，还向她龇了一下尖牙。裴太太若非吸取刚才的教训，这次早又吓得丢掉了它，她却一手搂紧癞皮猫，腾出一手护住自己的脸，那动作像是央求它不要这样，嘴里叫着它好听的名字道："黑桃，黑桃，黑桃皇后你听我说，你和白马王子生的孩子不是我偷走的，你也不是我打伤的，我不是来害你的，我是来救你的呀……"

还没等她把话说完，癞皮猫的喉咙里发出一声闷吼，一下挣脱了她的怀抱，两只爪子同时伸向她发出声音的方位，像是要撕烂她这张还想辩解的嘴。裴太太也用双手把它挡住，它的身子扑了个空，再一次很重地摔下来，从牙齿间洇出几点黑红的东西。它却很快又翻身而起，攀着她的一条大腿直奔她的头部，这次爪子伸向的目标是她的眼睛。裴太太慌得两眼紧闭，一边快速后退，一边仍在嘴里央求着"黑桃皇后你听我说"，她的一只脚绊着了那把仰翻向上的小黄伞，身子一个趔趄，另一只脚为了不让自己栽倒，向后大跨一步。这时她"啊"地发出一声尖叫，在那只猫爪抓着她脸的同时，她的脚也一步踩到虚处，只见她用张开的两臂在空中划动了几下，就倾斜着身子从房檐边上掉下去了。

癞皮猫放下那只带血的爪子，奔到裴太太失足的地方伸长颈子往下望着，从它仍然悲愤的表情上看，它好像认准了这个掉下房顶的女人虽然不是昨夜抢走它孩子的女人，但一定是她的同伙，是和这个院子以前的女房主同样歹毒的角色。在它已经恢复的记忆中，昨夜那个女人戴着一副黄色手套抱走了那个白色箱子，当它扑上去要从她手中夺下来时，她竟顺势抓住它的两爪，举起来往下一掼就把它掼死过去。还有这个院子以前的女房主，用一壶开水烫死了它的相好，又把烫得还剩下一口气的它也扔进垃圾桶，更是要让它死得不明不白。而眼底这个女人必然得了那两个女人的指使，今早要彻底地消灭它，以免它活过来，再去寻找它的五个孩子。

　　掉下房顶的女人像一只装满肉类的口袋，踏踏实实地瘫在了地上，像它昨天夜里那样不能动了，随同她一道掉下去的小黄伞正好降落在她的身边，远看是一只放在墓地的花环。癞皮猫的喉咙里咕噜响了一声，转身回到原处，再一遍地巡视四周，最后钻进五只小猫最初隐藏的地方。它很快又退出来，纵身蹿下房檐，跳上院墙，一个滚翻落在了地面上。因为身子内部受了重伤，身上的力气也不足了，它刚才的滚翻其实是摔了一跤，口中涸出几点乌红的东西。但它四爪着地之后，趴在地上喘息一会儿又上路了，跑一跑歇一歇，歇一歇再跑一跑，歇的时候把鼻子贴在路上闻着，忽然它起身换了一个方向，朝着园区侧面的出口跑去。

　　直到快要吃中饭时，阿燕推着那辆婴儿车又从这个院子的门前路过，她照常向院子里打量一眼，这一眼让她看见了倒在阳光房下的裴太太，惊愕了一下就扯开嗓子嚷道："出事啦！有人从房子上面掉下来啦！黄老板卖的这个院子！快来人哪！"

7

　　癞皮猫沿着一股它最熟悉的气味跑出园区，跑上一条通往农贸交易市场的马路，跑跑歇歇。当它总算跑到那个市场，快要进入肉禽蛋类的区域时，身上的力气几乎要用完了，它选择一个行人少些的角落卧下，让身子吸了一会儿地气，爬起来继续跑。前面有几条小街一样的巷道，由两排摆满各种东西的小摊组成，一些提兜拎袋的男女老少在摊子前面自由散漫地走来走去。它发现那条巷道的中间有一排用铁丝编成的网笼，笼子里有鸡，有鸭，有狗，也有猫，都是活的，行人们经过这些活物时步子慢了下来，有时索性停住，低头或者弯腰，和坐在网笼后面的人聊几句话，然后起身又走。

它看见有一个胳膊上戴着红布箍子的男人，迈开大步向一个与众不同的中年女人走去，那个女人长得又黑又瘦，蹲在地上，两腿之间有一个四四方方的白箱子，两根线绳交叉地拴着它，那一定是为了便于提走。那个女人警觉地发现了红布箍，赶紧用两只戴着黄皮手套的手环护在箱子的四周，看样子像是防备他把它抢走。果不其然，那个男人走到她的面前，大声地呵斥着她，还用皮鞋把她怀里的箱子踢得嘣嘣直响。那个女人趴在地上给他磕了一个头，又从兜里摸出一张什么交到他的手里，男人的声音才渐渐小了，接着再向另一个女人走去。

癞皮猫认出来了那个女人，刚刚过去的昨天夜里，虽然天上没有月亮，地上黑灯瞎火，但在它的夜光眼里却和白天一样，那个女人的那副手套和那个箱子，它这一辈子都不会忘记。昨夜它第一次见到这两件可恨之物，那个白箱子装走了它的五个孩子，那双黄手套把它抓过去，举起来，重重地摔昏死在房顶上。它看见在那个戴红布箍子的男人走后，有几个上年纪的女人像是听懂了那个女人的诉苦，陆续拥过去围在那个箱子的周围，其中有两个老太太把手都伸进了箱子里。

从目前的奔跑速度来看，癞皮猫已经大不如前，这简直不能算跑，只能说是在地上一蹦一跳着，动作类似跳出农田的青蛙，全然不像从前那样快如闪电。它为自己的堕落感到焦急，却又想不出一点促进的办法，不过它的丑陋模样和怪异姿势反倒引起了行人的警惕，提兜拎袋的男女老少们见了它纷纷让开，以为它恰恰是一条不可貌相的特殊宠物，跟随主人出来采购。虽然它皮疤肉癞，但若是一脚把它踩了，没准儿随身所带的资金还不够赔偿。这样一来，它这一路竟能通行无阻，简直如入无人之境。

在它跑到离那个女人只剩下一间房子的距离的时候，它看见那两个把手伸进白箱子的老太太又把手拿出来了，不过不再是空手，而是分别抱着一只小猫！不错，它的可怜的小猫，一只黑的，一只白的，五只里面个头最大的两只，她们一定是看中了它们的个头！两个老太太一人从卖猫的女人手里接过一个小纸盒，把小猫放进盒里，用一只手抱着，另一只手从兜里摸出纸币，交到女人手中，然后转身走去。癞皮猫明白眼前发生的事了，那两只被买走的小猫，应该是它的老大和老二，一只像它，一只像它被烫死的相好，它们不知道它会拼着性命赶到这里，就这么驯驯服服地跟人走了！如果它们刚才抵抗一阵，让她们多花一点工夫，等着它的到来，它就有可能救下它们了！那两个老太太不用说都曾生儿育女，如今已是子孙满堂的人，说不定会放弃自己的打算，成全它们母子一家！

它决定去追上她们，夺下自己的两个孩子，但在这个时候，并行了一段路的老太太忽然分为两个方向，背朝背地向前走去，临别还腾出手来，回头向对方摇了两摇。癞皮猫停下脚步，紧张地想着自己先去追哪一个，追上一个之后如何追第二个，追第二个的时候又怎样看管好第一个。两个老太太刚才分手时侧了一下脸，这让它看见她们都长得慈眉善目，像是一对友好的姐妹，它心想自己万一追不下来，两个孩子随着主人走了，没准儿以后也能过上好日子，甚至还能互相见着。才这么一犹豫，转眼却看见那个白箱子旁边又围来几个小女人，她们的胆子反而不如刚才的老太太，只敢用手在上面指指点点，分明是看好了哪一只，让卖猫的女人替她们捉。癞皮猫意识到情况又复杂了，当前的形势万分紧急，相比老太太抱走的两个大一点的孩子，那里还有三个小一点的孩子更需要得到它的保护。

那两个买猫的小女人一个看中了黑猫，一个看中了一道黑一道白的花猫，卖猫的女人把黑猫捉住装进盒子里，交给其中一个小女人，收了钱又把手向花猫伸去。花猫看见她来捉拿自己又抓又咬，吱吱大叫，还往她的脸上喷了一口，害得她几次三番得不了手，只好劝说另一个小女人把花猫换成白猫，为此答应可以少收点钱。癞皮猫为它最小的儿子感到骄傲，五只小猫中唯有这一只的可爱劲儿像被烫死的老白猫，一身皮毛有黑有白，也正是老白猫和它两个的混合，跟人拼命的性子倒最像它。它一心指望着这头买卖双方的生意做黄，牵连着另一个小女人把到手的黑猫也退还给她，却没想到那个小女人爱占小便宜，竟然因为降了一点价格而同意了，一手交钱一手取货，从她手中接过装了白猫的盒子。

癞皮猫不能再迟疑了，它从地上一纵而起，将两个小女人怀里的盒子同时抓翻在地，吓得她们尖声大叫着，不知是从何处跑来的妖孽。两只小猫趁这机会逃了出来，没有目标地满地乱跑，很快钻进了人群中。这情景反倒把癞皮猫也吓着了，它一边叫一边向它们追去，想的是让它们听到它的呼唤，回头站住等着它来营救。虽说是它已身受重伤，又跑了这么远的路，可它毕竟是一只身高腿长的大猫，几个快步就追上了那只黑猫。在它的五个孩子当中，有两个长得和它被烫成癞皮猫以前差不多是一样的，不仅一身黑毛油光闪亮，而且连"喵"的声音也像极了它，这两个里已被老太太买走一个，目前还剩下这一个了。

它把地上的黑猫一嘴叼起，正要冲出人流，这时又听到了白猫的尖叫，原来那两个小女人从惊慌中镇定下来，先后捡起掉地的盒子，互助合作着去共同捉拿逃跑者，白猫在她们的围堵中胡跑乱窜，差点儿又被她们捉住。癞皮猫把黑猫放在地上，本想再去叼走白猫，但它担心就在这时有人捉走了它已夺回的孩子，或者还有人眼睛瞎了，把它心疼的宝贝踏成肉泥。它突然有了新的主意，重新叼起黑猫返回戴黄色手套的女人那里，她那箱子中还有它的一只花猫，它要把三只小猫放在一起同时救走。这是一件艰苦卓绝的事，但它决心已定，刚才它已万般无奈地失去了两个孩子，剩下的三个孩子一个也不能少！

它这一系列的行动把所有在场的人都看得目瞪口呆，现在，这只皮疤肉癞的老猫按照自己的计划，把三只小猫集中在了一处，用牙齿咬住那个箱子上的线绳，先是斜着身子向前快跑，接着它的体力支撑不住了，箱子从它的嘴里坠落下地，它就拖着箱子继续前进，一时间地上尘土飞起，箱底被磨得发出呼呼的声音。卖猫的女人比所有的人都要惊恐，眼睛都快要瞪出来了，在这个买卖市场上，只有她才认识这只不死的猫精。她看见两个小女人趁着癞皮猫卧倒休息一会儿的工夫，冲过去要抢回她们花了钱的小猫,大声地提醒她们道:"快别去惹它啦,它会一爪子抓破你们的脸!"

"那是我们的猫,我们的钱都交给你了,你让我们白吃一个亏吗?"两个小女人还在跃跃欲试地向前逼近着。

"别,真的快别去啦!俺把钱退给你们好不?"卖猫的女人请求说。其实她已经不是为她们的脸着想,而是为癞皮猫和它孩子的命着想了,她觉得自己做了一件天大的错事。

她掏出两人买猫的钱来,在空中招了一下,表示一分不少地还给她们。

癞皮猫在三个女人的谈判中又振作了起来,沿着来时那条小街一样的巷道,穿过一排摆满铁丝网笼的小摊,拖着箱子抓紧前进,它用牙齿咬着的那根拴住箱子的线绳有一截变成了红的,不知道那颜色是来自它的嘴上还是肚子里。网笼里的鸡鸭猫狗都看着它们,小摊前提兜拎袋的男女老少也都看着它们,这些人中有的以为是杂技团来到实地表演,等着观看下面更好的节目。

卖猫的女人把钱还给买猫女人的时候,发现一辆卸完白菜的平板车朝着癞皮猫飞快地蹬了过去,慌得她手里的钱掉在地上也忘了捡,扬着脸对蹬车人大声地喊叫。那人像是没有听到,平板车既不减速,也不拐弯,一往无前地奔向马路的方向。车子前面那个白色的泡沫箱倒像是移动得慢了,用牙齿咬着箱绳的癞皮猫回头望了一眼,接着箱子又快起来,还往旁边扭了一下方向,仿佛是想躲过后面飞奔而来的车轮,但很快又退回到原来的路线。

  她完全忘掉了自己的事,拔腿就往那里追赶,却追不上那辆轰轰隆隆的平板车,眼睁睁地看着它从泡沫箱上辗了过去,转个急弯,又轰轰隆隆地跑上外面的大马路。她在心里说声完了,再看那个露出地面的箱子,左侧的一少半已被车轮轧塌,还有右侧的一多半是好的,因为正好处在两个轮子的中间。只是拖着箱子的癞皮猫卧在地上不能动了。卖猫的女人扑过去先观察它,见它的身子已被车轮轧瘪,像一张长条形状的烙煳的面饼,一根粉红色的东西从它尾巴的下方流出来,泡在一小摊肮脏的水中。再看箱子,里面只剩下那只吓呆了的花猫,黑猫和白猫正分别往路的两边跑着,眨眼间就跑进密集的人群中了。

  两个买猫的小女人也赶到现场,见箱子里没有了那两只小猫,一个用脚踢着地上的癞皮猫说:"我的猫呢?都怪你!要让我把它带回去它不还活得好好的吗?你不也死不了吗?"

  另一个说:"剩下的这只卖给我吧,还是刚才的价!"

  卖猫的女人回答:"不。"

  "要不再加点钱?刚开始我们说的那个价?你看它那样子,多可怜呀!"小女人把手伸向那只仅剩的花猫,感觉经过这次惊吓之后,它已没有能力还像刚才那样撕抓她了。

"不!加多少钱俺都不卖你了!俺情愿倒过来把那两只猫钱都送给你,俺只求你别再捉它,俺要把它带回去自己养着!"卖猫的女人扑了上去,小女人说的"可怜"二字像针一样扎疼了她的心,她敢保证,现在她说的字字句句都是她心里的话。

她从地上的一摊屎尿和血水中,捧起那张轧瘪成面饼一样的东西,轻轻放在剩下的一多半白箱子里,让它们母子两个躺在一起。接着她还想去找回那逃走的两只,但她正好看见,人群中有一个打赤膊的壮汉,一手拎着一只小猫,大踏步地走向路边的一辆三轮摩托。卖猫的女人衡量了一下双方的实力,再看看相距的这段路程,担心那里的两只追不下来,这里的两只却又丢了,就只好放弃,心里面安慰着自己说,让他捡个便宜,那人像杀猪卖肉的,猫跟了他不愁没有肉吃!

然后她抱紧破箱,向着来时的那条道路走去。

8

姓罗的女保洁工双手夹在双腿之间,模样像一个乡下还没出嫁的闺女,大热天却怕冷一般身子索索地抖着,低头坐在园区物业的会客室里,在这间空空荡荡的屋子里已经坐够两个多钟头了。昨天的这个时候，她双手抱着那只被三轮车轧破的泡沫箱，箱子里装着被她用嘴巴救活的老癞皮猫，还有它五个孩子中唯一剩下的小花猫，在园区小保安的带领下来到这里，向值班的小经理投案自首。她坦白了自己的罪行，昨天半夜如何偷猫，今天一早如何卖猫，还把已经卖掉两只小猫的钱交了出来，然后她被通知今天上午，在这里等候领导和她的正式谈话。

她身上的橙色马甲没有了，手上的黄皮手套也没有了，从一对肮脏的袖口下露出两只枯瘦的鸡爪子，而且是黑得像乌鸡的爪子。在小经理的提示下，为了保险起见今早起来她没穿保洁工的服装，因为小经理告诉她，她很有可能会被这里开除，她的身子就从那个时候开始一阵一阵地发抖。不过她的心里仍然怀着一线希望，希望领导在处分她的时候手下留情，看在她得了绝症的男人分上。现在，她从由远而近的脚步声里听到，要和她谈话的领导终于来了，一路走一路百思不得其解地唠叨着："奇了怪了，怎么还会发生这样的事……"

这个声音她听起来有点耳熟，抬起头来看看，认出正是园区最大的那个领导，当初把她留下来干保洁的正是他，那天有人叫他莫总。她的心里就更紧张得不行，这时她才发现他的眼睛不好，那次她没怎么注意，他走路时弯着腰，像寻找东西一样看着地上，腿抬得很高，害怕一跤把自己摔了。

"你就是那个偷猫的?"大领导扶着椅子坐下,开始审问。

"领导……你认得俺的……俺姓罗,俺男人得病来不成了,还是你好心答应让俺顶替他……"

"是吗?那你为什么不珍惜这样的机会?"大领导皱了一下眉头,表示自己已经记不起来这件事了。

"俺对不起领导……俺求领导不要开除俺……俺男人得了绝症睡在家里还指望着……"

"开除?你求我们不要开除你?嗨,你本来就不是我们的人嘛,还说什么开除的话呢?你男人?你男人是不是曾经在这里工作过?"

"是的,领导……他在这里干了三年零六个月,去年回家过年喊叫身上疼,一查得了绝症,明晓得治不好也得治呀,可又没钱给他买药吃,俺就坐车找到这里……还是你开恩让俺顶替他……"

"有一点印象了!那是对他的抚恤,你倒是好,完全辜负了我们一番好意!说说吧,为什么要偷6排6号院的猫去卖?总共偷了多少只猫?"

"俺错了,领导,五只……"她听不懂什么叫抚恤,什么叫辜负。但她能够感觉出来一个大概的意思,大领导是说她男人可怜,说她不凭良心。

"五只?你是不识数还是想隐瞒?"

"哦，不，领导，俺说的五只是小猫，还有一只大猫是它自己跑去的！……领导你听俺说，那猫不是她家养的，养它的是原来那家房主，那家房主卖掉房子走了，可它不晓得，它还跑到这家房顶上来做窝！是俺给这家房主找的箱子，帮她上的房顶！俺当时心里是这么想的来着，那只大猫本来也要死了，是俺男人把它救活过来的，没有俺男人也没有它，哪还有它的这一窝小猫……"

"慢，打住！你是想说，你男人救活的猫就是你男人的猫，你男人的猫就是他女人的猫，所以，作为他的女人你就可以理所当然地卖你自己的猫，我们谁都管不着了是吗？"

"不，不是的……领导你听俺说，你刚才说的这话俺没想过，真的没有想过，俺只是一看见这猫就想起俺男人了！俺就想，俺就想把那窝猫卖了给俺男人治病，咋说也能卖个几百块钱……领导，俺错了，不管咋说俺都错了……你把俺留下来吧，俺把卖那两只猫的钱都交给……"

"留下来？这怎么可能？还有，刚才你已经承认是六只，怎么现在又成两只了呢？"

"是啊，领导，总共六只，卖出去了两只，自己跑了两只，就只剩下两只了，一只大的，一只小的。那只大猫就是上回俺男人救活的……哦，俺不是那个意思，俺的意思是这回俺又救了它，它的命真大，连头带身子辗成了一个饼，屎尿都飙出来了！俺拿手指头把它的肠子一点儿一点儿地塞进屁股眼儿里,又拿嘴巴对着它的嘴巴哈气……"

"别说了!这不都是你害的吗?你不但差点儿害死了猫,你还差点儿把人也害死了!"园区物业的大领导皱着眉头打断她的描述,对她的乡下粗话实在听不下去了。

"俺、俺可没想害人哪,领导……"

"6排6号院的女房主不是差点儿被你害死了吗?根据我们了解的情况,大清早她上房顶去看猫,没想到你摔死的那只老猫又活过来了,把她当成是你,扑过去和她拼命,吓得她从房顶上一头掉下来!"

听说这个院号的女房主从房顶上掉下来,她被惊吓得叫了起来:"女房主……俺的个娘呃,她咋敢上房去抓猫!……从房顶上……哎呀……"

"我听你的口气好像你们认识?如果你们认识的话你就更不该了!幸亏是阳光房,那房顶要是再高一点儿……哼,你可就要闹出人命啦!"

她自知惹了更大的祸,用鸡爪一样的双手揪着鸡脯一样的胸口,把那里面的心揪成一个疙瘩,还想留下来的一点希望被她给彻底揪死了。当她听到后来,听出掉下房顶的女房主并没有死,她总算是松开了手,身子却仍抖着,喘着气说:"俺有个要求,领导……"

"别要求了,留下是不可能的!"

"不,俺不要求留下了……领导,俺晓得俺犯了这么大的罪,你们咋说也不会再要俺,俺是要求,要求,要求看她一眼……行不?"

大领导绝对没有想到她提出的是这么一个要求,他睁大不好的眼睛使劲看她一眼,然后跷起大拇指表扬她说:"行!说明你这个女人还有一点良心!那么我就成全你吧,我马上通知财务发给你十天的工钱,你好去买点看望她的东西,这个月正好过去了三分之一!我现在告诉你她住的那家医院!"

大领导拿起电话,念了一个人的名字,让那人去财务那里,给园区姓罗的女保洁工取十天工钱送来。接着又念了一家医院和一趟公交车的名字,还找出笔和纸来,给她画了一张去那里的乘车路线图,往她的面前推了一下。

小经理很快就出现在两人面前,把十天的工钱交给她,嘴里咕哝了一声"多发了六元六角六"。她的眼泪流了出来,接过来点一点数,是两张大票,七张小票,按照每月八百元的三分之一计算,可不就是多发了六元六角六吗?这是她顶替她要死的男人在这里挣得的最后一笔钱,从今往后再也不会有了。

她还得说声谢谢,把大领导亲自为她画的路线图拿在手中,动身去寻找开往那家医院的公交车。走出园区,她站在了路边两个小店之间,这两个小店她从来没进去过,也不知道它们是干什么的,现在才看清一个卖鲜花和花瓶,一个卖水果和蔬菜,几对有钱的中年男女在店里进进出出,空手进去,出来时手里至少提着其中的一样。她在水果和鲜花之间想了一会儿,最后确定了水果,因为水果实惠,价格可能也比鲜花要便宜些。

但她一脚走进店里,扑面而来的是一种叫不出名字的外国果子,价格牌上一斤就要花掉她的工钱的一半。这可不行,她原本想把所有的钱都攒着给她男人,虽说治不好他也得让他多活几年,怪只怪她不该性子太急,想得太多,在猫的问题上犯了错误,如今这一点钱反而成了她回家的路费,要是这么花掉她连男人也见不到了。

最后她决定从另一个兜里,拿出那个摔下房顶的女人给她的二十元钱,买两个金黄色的柚子提着,心想就当是羊毛出在羊身上吧。她只是更加觉得对不起受害的房主,好在这东西是吉祥之物,在她们老家又叫香圆,逢年过节走亲串友提上两个,是祝福别人一家过得香香甜甜、圆圆满满,这么说摔伤的身子也就能早些好起来,重新过上从前那样美满的日子。

她抱着两个香圆出了店门,上路刚走几步,迎面有个穿红裙子的女孩儿向她走来,女孩儿手上拎着一只砂锅,口中哼着愉快的歌儿,方向像是去她刚走出的园区物业。女孩儿的脚下不远有一块深绿色的瓜皮,边缘处还露着鲜红的残瓤,一看就是吃西瓜的人随手扔的。她对女孩儿喊了一声，大概是小心别踩着了，但她话还没有落音，女孩儿抢先一脚踩在了西瓜皮上，只见那条红裙子向前一倾，一头秀气的长发栽进了她的怀中，把她抱着的香圆碰掉在地。与此同时她还听到咣当一声，女孩儿手里的砂锅也落地成了两半，从锅里流出一摊冒着热气的东西，颜色红红的像一种动物的肉。

穿红裙子的女孩儿"啊"的一声惊叫，双手把她推开，再看她脸上的皮肉又黑又瘦，身上的衣服又脏又旧，就断定出了她的身份，对她破口大骂道："你这个蠢女人，眼睛瞎了？大白天没看见我手里提着罐子？不知道我这里面装的什么吗？"

"对不起，俺是真的没有看见……"姓罗的女保洁工低头看在地上，眼睛追随着轱轱辘辘向前滚动的香圆。

"我问你不知道我这里面装的什么吗？"女孩儿咄咄逼人地又问一遍。

"俺晓得了，是肉……"

"你知道这是什么肉吗？你以为是猪肉，或者牛肉、羊肉、狗肉是不是？我告诉你，这是猫肉！猫肉你看见过吗？没看见过你趴在地上好好看看！我爸爸工作繁重，操劳过度，累得视网膜都脱落了，我妈妈听说吃猫肉对眼睛有好处，昨天正好得到两只猫，她就用猫肉和几斤萝卜炖了一锅肉汤，想着我爸爸每天中午不能回家吃饭，让我给他提到这里来吃！这下子好了，你这个笨女人把我一撞，全完蛋啦！我呸！"

姓罗的女保洁工让人撞了，却被说成她撞了人，挨人一顿臭骂，眼睛还被一根手指头恶狠狠地指着，脸上又落一口唾沫。但她对这一切都没知觉，像在大太阳底下晒昏了头，倒是听到两只猫和几斤萝卜炖了一锅肉汤，眼睛突然就睁成两只香圆，嘴里问出声道："猫？……哪里……的猫？"

"你问这个干什么？你还想赔我不成？是我爸爸手下人送的！一只老的皮太癞了，我妈妈用高压锅都炖不烂乎，就把一只小的也给炖了，两只猫，两只猫啊，你赔得起？你赔得起吗？"

这一次是她发出了惊叫，她觉得自己的声音难听得就像那只癞皮猫，叫完以后她的身子就僵在那里，接着又像太阳晒化的雪人一样塌了下去，瞪着地上那一摊酽稠的汤里，绿的是葱，黄的是姜，白的是萝卜，还有更多紫红的和粉红的，从颜色上她能分辨得出来，那是被剁成碎块的老猫和小猫。

女孩儿骂够了，又拿脚踹她一下，最后怒气冲冲地离开了这里。这一切她都没有感觉到，她的眼睛死在了那一堆老嫩都有的肉上。

在大领导告诉她的那家医院里，一时昏睡一时清醒的裴太太，和很多受重伤者是不一样的，她醒过来什么也不说，睡着后却一遍一遍地念着："猫，猫，猫……"

医院规定不许把任何动物带进病房，裴先生无计可施，只好让菲子去商场买了一只毛绒玩具猫，悄悄地塞进她的怀里。

失踪的小保姆

我断定在这十五年里,她一定有无数的经历,一定有无数的话要对我说。

我问那个神秘的女声:"请问您是谁?"

"我叫胡——可——逆。"她笑嘻嘻地回答我,后三个字念得抑扬顿挫。我觉得这个名字有点儿熟悉,猛然间却想不起人。她料到我会这样,又反问我一句:"你还记得有一个名叫顺芝的吗?"

这下子我才想了起来。二十世纪八十年代末的一个冬天,我给刚问世的儿子请了一个小保姆,姓胡,叫胡顺芝。十八九岁,穿一件圆咕隆咚的大红棉袄,进门妻子就给她剥了,换上自己洗缩了水的羊毛衫。在我家试用了一周,我发现她不听话,那个时候,一种名叫"尿不湿"的人性化产品还没有出现在王府井百货商场的妇女儿童专柜,儿子的排泄物仍然被堵截在一块传统的长方形的乳白色棉布上。这东西必须及时清洗,不然三米开外,一股臊气。但是我请的这个小保姆,她看了看自己的手,又看了看儿子红屁股下的那块尿布,那上面是我儿子的处女作,不光有尿,还有一种金黄色的糊状体,她把身子退到了妻子的背后,要求妻子去给她买一双胶皮手套。

我生气了，我说那种手套是白求恩大夫给八路军的伤员做手术用的，不适合用于这个方面，一是洗不干净，二是一洗就破。事情就这么僵持下来，最后尿布是我洗的。我觉得儿子是我的，固然我应该洗，但是小保姆也不应该因此而不洗，那时候我在单位上班，早出晚归，不能时刻守护在家中这对母子的身边。

那天晚上我训了她。我在手心里写着字说："我要把你的名字改一下，你这个顺之的之，不是灵芝的芝，而是之乎者也的之。意思是你要听话，叫你干什么，你就干什么！"

她是小学毕业，不懂之乎者也，我听她小声儿地嘀咕："你又不是我爹，你给我改名字！"

双方各自退了一步，在甲方不为乙方购买白求恩式胶皮手套的前提下，乙方仍有为甲方之子处理尿布的责任，具体方式乙方有权自行决定。

她决定的方式是用一把刷鞋的刷子为工具，把尿布上的排泄物刷干净。我觉得只要能够干净就行，方法毕竟是次要的，工具也是次要的。

但是又过了一周，儿子又出了相反的问题，这一回他是肚子里有东西排不出来，小脸儿憋得像某些领导同志发怒。妻子急得手足无措，小保姆自然更没主意，我用眼睛四处求援，最后在床头柜上发现了一件日用小商品。生儿子时，妻子不幸住进了一家正在进行先锋实验的医院，那家医院的最新规定，孩子生下来后为了防止交叉感染，要放在婴儿室里观察三天，与产房里的母亲进行隔绝。妻子的奶水被隔回了乳房，出院后的儿子就用牛栏山牌牛奶充饥，牛奶上火，这也是儿子便秘的原因。而在另一方面，妻子又不甘失败，托我给她选购了一支名牌吸奶器，妄图把不愿出来的奶水给吸出来。

我发现的小商品就是那支吸奶器。我试探着问妻子："能不能用它来吸？"

本来我只是启发思维，为下一步的可行性方案提供线索，采不采纳还需论证。然而说时迟，那时快，这个被我改名叫胡顺之的小保姆一个箭步奔了过去，拿起吸奶器就对准了儿子那个被堵塞的关口。咕叽几下，果不其然吸出来了，细看却不是儿子的大便，而是手指头粗一截粉红的肠子。

妻子当场吓哭了。我们惊恐万状，赶快打车去了儿童医院。一位女大夫用一种类似润滑油的液体，注入儿子的肛肠内部，很快疏通了渠道，然后把红肠送回原位。女大夫瞪着我说："你出的这个馊主意吧？你倒是聪明啊！"

这天晚上我做了检讨，做完以后我对她说："顺之这个名字有好的一面，又有不好的一面，其实还应该叫可逆，不是行为可疑的疑，而是可以逆反的逆，是说不当听话的时候，也可以不听话。"

胡可逆这个别扭的名字，就是这么即兴产生的。想不到二十世纪末我说在嘴里，二十一世纪她还把它记在心上。我算了一下，儿子今年十六岁，证明这已经是十六年前的事。

在我家正好做了一年的保姆，第二年的冬天，一个阳光格外明媚的好日子里，胡顺芝突然失踪了。

妻子再一次吓破了胆。我的心里也紧张万分，表面却强作镇静。我对妻子分析，无非有三种可能：一，春节快到，每逢佳节倍思亲，她想回家过年，又怕我们不同意，就不顾一切地擅自离开我家，过完年后，要么还回来，要么不回来了；二，到市区保姆介绍所去，跟她天南地北的小同行们聚会，玩儿上几天，要么还回来，要么不回来了；三，在我家的这段日子里，她偷偷地交了一个男性朋友，跟他走了，可能不会再回来了。

四处调查的结果，事情并非这样，也就是说她的行踪在以上三种推测之外。这下子我由紧张变成了害怕，我想到拐卖、强奸、他杀、自尽，于是屁滚尿流地跑去报案。

可是十六年来，我没有接到公安机关的任何报告。倒是在报案后的一段时间里，人民警察频繁地把我传去，向我询问一些问了又问的问题。

妻子从职介所带回了儿子的第二任保姆。当晚她郑重地警告我:"这一个,不许你再给她改名字了!什么顺之,什么可逆,好好儿的人,都是你给改坏的!"

对于胡顺芝的突然出现,我一时说不出是什么心情。电话里我努力地保持着沉默,尽量把话筒的下端离我鼻孔远些,不让她听到我呼哧喘气的声音。

"哥,你恨我吧?"她不笑了,问着,普通话说得相当的标准。我记得她刚到我家的时候,穿着一件大红棉袄,说的话我懂百分之七十,妻子只懂百分之三十,我给她们当完翻译之后,妻子就诲人不倦地纠正她的发音。

我实事求是地回答她说:"事情过了,早不恨了,当时是恨,你实在是把我害苦了!"

"你知道我当时是怎么走的,到哪儿去了吗?"她停顿一下,又问我。

"我不想知道当时,我只想知道现在,你现在在哪儿,在干什么?"我说的仍然是心里话。

"那你还让我到你家来吗?要让我来,我就什么话都告诉你!"她又笑起来说,"我想我姐,想飞飞,这些年一直都想他们。我倒是不怎么想你,你老训我!"

"想来你就来吧,我说,定个日子,我们在家等你。我都老了,你姐也老了,儿子比我们都高,有一米八了,见面你们两个肯定都认不出来。"

她好像就等着这一句话,立刻决定了要来的日子。"我明天就来,明天我们两个孩子学校组织去动物园,四点半回家,正好有空!我也老了,你肯定也不认不出来我了!"

我的个天,她都有了两个孩子了,而我至今只有一个。不过我马上就觉得正常起来,加法我会,十六年前十八九岁的小保姆,今年也是三十五岁左右的女人,至于两胎,只要不吃政府的饭,又愿意交计划生育的罚款,三胎四胎也能生的。我告诉她,我们早就不住在原来的地方了,搬的新家比那儿要远得多,但是交通方便,路面有十八趟公交汽车,地铁就在我家门口。我叫她乘坐地铁到我家门口这一站下,出来以后站着别动,我去接她。

她笑了说:"知道你们搬家了,你家这个电话不也是我打听出来的吗?不要你来接我,我自己开车,还给你带个人来,你只告诉我你住在哪个区哪个小区,哪个楼哪个门就行了。"

我有一点儿意外,她说的是开车,不是骑车。十五年前她还不会骑自行车,那时候交通秩序不像现在,一出门办事,我总是骑车让她坐在身后。有一次我带她从菜市场买菜回来,菜挂在我前面的车把上,她坐在我后面的货架上,为了节省时间在马路上逆行,不料对面开来一辆汽车,她吓得叫声"妈呀",一个纵蹦从车上跳了下来,当场栽倒在地。对面的汽车停了,路口的警察也赶来了,幸好她的身体非常结实,从头到脚完好无损,汽车司机气得骂我一顿，警察罚了我十块钱，命我推着车子从便道回家。十五年后我又听到了她的声音，她没说妈呀，说的是她开车来。我的脑子里有个声音呜儿地一响，一辆小轿车开到了我的面前，车主是胡顺芝。她还说带一个人，那人可能是她的丈夫。我告诉了她我家的详细地址，她用英语与我结束通话："呕咳，拜拜！"

她选择的第二天不是双休日，妻子要上班，儿子要上学，我只能一人在家恭候光临。十点十分，门铃响了，我开了门，门外的人我的确是差点儿认不出来，认不出来的原因，不是她说的那样老，而是漂亮、洋气，眼前站着一个电视模特儿大赛里的靓女。虽然在电话里听到她的普通话已经说得那么标准，但我还是没有想到，十五年前身穿大红袄的胡顺芝进步这么快。她穿的是一件米色的风衣，长发披肩，是染过的棕红色，手里握着一束银纸裹着的百合花。她的身后，是一个穿黑色西装的年轻人。

我指着他问："这是……"

她对我说："你知道是谁。"又对他说："叫哥！"

年轻人听话地叫了我一声哥。他的怀里抱了一箱水果，红领带在箱子盖上一扫一扫的。

我责备他们说："你们来就是了，花钱买这些干什么？"

管我叫哥的年轻人不说话，她说："花什么钱？我们自己的水果。"

听得出她是故意把话引上这条轨道。她不可能在北京栽种水果,一定是做水果生意。接着她又大声指挥那年轻人,把水果箱子放在走廊的窗子下面。我听她又叫小郑,又叫小宝,意思是告诉我,她的丈夫叫郑小宝。

"花也是自己的吗?"我故意问她。

"邻家的,出门时拿几枝就是。"她换了妻子的拖鞋进到厅里,在沙发上坐下来,轻描淡写地说,"你懂得这是什么意思吗?四枝,每枝两朵,总共八朵百合花,是祝你们百年好合,四季发财!"

我指着他们身上的高档服装,谦虚地说:"我发哪门子财?我看着你们发财。"

"你在家写书,不挣钱哪?"她看了郑小宝一眼,质问着我。

想不到已经过去了十五年,她还记得我是写书的人。十五年前的稿费标准是千字三十元,那时我还没有使用电脑,有一天我写完一篇稿子,去阳台上看妻子养的君子兰,打算过一会儿再检查一遍,把它寄走。可是等我回到桌边来检查时,发现那篇稿子的空格里填满了字,一看就是她的笔迹,小学文化,难看极了。而且增加的都是一些什么话呀,比方我写的是"我送她出去,看着她上了车",后面是句号,这一段完了。下边还剩有二十多个空格,她在空格里面填道:"我真是舍不得她走呀,我留她再玩一会儿,可是她坚决要走。"标点符号全打在格子外面，正好把空格填满，她是点够了字数才下手的。那一次我发了雷霆之怒，大声吼她，她却跟我硬抵硬抗，你不是说三分钱一个字吗？我想让你多挣十多块钱！结果害得我把她的话全都删了，重抄一遍，才寄出去。

写书就为了挣钱？现在我想起那件事，就完全是好笑了，我觉得她的观念始终没变。

"不是为了挣钱，你白给人家写呀？真是！"她又质问我，又看郑小宝一眼，像是告诉他说，对付我这种虚伪的人就得这么质问，就得这么一下给我戳穿，叫我再也说不出话来。

我就苦笑一下，真的再也说不出话来。郑小宝的两只手因为刚才抱过一箱水果，她提醒他到洗手间去洗一洗，他就听话地起身去洗手，从他起身的速度来看，他是训练有素，平时他服从胡顺芝的指挥惯了。

"我姐呢？飞飞呢？"她四处张望着问，"就你一个人在家呀？"

"一个上班，一个上学，很晚才回，要是在家他们还不出来迎接你了？"我顺便埋怨她说，"看你选择的这个时间，不想见我恰巧只能见我，想见他们恰巧见不上他们！"

"那我今天不走不行？"她望着我问，脸上没有笑的表情，无法判断她说的今天不走是真是假。

"两个孩子四点半回家,你可以玩儿到三点再走,中午我请你们到一个地方吃饭。"我认为这个安排是合理的,我不能让她因为来看来我的儿子,把自己的儿子给弄丢了。

"我不会让他一个人先回去,今晚我就住在你家里呀?"她生气地质问我说。

我发现她是真的生气,她是真的想今晚住在我家,为了看看她姐和我们的儿子。我赶快说:"行啊!行啊!"

到了十二点,我起身换鞋,要带他们出去吃饭。胡顺芝坚决不去,她说她本来要请她姐和飞飞吃饭,可是他们都没回来,她就不专门请我了。她问我们这儿附近有没有卖蔬菜、鸡蛋和切面的市场,我说出门过马路就是,她叫我去买这三样东西,她自己来做西红柿鸡蛋面条,不然她跟郑三宝就不吃饭了。

没有办法,我只好去。

已经出了门,她又叫住我:"哥,西红柿不要买太红太漂亮的,鸡蛋挑小的买,不要嫌上面有鸡屎,面条不要他掺棒子面,粘在一起没事儿!"

我扭回头问:"哪儿那么多的学问?"

"你听我的,回来我教给你!"她挥手催我快去,那个动作,跟刚才要郑三宝去洗手间洗手一个样子。

郑三宝除了叫我一声哥外,自始至终没有再说第二个字,低头呼呼噜噜吃完一碗面条,拿纸巾擦一擦嘴就走了。

我送他上了电梯，又送他出了楼门，看着他钻进他们开来的车里。不是我想象的小轿车，是一辆运货的小面包车，可能是拉水果用的。

送走郑三宝，重新回到屋里，我对胡顺芝说："你把你的丈夫支走，你一个人留在我这儿，你姐又不在家，你不怕他怀疑你吗？"

"你胡说些什么呀？"她瞪着我说，"那时候我在你家住了一年，我姐不也是不在家吗？我那年还是个小姑娘，你要是那样的人，你早就是那样的人了！他又不是不懂道理，他才不会怀疑我呢！"

我就放了心说："你在家看看电视，困了就到床上去睡一会儿，沙发上也行。"

我记得十五年前她在我家，睡的就是组合式沙发。那时候我只有两间房，那组沙发是专门为她买的，全套八个，白天能坐八个客人，晚上拼起来就是她的一张床。

她盯着我问："你呢？你干什么？"

我说："我去超市买些东西，等你姐下班回来好做晚饭。"

她低着头不搭理我，等我刚一起身她又说话了，她说："哥，我跑这么远是来看电视的呀？是来睡觉的呀？我在家没有电视看呀，没有觉睡呀？我来的目的就是看你们，你连话都不想跟我说了啊？"

我就又坐下来。我断定在这十五年里,她一定有无数的经历,一定有无数的话要对我说。我决定取消超市购物,一心一意地跟她说话。我索性从头问她:"那年冬天你到底跑到哪儿去了?为什么连个招呼也不跟我打呢?"

就像昨天在电话里我答应她来,她就等着我这句话,我一开口她立刻就回答了,下面的话是她早就存在喉咙里的。她说:"哥,现在我才对你说实在的,那时候我恨你,也恨我姐!有一天我去给飞飞买牛奶,听说有一个餐馆招人,我就偷偷地跑去了,害怕你们找我回来,所以才谁都不说!"

我吃了一惊:"你恨我们?你为什么要恨我们?"

"你想啊,你们自己生的孩子,自己不侍候,要别人来侍候,侍候得不好,还要挨你的训!"她一鼓作气地往下说着,这些话在喉咙里存了十五年,这喉咙又从一个十八九岁的小姑娘长到一个两个孩子的娘,分明是粗得多了。除了喉咙本身的粗,它还使人想到财大气粗,水果店的老板,漂亮的衣服,自己的车。她说,"带得不好还给我改名,你又不是我爹,一会儿叫我改成胡顺之,一会儿叫我改成胡可逆,说的是逆,我敢逆你吗?"

"要说侍候,你去餐馆不是侍候人?还全都是不认识的人,侍候得不好同样挨训!"我对她说,"难道你是去当老板不成?"

她立刻又回答我说，这话同样是她早就存在喉咙里的："可是我能学他怎么开的，干了两年，我就自己开起餐馆来了。那时候我刚认识他，我打工的那家餐馆是他哥开的，我对他说，我们也开，我们就开起来了。他跟人打架的事儿是开餐馆以后……"

"过去的事儿吧？"我追问说，忽然为他们提心吊胆。但想到刚才见面的那个郑三宝，已经是一个正常的人，心里就又平静了些。

"是过去的事儿，好些年了。"她说的时候比我还要平静。

我问："为什么呢？喝酒打架？"

"你怎么知道是喝酒打架？"她看了我一眼说，"可他是故意喝的酒，一伙北京痞子天天到我们的餐馆吃饭，欺负我们是外地人、乡下人，一分钱不给，吃完嘴一抹就走了。你要知道开个餐馆多不容易，还要缴税，工商管理费、清洁费、房租，还不说水、电、煤气，他就叫了一帮子人去教训他们……"

"慢，你怎么知道是北京人，就不是外地来打工的人呢？"我对她的判断表示怀疑。

"一口油不拉叽的北京话我听不出来？"她的判断的依据还不止这一个，"头一回来吃，总算还给过一回钱，可给我一百元，要我开一千元的发票，我哪儿赔得起那么多的税！他要发票不就是想在单位报销，外地来打工的人要发票做什么？开不了那么多，以后索性就来吃白食，没办法，他才去找了一帮子人来教训他们，想不到一下子教训重了……"

"什么时候开始卖水果的？"我不想听打架的故事，最好不要打架，不管有理无理，打架都是没有好结果的。可是我知道遇到地痞和流氓，又不得不打。

"开始是卖菜，还卖过肉、鸡蛋、切面，后来才是这个。"她由这个话题想到中午饭前，她要我去买西红柿、鸡蛋和切面的事儿，又问我："哥，你们家吃这些东西，都是我姐买吧？"

"她没工夫，都是我。"我说。

"那你可要小心了！"她危言耸听道，"水果和菜里都是化肥、农药，红是用药水染红的，甜也是用糖精泡甜的，连米面粮食都是这样，油大米的事儿你听说了吧？看起来雪白，贼亮，吃那些东西，轻的得病，重的连命都送了。他们都恨城里人，跟我们一样，恨不得把城里人全都吃死才好，为什么城里人都得那些怪病，为什么农村人就不得呢？都是吃这些吃的！秤也是七两秤，七两秤你懂不懂？"

"就是一斤只有七两，我懂这个。"我是听邻居讲了才懂的，懂了以后在家里的健康秤上试过几次，果不其然，最严重的一次分量只够一半。"唐四两，宋半斤，我们现在是唐宗宋祖时代。"我曾经幽默地对我的邻居说。

"你还以为他们光是为了赚钱吧?"她问了我,接着就由自己回答,"其实那是次要的,主要还是恨!我也恨,本来是连你们一道恨的,因为跟你们有了感情,所以才又恨又惦记,心里特别难受。哥,我说实话你不怪我吧?"

"我不怪你,"我想了想说,"你们是恨这个世道的不公平,是吗?"

"就是!"听我说不公平,她就愤愤不平了,"都是一个人,都是爹妈生的,都不是天上掉下来的,为什么我们有病没有人管,住平房都要去租,一出门就花钱,孩子在这儿上学每个学期要交那么多钱,还只是小学、中学,大学还不能考,要考大学还得回老家去考,考的分数要比你们的孩子高出几好百分!"

"你孩子多大了,你就操心起了上大学的事来?"她提的这些问题都太深刻,又太简单,但我解释不了,又明知道她把我归到了另一个阶级,我就把她的话转移开了,笑着问她。

"你管他们多大,这事儿终归是要操心的呀,"她说,"不管花多少钱,这辈子我都要他们上大学,只有上大学才能跟你一样,跟我姐一样,我总不能叫他们跟我一样,跟他们爹一样,还在这儿侍候城里人,还受城里人的欺负吧?"

"你是一个有志气的人!"我赞美她的时候,心里突然感到有点儿难过。

她突然问我:"你知道我们在这儿有多少人了吗?"

我知道她说的我们是谁,知道她说的这儿是哪里,但是不知道他们有多少人。我就摇头,说不知道。

"你就只顾着写书,"她说,"我跟你说啊,有浙江村、新疆村、河南帮、安徽帮、四川棒棒队,还有湖南湖北开餐馆的,广东福建做生意的,加起来总有上百万了!要打起来,你们打不过!"

她又说到打架,我不搭话,把眼睛转了开去。

天黑下来,我开了灯,要开电视她不让开,两人又说了一些话,儿子就回家了。看见儿子,她从沙发上纵身跳起,拉住儿子的手就喊飞飞,并且动手摘下儿子背上的书包,又快速把手伸进兜里去掏一样东西。儿子吓了一跳,眼睛嗖嗖地朝我扫射。我对茫然不知所措的儿子说:"她是你的第一个保姆,你快叫她姑姑啊。"

儿子听话地叫了她一声姑姑,她的眼泪都出来了,儿子的个子太高,她得仰起脸来才能看他,她的手从兜里取了出来,手里捏着一张封了塑膜的照片,上面一个十八九岁的女孩子,怀里抱着一个还没满月的婴儿。她把照片递到我儿子的眼前,自己的眼里却突然流出两行泪水,她一边抹泪一边问儿子:"你还认识她吧?你还认识我吧?"

儿子把照片拿在手里,看了又看,最后老老实实地回答她说:"不认得。"

你这个白眼狼!我笑着责骂儿子,心里也知道并非他的不对,十五年前他才一岁,他不可能还认识她。

接着妻子回来了。因为昨天接到她的电话,晚上我把她来的消息告诉了妻子,见面的那一刹那两人都有思想准备,搂在一起互相看,说着一些我老你年轻的废话。我对妻子说:"顺芝是为等着看你们母子两个,要不然吃过中饭就走了,你得给她做好吃的,晚上我出去散步,你们三个在家好好说话,我们两人都说够了。"

晚饭是她跟妻子共同做的,十五年前经常也是这样,那时候妻子只要在家,就会跟她共同做饭,把儿子丢在我的怀里。她喜欢有人跟她共同做饭,只要这样她就有说有笑,否则的话,她在厨房把菜刀砍得一片乱响,切一棵葱她也如此用力。还有一次我永生难忘,那一年我们还使用着煤气罐,她嫌壶里的水难得烧开,一生气把煤气开到了头,烈火熊熊,差点儿把罐子都引爆了。

这晚我们破例都喝了酒,她的脸喝红了,红了还喝,喝了就不断地说话。我提前吃完了饭,说是出门去走一圈儿,这是我每天必做的功课。出门前我故意多带了一些钱,想的是回来路过超市的时候,顺便给她的两个孩子买点吃的。中午我让她在家睡觉,我去超市她不让我去,可能她看出了我的动机。

我就出去散步,走时我把妻子拉出去说,晚上让她睡儿子的床,儿子睡沙发,儿子要不情愿,就告诉他,十五年前这人做他的小保姆时,晚上就是睡在沙发上的。安排完毕我就走了,出去走了一圈儿,回来时在超市买了一些吃的东西,一只手提着回家,另一只手掏钥匙开门。

听到锁孔转动的声音,门自己开了。不是它自己开的,是妻子从里面把它打开的。妻子说,走了。

我立刻知道她说的是顺芝走了!我大声说:"不是说好了今晚在这儿住吗?而且是她自己主动说的,她让她的丈夫回去接孩子,她今晚就住在这儿!"

"她说她今晚住这儿,是想跟我们见一面,见着面后她就不想住了。你真是笨,那不是她的丈夫!"妻子说,"那是给她打工,帮她卖水果的,她丈夫那年开餐馆时跟人打架,打瞎了人家一只眼睛,判了十年,明年才能放出来。"

我一下子想起她对我讲的丈夫打架的事,可我还没听完,就把她的话打断了。我愤愤不平地说,一只眼睛怎么会判十年!欺负人家外地人、乡下人,地痞流氓,就该打瞎他的眼睛!他本来就是瞎了眼!两只眼睛都瞎了!

"她喝多了,哇哇地哭,闹着要回去,怎么都留不住,我就只好送她下楼,给她打了一辆出租车。"妻子说。妻子怕我怪她没有拼力挽留,挽留到我散步回来,交到我的手里,她就又补了一句话,"幸亏你走了,她才多待了一个小时,不然的话,吃完饭她就走了!"

"哎,知道她走,我就不出去散步了。"我有些后悔,自己没能多陪她一会儿。

"走的时候她还说了一句醉话,"妻子笑了笑,模仿着她的语气说,"她说:'以后你别让我哥写书了,叫他到我这儿来,帮我卖水果,我给我哥多开些钱!'"

我哈哈大笑着,想起那个冒充她丈夫的郑三宝。但是我的笑声忽然堵在了喉咙里,我对妻子说:"她说的不是醉话,你忘了,儿子满月的那一天,家里来了两桌客人,谁敬我的酒都是她代我喝,那天她大概喝了半瓶二锅头,喝完了还能送客。"

妻子经我一说想了起来,也不再笑,郑重其事地望着我说:"是吗?"

北路镇

我敢说他没有忘,甚至他比我记得还要清楚,那一次在苞谷地边的斗智斗勇,敌我双方都会刻骨铭心。

春天到来的时候，我的老毛病又犯了，这一次头疼得史无前例，听着它就像一颗定时炸弹，在脖子上面嚓嚓地读秒，随时都有爆炸的可能。想到爆炸，我竟然还在疼痛中不知死活地抽空兴奋了一下，感觉着如果脑袋自己开花，倒不妨是新生事物一件，能为人类制造某种奇闻也算不虚此生。不料我正这么想着，一人骑着摩托，在门外大声呼叫我的名字，要我签收一份邮件。我忍痛开门出去，收下此物，拆开看了，原来是一封邀请信，有个名叫北路镇的行政区域，邀请我去参加一个百人大采风的活动，组织者希望大家事后各写一篇文章，发表在官方媒体上。还特意说明，除了劳务费按规矩支付，另外还有优厚的稿酬，根据媒体的级别和影响，标准在每个字两元到五元之间。

让我感到无比惊讶的是，这份邀请信意外起到的作用，大约连北路镇也没想到，它的效果相当于我过去贴过的狗皮膏药二十一倍不止，脖子上定时炸弹的读秒声顷刻就没有了，我的头恢复到去年冬天的状态。我想啊想，想起前天，有个身穿红色衬衫的朋友，曾给我讲过一篇神话故事，说中国有一个镇,镇上有一群人,他们坚决维持半个世纪以前的生产方式,一起种地,一起分粮,一起尽情享受着男女搭配干起活儿来整天整夜都不觉得累的快乐,每家每户,每人都富得流油。我记得当时我听罢笑了一下,闭了一会儿眼睛,然后起身去上厕所,现在慢慢回忆起来,神话中那个镇的名字,好像就是邀请信上的北路镇。然而问题来了,我并不认识此镇的任何人,他们怎么会邀请我呢?

最后,我的眼睛停在邀请信的落款处,那枚红彤彤的印章下面署着一个黑乎乎的名字:周基才。

这个名字把我带回几十年前。在我读小学的那一阵子,我们班有个秃子就叫这个名字,那时候他不怎么热爱学习,经常连自己名字的"基"字都写掉下半个身子,以至于老师课堂点名,在他的第二个字上使用重音点道:"周其才同学,听说你会编顺口溜,你能不能把你迟到的事编一个顺口溜给同学们听听?"周基才并手起立,憋红了脸,"噗"地放出一个屁来,在大家的哄笑声中吭哧编道:"一年到头吃不饱,我爹我娘吵吵吵,害我夜里把觉睡不好,早上一睁眼太阳把屁股晒红了!"

不可否认,他在这方面是个天才,因此全班的男生女生不仅叫他周其才,还叫他周奇才,有一次我还把他书面简化成周七才,比喻他有曹子建的七步成诗之才。不过可惜的是,周基才在小学毕业的前一星期,因为一桩诈骗案被学校开除了,说起此案又与我有关系。

事情的缘起,是他以他妈得了绞肠痧的名义向全班募捐,同学们都把自己没舍得花的零花钱做了慈善捐款,不料第二天,有个女生发现他妈巍然屹立在学校对面的小吃摊前,一手握着五根油条,另一手把半截零的往嘴里喂,油条像大锯下面的木头一样被节节锯短,速度相当的快,女生当时就哭起来,说对不住自己省吃俭用的亲妈。大家这才知道上当受骗,就自发地集结起一支队伍向他讨债,那一次他在前面跑,我们在后面追,追到一片茂密的苞谷地边,一马当先的男生伸手过去抓了个空,因为秃子头上没有长毛,结果只好把他整个身子扑倒在地。让人感动的是他倒在地上,一边大口呼吸,一边还四字成句地关心和爱护着他的敌人,他说:"你们追我,肯定饿了,前面有个,小卖铺子,我去买盒,饼干来给,你们吃吧,谁借我钱,我向我妈,要了还他!"大家觉得他的态度不错,就各自在身上搜了一阵,最后目标一致地向我看来,我连兜里的钢镚儿都掏出来交给了他。接下来我亲眼看到,这个秃子拿过钱去,吱溜一下,钻进苞谷地里再也找不着了。

案发当日,我们仁至义尽地搜集了他的八次前科,毅然向学校进行了举报。

在以后的几十年里,此人完全处于失联状态,情况像马航那架下落不明的飞机。现在我突如其来地接到这份邀请信，心情复杂得像一首老歌，把词儿稍微修改一下就是：我没有忘记他，他也没有忘记我，连彼此的名字都没有写错。

我按照红色邀请信上的联系电话打了过去，对方开口就唱一首"文革"时期的流行歌曲："沿着这条大道喂，向前方呃，嘿唷喂，嘿唷嘿，嘿咿儿唷喂咿儿唷喂，沿着这条大道，向前方呃哎嗨哟……"反复唱了七遍也没人从中掐断，我判断主人要么正在开车，要么拉屎去了，就按下手机计划十分钟后再打。但只过了五分钟，这个号码主动给我打了过来："请问刚才是您找我吗？"我说："是的，我想找一下周基才先生。"他的声音突然提高："我就是周部长，请问你是？"我冷静地向他报上我的名字，只听他一声大叫："啊呀我的老同学，你可想死我啦！刚才我在金色大厅接见朝鲜民主主义人民共和国来的一位首长同志，手机丢在衣帽间里忘了带，你可千万别见怪啊！"我说："我不见怪，我还想来看看你呢，你什么时候离开家乡到了北路镇，还当了部长，是个什么部啊？"

后面我还有一肚子的话想要问他，比方说问他如今还骗人的零花钱吗？那年被开除以后又在哪所学校读过书？脑袋上的头发长出来了没有？……话要出口之前我冷静了一下，觉得这些问题都是不宜问的，忽又想起他会编顺口溜的事来，就转而问他："你，还编不编顺口溜？"

"你怎么这好的记性,还记得我会那个!编!编得快着呢!别再说这是什么顺口溜了,这就是诗!后来我去读博的时候在文学方面恶补了一下,镇上人都爱管我叫周大诗人,还有的叫我诗人部长,不过比起你这大作家来就孙色多啦!"

想不到他主动介绍自己读博的事,这事让我始料未及,他在电话里把"逊"字念成了"孙",不知道这是不是博士式的调侃。在我的记忆中他的嗓子又尖又细,说话像刚满月的小猫要求吃奶,现在听着却比老牛还要粗壮有力,普通话也达到了三级以上标准,疑似在国家话剧院受过培训,远不是趴在苞谷地边四字一喘要求借钱的土腔土调了。他好像全然忘掉了那时我们追击他、扑倒他、举报他的事,或者说虽还记得却焚尸化迹,一笔勾销。此刻的他虚怀若谷,谈笑风生,回答我说他现在是北路镇的领导班子成员,他任部长的那个部是宣传部,行政级别相当于副科下面的正股,北路镇是正科级。

"告诉老同学一个内幕,将来如果给我写传记的话可以作为参考,这个职务和我会作诗是分不开的。竞选演讲时我有两句诗后来被写进了镇长工作报告,那两句诗是:唯有北路可通天,全镇人民应撒欢!"他把声音调小了一度,让我感觉到他的身边坐着三个竞选正股级部长的失败者。

天哪,这是什么诗,都在通天的北路上撒起欢了,欣赏他的镇长可能只是一个硕士。我的眼前出现了这么一本传记，纸张精良的彩色封面上，印着一个因为骗钱被人一路追到苞谷地边扑倒在地的秃子。我忍不住笑了一下，但没出声，答应一定到北路镇去看看，只是写不写文章还不一定。我也的确这样想着，身穿红色衬衫的朋友讲述的神话故事激起了我强烈的好奇心，老实说，好奇是一种客气的表达，事实上我的心里疑点重重，这下既然有人邀请我去，倒正中了我的下怀。我的话刚落音，耳边旋即传来一段被他称作诗的韵文，只听我那被开除的老同学在电话里面抑扬顿挫地念道："欢迎朋友来北路，一路鲜花一路酒，全镇人民等你来，来了你就不想走！"

念到这里他停顿一拍，大约是等着我鼓掌。我的眼前又出现了这么一幅画面：一个领导模样的人，在念工作报告的间隙抬起头来看看前方，这时候台下就响起一阵暴风雨般的掌声。然而我的掌声不会轻易响起，此诗和他几十年前那首"太阳把屁股晒红了"相比，虽然有了些许的进步，知道第三句并不需要押韵，但整体看来还在一个水平线上，不明白他这博士是怎么读的。

他没听到我的反应，就又回到不押韵的表达方式，提醒我务必记住邀请信上写明的时间，动身前给他打一个电话，他这个负责宣传的部长要来亲自接驾。我给他玩儿两面三刀，嘴巴上淋漓酣畅地答应着，心中却另有打算，按照对方指定的路线去参观访问，这与中了埋伏被人生擒活捉，做了俘虏还得为他们的现场作证有什么差别？我想看北路镇，又不想只看北路镇想给我看的一面，要想解决这个矛盾，就得游离百人采访团之外，宁可自费，以去看望北路镇老同学的名义。

第二天我只提着一个塑料袋就出发了，袋子里装着水杯、牙具、毛巾。从今年春天开始，我决定不再使用宾馆里的卫生器材，去年我偷懒用过一次，结果吃了大亏，回家后左脚的脚背上长出一朵梅花形的大包，最初流血，后来流脓，一条腿都肿成冬瓜。若不是我这人心里有主见，早就被医生动员着截了肢，我算是吸取了血与脓的教训。

我乘坐高铁来到距离北路镇十公里的码头，此时夜晚十一点都过了，短途汽车已经收班，也没有夜间的出租车，只好就近住在一家名叫南口的宾馆，打算明早起来，再坐公交车到目的地。高铁的这一站叫北路南口，想必宾馆的名字是从这里来的，我登记要了一间单人房，房价每晚二百八十元。进到房里，基本设施比起京城虽说简单了些，住一晚上也还行，横竖不就是睡一觉吗？我首先去淋浴室里淋了个浴，接着在坐便器上坐了个便，再往下事情进行到冲水的环节，却临时发现那个系统出问题了，就是说，它一滴水也不愿意上来。

很快我就急出一身大汗，刚才的澡算白洗了。慌乱中我想起房间的服务指南，在写字桌上的青花瓷台灯边上，我找着了一本花里胡哨的册子，翻到有客服电话的那一页，加拨饭店的字头打了过去。接电话的是一个女声，音色柔媚极了，还不等我说话她先问道："先生您好，请问是需要服务吗？"我说："是的。"接着不等我说话她又问道："请问先生住几号房间？"我对她报了房号，这次我抢着说了"马桶"二字，第三个"坏"字还没出口，柔媚的女声切断我的话说："先生请准备一下，五分钟后人就来了。"

我有些纳闷儿，不明白她说的先准备一下是什么意思，难道是让我把那泡没冲下去的大便用盖板掩盖起来，阻止它的臭气扩散到整个房间吗？我的心里这么想着，手上就去这么做了，做毕洗手出来，百无聊赖，坐下想看一会儿电视。这里的电视一点儿也不比别的宾馆小，问题是只有一个频道出来人影，那些人穿着西装革履在地里干农活儿，说话却多数让人听不懂，看样子都是北路镇的土著。人们背后有一座巍峨的建筑，额头上长着三个血红的大包，可以认出是"北路镇"，写得很卖力气，但不好看，"真"字里的三横写成了一竖，远看是"真"，近看又不像"真"。后面跟了一串儿小字就认不清了，可能是写者的名字，想让人类知道是他写的。

我拿起遥控器来关闭电视的时候，外面好像有人敲门，只轻轻敲了一下就结束了，我问："谁？"回答说："是先生您要的服务。"声音也像敲门一样轻。我初步断定是刚才的电话员带来了修理马桶的师傅,这么说他们还是讲诚信的,说来就来,说几分钟就几分钟。我起身去把门打开,站在我眼前的只有一个穿白短裙的女子,提着一只金黄色的小手袋,我偏着头去看她身后,她却一个闪身挤了进来,随后又反手把门插上。

"你……行吗?"我用怀疑的目光看这女子,手袋小巧玲珑,根本放不下钳子和改锥一类修理工具,装几颗螺丝还可以。不过她也不会把这些坚硬的东西装在里面。

"先生您真逗,我怎么不行?"说话间她已经侧身坐在了房间的沙发上,并且翘起一条腿来,那条腿又白又光,与马桶修理工的黑毛腿不可同日而语。白短裙太短了,经不起她这么一翘,下面竟然露出一小片红色的布,不知道这和行不行有什么关系。

"我是说……你连工具也没有带?"我没好说她这身装扮根本不像干活儿的人。

"放心吧,万事俱备,保证安全,看来先生您很少出门哦。"她说"万事俱备"的时候样子有点儿调皮可爱,说"保证安全"的时候胸有成竹,说我"很少出门"的时候就明显地含着讥讽了。小红嘴儿一边说着,她一边把金色的手袋夹在两腿之间,打开拉链,探进一只手去,用两只染得血红的指甲拈出一个精致的小方盒,接着又拈出另外一个。

都是很安全的,她对我讲解说,这一种是原装的进口货,世界名牌,感觉更好一些。它上面带着毛刺,套上后像刚摘下来的黄瓜,您知道外国人的都大,欲望又强烈,您用过一次就知道了。不过这种有点儿贵,原价都要二十多美元……

我到底明白了她们的服务和冲走那泡大便是两回事,她只说到中途我就明白了,因为我看见了那两个小方盒上画的小人儿,一男一女都光着身子,在她说很贵的那一种上面,男女主人公的表情和姿势画得惟妙惟肖,青光眼都能认出他们在干什么勾当。这女子看上去二十二岁到二十四岁之间,一身上下长得珠圆玉润,跌宕起伏,脸蛋和眉眼很是绰约,尤其是从侧面微微斜着向我瞟来的样子,不经过专业训练和名师指点,很难具备这样撩人的功力。

问题是我的思想还有一部分在马桶里面,剩下的一部分在想象着她下一步会怎么办。这女子好像看出我的三心二意,脸上再次浮起那种说我"很少出门"时的表情,并且红嘴唇儿一笑说了出来:"先生是不是又要马儿跑,又要马儿不吃草……"

"那是个什么马,怎么要吃那么贵的草?"我逗她说。

"舍不得娃子打不到狼!"她又换了一个比方。

"又变成了狼?拿娃子换那不是更贵了?"我继续逗她。

"先生要是实在觉得进口的贵了,那就用这种国产的吧,一个二十,是人民币,人民币和美元的比值不才六点多不到七吗?其实也挺好用的,关键还在于本人……"她认为我是真的嫌贵,有些不高兴了,却退了一步又动员着。

"我连二十块人民币都没有。"我向她叫穷,其实是想给她一个回去向上级交差的理由,就说因谈判未成而离开的这个房间。

女子的眉毛动了一下,斜着向我看来的眼光满是狐疑。

"真的……"我说。

"你到底干还是不干?"她的口气变得急躁,快速看了一眼戴在左腕的小表,那好像也是她喜欢的进口货,感觉好的名牌。

"难道你没看出我是个穷光蛋吗?喏,我的全部行李都在那里!明天一早我连早餐都没得吃的,这钱还要留着坐车!"我指着我的那个塑料袋,让她断了此念。

她转而对我产生了另外的猜测,又用那种训练过的眼光向我斜着瞟来:"知道先生是逗我玩儿,要事先营造一下气氛呢,原来是个老手!我就在想,连这钱都不够,还住什么宾馆,打什么电话,要什么头牌!您肯定知道我们头牌是什么价吧?"

我本想明确地告诉她"请你和你的同事不要误会,我住宾馆纯粹是为了睡一个好觉,打电话也纯粹是为了解决马桶下水的问题"。但我话到嘴边临时变卦,心想着不问白不问,就又随话搭话:"你高看我了,我真的不知道,你是这里的头牌?什么价?"

这次她相信了,自负地点了下头,把血红指甲的大拇指和食指往开一叉,像是骄傲地劈开两腿。

"八百?八百块钱我再添上一点儿就能买一头出栏的猪了!"我成心要侮辱她,脸上一点儿都不带笑。

她被我彻底激怒了,终于认定我是个又穷又色的小气鬼,果断放下那条翘起的腿。高跟鞋的鞋底在地板上敲得"嗒"的一响,像拍卖师落下的小锤。

"那您就挑个便宜的吧,有老母猪,还有小猪崽子!"

她开始动手整理她的手袋,把从袋里拈出来的两个小方盒放回袋里,表示本次活动到此结束。在她动作流畅地合上拉链之前,我看见了那只手袋里面还装着其他几样瓶瓶罐罐的东西,有眉笔、口红之类的化妆品,还有一些散碎的纸币,大约是找补客人用的。她整理完毕站起身来,直到这时才正面看我一眼,似乎今生今世要把我这个特殊房客记在心中,然后握着手袋走向门边,轻轻开门,出去后还记着随手把门带上。

这也多少出乎我的意料,我的意料是她们失败以后通常会噘嘴,怒视,鼻子里哼的一响,脚步很重地离去,哐的一声撞上房门。我听着她的鞋底声闲庭信步一般渐渐消失在走廊的尽头，忍不住笑了一下，趁这空闲我重温一遍刚才发生的事，觉得生活真有意思，它让我完全在无意中揭开了一家宾馆的内幕。不对，是馆里的人自己揭开内幕让我观察。不过兴奋之余，马桶里那泡讨厌的大便又浮现在我的眼前，这是因为随着时间的延长，它在浸泡的过程中发生了变化，虽然有一块盖板压在头上，可那越来越浓的臭味却沿着一圈儿椭圆的缝隙扩散出来，被空调制造的冷风吹得满屋弥漫。

我的心情遭到大的破坏，再次拿起电话，按照刚才的号码打了过去。"先生您好，是刚才那位先生吗？"柔媚的女声不等我开口就先问道。我说："是的。"下面我正要提出马桶的事，电话里又先告诉我说，一号小姐已经把您的意见转告了我们，请再等五分钟，你要的人就来了，说完匆匆挂了电话，给人的感觉是他们日理万机，对这类事务应接不暇。我的心里又纳起闷儿来，一号小姐转告客服的应该是我嫌小姐贵了，而不是我嫌马桶坏了，他们五分钟后再派谁来？来干什么？莫非他们明知道这个房间的马桶是坏的不成？

果不其然等了五分钟后，又有人来敲我的房门，这一次我坚持不让自己去开，却对着门大声喊道："修马桶的师傅吗？请进！"

门从外面被旋开了，一大一小两个身子并排站在我的面前，她们之间的年纪要相差一倍，小的还像个女中学生，大的却像给中学生做饭的女厨师，如果有人向我介绍这是一对母女，我想我会毫无悬念地相信。这一比较之下我才明白，那个被我赶走的女子为什么自称头牌，客服电话为什么也称她是一号小姐。母女似的二人站在那里等我挑选，小的躲开我的眼睛怯生生地看着大的，大的转过身想要关门的时候，突然被我一声喊住："是修马桶的师傅留下，不是的，走！"

随着我的手向门外一指，年纪小的身子发冷似的打了一个哆嗦，我的心肠并没有软，指着她的眼窝又喊了一声："走！"我看见她被我吓得快要哭了，年纪大的这时似乎愣过神来，赶紧用身子挡住她，拉住她的手一边开门出去，一边回头也冲我喊："不要就不要，吼人家做啥嘛？有钱人有啥了不起的！"

我不敢再打客服电话，一身大汗又去洗了个淋浴，顺便接一盆水，高高地举过头顶对准马桶冲下去。轰隆一声响过之后，马桶里呈现出了洁白的局面，事情原来是这般简单。我根据自己刚才的动作，想到一个词叫举手之劳，早知如此我就不麻烦他们了，要么自力更生，要么等我明天一早走后，让下一届的房客再找他们麻烦不迟。这个夜晚我没睡好，清早起来对着镜子一看，里面出现两只金鱼的眼泡，我用昨晚从头牌女子身上省下的钱吃了早餐，坐上出租,向着十公里外的北路镇直奔过去。

直奔是用于书面的语言,事实上从北路南口到北路镇,正好要绕一个半圆形的回湾,让人想起一个难听的说法,走回头路。在出租车的一路奔跑中,我认出了昨夜在宾馆电视里见到的那栋一会儿远一会儿近的,额头上鼓起三个大红包的高楼,让出租车司机把车停在楼门以外,然后付钱下车,站在初升的朝阳下打电话给周基才,说我已经到了。

"啊?到了?不是还没到采风的时间吗?你到哪里了?南口车站,还是……机场?出发前怎么不通知我一声?我不是早就告诉你了吗?……别动!你别动啊!我马上派车来接你!"手机里传来周基才一长串想不明白的问题,从他的问话中我又得知,还有一座机场在这附近。我回答说:"我不会动,你来接吧,别派车了,我的车就在你的楼下。"他就又大叫:"你、你、你,你太不把我当老同学啦!"

当他小跑着来到我面前,招着手对我发出第三次叫声的时候,我惊讶地发现我已经不认识这个人了。来者穿着短裤短衫,一身白肉,满面红光,特别令我不敢相信的是,他还长着一头茂密的黑发,额前的一小股发丝被风吹得挡在了眼睛上,他伸出两根指头把它拨回原处,按了一按,这才放下手来和我狠狠地握着。"你还是那个样子,那时候全班男生里数你最帅,女生个个都喜欢你!"他虚伪地称赞着我,所说的那时候我还不满十二岁,而现在我已进入老境,我又没有吃长生不老的唐僧肉。

"你也还是那个样子!"我来而不往非礼也地报答了他,其实别说他那时候猥琐得像一只老鼠,就说那光溜溜的秃子头上,何曾有过一根细毛?说了这个我又向他忏悔,"那时候我们都小,对你不好,有一次……"

"什么年代的事了你还记得?哪一次?我可全都忘光啦!真的,连个影儿都没有啦!我这人从小就大大咧咧,不像你似的小心眼儿!"他大模大样地批评着我,还没听我说完就把我给全盘否定了。

我敢说他没有忘,甚至他比我记得还要清楚,那一次在苞谷地边的斗智斗勇,敌我双方都会刻骨铭心。

他把我手中的全部行李,那只装着水杯、毛巾和牙具的塑料袋接过去时,奇怪地看我一眼,忽然从嘴里咕噜出一段顺口溜:"有朋提前从远来,不亦乐乎很开怀,轻装上阵把访采,手里提个塑料袋。哈哈哈哈!"

我听着第三句有点儿别扭,心想着刚说他有进步他倒又押上韵了,嘴里却也哈哈大笑地问:"这是你致我的欢迎词吗?"

他摇头摆手道:"哪里哪里,即兴而已,哈哈哈哈!对了,今天下午我们正好有个比较重要的会议,是我亲自主持,我请你也参加吧,一来是为老同学捧场,二来可以了解北路镇，三来呢，对你的写作也有帮助，到时你再听听我的主持词，里面会有几首好诗！"

说完这话并不征求我的意见，他就以正股级宣传部长的派头，一招手要来一辆待命的小车，陪着我坐进去，到对面不远的北路宾馆下榻。顾名思义，这家以北路命名的宾馆应该是此镇的标志和形象化建筑，住进去后果然如此，至少比昨晚那家马桶堵塞的南口宾馆高级，今晚我可以后顾无忧地拉一泡大便了。我没有告诉周基才昨天晚上的奇遇，但他从我的肿眼泡上看出了我睡眠不好，他让我上午好好休息一下，中午他设宴为我接风，下午派人直接把我接到会场。

我按照他的吩咐休息，吃饭，待命，暗自揣测着下午将是一个什么样的重要会议。下午一点四十五分，我听到宾馆外面响了一声汽车喇叭，不久就有一串脚步声横扫走廊，接着又有人来敲门了。我去打开门时，神经病地向洗手间里的马桶瞥了一眼，相信里面没有发生昨晚那样的事故，就不必怀疑门外是客服派来的人。我开了门，认出是今早开车送我到宾馆的小车司机，他谦恭地对我平伸右手："先生您好，周部长派我来接您！"

小车司机把我安全送达会议召开的地点，我发现又回到了北路镇大楼，这里是位于三层的大厅，顶部吊着三只金色的琉璃灯，周基才第一次在电话里对我说，接见朝鲜人民民主主义共和国首长同志的金色大厅可能就是这个。厅里有一千个座位,就座的大概其中一半,我被引导到首排的嘉宾位置坐下,设计成弧形的会议桌上摆放着十几个人的名字,都是激光打印的宋体,只有我的名字用毛笔写着,无疑是中午临时添加的。这些名字的主人有的已经先我而至,有的与我同时落座,有的正在徐徐到来,从坐姿和步态以及挺起的大肚皮上,可以看出都不是等闲之辈,只可惜我一个也不认识。在我们每位嘉宾的面前,桌上摆好了水果、茶杯、瓶装水,还有一页大会的议程表,红色纸面上的第一行大号字是"北路镇是怎样撅起的",这应该是会议的主题。下面从第一项至第九项为内容纲要,最后一行的上方空了一格,印着"散会后请嘉宾领导首先离场从侧门出"。

我为结尾的一行字感到奇怪,同时奇怪的还有开头一行,北路镇可以在土地上崛起,只有屁股才会在腰杆上撅起。我在想这句话若是出于周基才的原创,是否这位恶补文学的博士把他投靠的镇子比作高高撅起的肥臀,以此来诱惑天南地北的围观者?接着又发生了一件更加奇怪的事,我那位被开除的老同学从主席台后挺身而出,走到第三步的时候他抬起右手,把在走动中搭到眼前的一绺头发拨了上去,按了一按,然后走到讲桌边宣布大会开始。说完大会开始他又说全体起立,说完全体起立他居然唱起歌来,他唱的是一句我从来没有听过的歌曲和歌词，唱完这一句他大吼一声"唱"，金色大厅中的五百人就齐声唱了起来。

这个庄严的场面让我感到熟悉而又恐怖，身子不由得抖了一下，竟有些像昨晚那个被我吓着了的女中学生。我之所以没有响应领唱的周基才，并非我还和当年一样不买他账，而是我实实在在的不会唱，我不知道这是一支什么性质的歌，这支歌的歌词完全有可能是他的创作，谱子是街头上一个拉二胡的瞎子配的。当我正想着会后向他解释一下的时候，他的主持正式开始了。"各位女士、各位先生、各位同志、各位朋友们，大家下午好！天上有颗北斗星，地上有个北路镇，星星照在镇子上，全镇人民眼睛明。北路镇的镇歌唱完之后，现在我要隆重宣布，这次评选产生的，在北路镇坚持走自己道路的历程上，付出过艰苦劳动的二十一名先进代表的名字，并且请出代表中的代表登台讲话！"

伴随着一阵雷鸣般的掌声，饭前他曾对我说过的话此时在我耳边响起，他说他的主持词里的诗相对好些，意思是要我留心听着，我估计刚才有四句是其中之一，被拉二胡的瞎子谱上曲就成了北路镇之歌。我笑了笑，由于坐在台下首排，这个表情被台上的他目击到了，他似乎一直关注着我这位提前光临的嘉宾，讲一句话看我一眼，期待着我的脸上绽放出对他刮目相看的笑容。于是他也笑了笑，一气呵成地念完二十一个人名,伸手请出第一位代表说:"首先让我们热烈欢迎,不仅自己勤劳致富,还带动全村乡亲共同致富的好姑娘,大学毕业,回到家乡,继承传统,艰苦创业,勇于牺牲,乐于奉献,坚决不走,歪门邪道,被媒体称为北路之花,人如其名的沈、如、玉!"

一个身穿藏青色套裙的年轻女子款款上台,此前不知道她隐藏在台下的哪个角落,她的左手端着一份讲稿,右手贴在裙边有节奏地摆动着,走到周基才的身边向他鞠了一躬,接着又向台下鞠了一躬。周基才对她点头,对我们颔掌,自己转身退出,让年轻女子独自一人亭亭玉立在五百双目光之下。北路之花沈如玉面带羞涩,刚要开口,掌声又起,她就低头看着自己的脚,等候暴风雨声像漫过沙滩的潮汐一样逐渐退去,才第二次抬起头来,开口说道:"谢谢镇委,谢谢周部长,谢谢爷爷奶奶、叔叔婶婶、哥哥姐姐们!"

我定了一下神,觉得这个声音好像我在哪里听到过,继而又得寸进尺地觉得好像还在哪里看到过这张漂亮的脸,还有这具饱满的身体,只不过脸上没有化妆,身上也不是这套衣服。忽然间我想起昨天夜晚南口宾馆里的那个被客服派来的女子,喉间的呼吸顿时被一个疑团堵住,我先是怀疑那个女子是她的姐妹,后又怀疑那个女子是她,末了我就认定她们绝对是一个人了。同时被我怀疑和认定的还有昨夜后来出现的那一大一小，因为她用我曾听到过的声音动情地念道："当我以一个女子的柔弱之躯闯出了一条人生之路，发现和我同村的刘大哥还没有盖上楼房，发现和我隔壁的王三叔还没有买上车，我就把在家闲着的刘大嫂和放假回家的王小妹也带出去，为了她们家的致富，同时也为了我们镇的崛起，贡献一分力量……"

后面的话我就听不到了，我的耳朵聋了，一只苍蝇撞在玻璃上的嗡嗡之声暂时把我与外界阻断了。幸好我的眼睛还能看到一些模糊的物像，一个好姑娘下去，又一个好姑娘上来，总共上来十个下去十个之后，第十一个上来的是周基才。再次登台的周基才远远看我一眼，值得庆贺的是他从眼睛发出的亮光把我耳朵的听觉重新打通，让我又听到了他嘴里念出的诗，他的嗓门大得几乎是发出最后的吼声。他说："这真是，谁说大路在东南，北路怎么不通天，唤起镇民小一万，幸福生活翻八番！散会！"

他又犯了第三句押韵的忌讳。在一阵更加热烈的掌声中，这位把会议圆满主持结束的正股级部长迈步走下台来，亲切地拉着我的手，从侧门走出金色大厅。这时候外面起了一阵真正的大风，吹得他防不胜防，顾脸顾不了头，头顶上的茂密黑发突然离开大脑皮层，他似乎意识到将会发生什么危险的事，赶紧伸出双手，却一下没有按住，眼看着它打着旋儿向地上坠去。他更加紧张地弯下腰去捕捉，那东西又滚到我的脚边，说时迟，那时快，我用脚尖向上一钩，像读小学时踢鸡毛毽子一样将它踢到空中，并且趁势接在怀里。

我的老同学感激地向我伸来双手，这下子我才看见了他几十年前的秃顶。基本上还是那样，只是水涨船高，头随人大，面积辽阔了一些。我到底明白他是怎么回事了，喉咙一痒，问道："这玩意儿，是不是有点儿大呀？"

父亲和他的七个情人

我坐在前面开车,听他在后面讲完这个故事之后,身体似乎有点儿疲软,出气声呼哧带喘,真像有一队追兵在他的后面紧追不舍。

八十八岁的父亲被推进太平间,就要装进大冰柜的那一瞬间,突然怕冷似的一个激灵。这事借用网络上的流行语说,我也是醉了,本来他的身子就已经是冷的,不仅冷冰冰,而且硬邦邦,他还怕什么冷?正因为失去了生命体征,我才和管床医生商量着把他装进冰柜,然后选好日子,开一个会把他烧了。现在既然情况有变,我就一边招手让护工掉转车头,推他出来,一边迎过去问:"爸,您咋又活了呢?"

死去活来的父亲眼睛都懒得睁开,沉浸在他的幻觉中说:"刚才做了个梦,梦见我表舅家的女儿了。"

说时迟,那时快,听他说完这话我再去摸他的身子,已经变得热乎乎的,用手在肚皮上按了一下,好似一只刚刚回炉的面包。

"您多大时遇到她的?"我逗他玩儿,反正母亲不在了。

"十八岁。"

"晓得了,我的前母亲叫英莲,九月九日那天,她坐在河边看着风车呼辘辘地转,明天您就要跟着部队走了。"我笑着讽刺他说。小的时候我看过一部电影,主题曲的歌词就是上面这几句。

"不叫英莲,也不是一个,她家有七个姑娘。"

我的记忆中忽然蹦出一件事。很久很久以前我好像听他说起过谁家有七个女儿,那次母亲扇了他七个大嘴巴子,平均一个女儿一个。可惜我那年还是学龄前的儿童,浑然不知那七个女儿与母亲有着何种血海深仇,母亲为何要下手揍他。从此之后他矢口不再提那七个女儿了。

他甚至因噎废食,连"七"都不敢说。举例说明,我记得我们国家在一个相当长的历史时期,除了老放上面那部电影,没事时还喜欢放一部神话片,片中的主人公是七个仙女和一个放牛郎,他不说"七个",而说"好几个"。另一个经典例子是母亲喜欢吃一种很辣的小辣椒,那种屁股朝天的小辣椒一撮七个,别人叫七姊妹,他的有特色的表达方式也是"好几个"。

还有一味消肿止痛的草药,名叫七月一枝花,有一次母亲去拿擀面棍时把脚崴了,老中医给她开的外敷药中正好有这一味。父亲捡好了药回来,母亲谨慎起见让他念一遍药方,眼看着要念到七月一枝花了,他心有余悸地看了一眼母亲跃跃欲试的手,嘴里含糊不清地咕哝了一句:"阳历八月开花的那味珍贵的药品。"

去年冬天母亲先走一步,所以今年春天他魂兮归来,竟敢狂妄地说他昨夜做了那样的梦。

"您是不是临死之前想看一眼她们,否则不能闭眼?"我一针见血地问,连"瞑目"二字我都不舍得用。

"是的,是的。"他回答说,怕我没听清重复了一遍,语气有点儿羞答答的。我连听带看,觉得他那总共有七八根筋扯着的脖子内部有个什么东西在上下滑动着,像一口痰,在里面大约憋屈七十年了,如果他当时真是电影里的那个十八岁小哥哥的话。

我协助护工把他推回原来的病房,他的病床被一个彪形大汉占领,我对那人说声对不起,我家老爷子还没办理出院手续。彪形大汉用地方普通话骂了一声谁的生殖器,一个鲤鱼打挺跳下地来,挽着袖子直奔值床医生而去。我让父亲在原床躺下,继续回味那个被破坏的梦境,顺便向他打听那七个女儿姓甚名谁,芳龄几许,家住何方。表舅是一个暧昧的称谓,性质和级别相当于表叔,用李铁梅的话说她家的这种人是数不清的。

"姓洪,三点水洪,姊妹七个的名字是七种花,最大的一个叫桃花,我叫她表姐,其他六个都比我小,名字我也都恍惚了。她们家住在乌龙洞,从这里往西走有七八十里路,深山老林里,不晓得现在通车没有……"

他一鼓作气地说下去,语言流畅,势如破竹,几十年都没敢说"七",如今趁母亲已不在人世连着说了好几个,过足了瘾。尤其是说着说着,刚才那张死白色的老脸渐渐泛出红来,好像一提到桃花,他的脸上就有了桃花盛开的意思。我怀疑他是回光返照,据说人在临终前的几个小时会突然从昏迷中苏醒过来,说出一番密藏在心中的话,随后才香消玉殒,在一些红色电影和电视剧中革命者英勇就义之际往往就是那样。不过他那张使用了八十八年的嘴巴毕竟有点儿不关风了,伴着一进一出的喘气声,从两边嘴角往外淌着一丝一缕的口水,像三九天小河冰层下溢出的一线残流。

我用纸巾去擦他湿漉漉的嘴角,刚一触到皮肉他的眼睛就睁开了,仰望着梦境中的桃花。接着手能动了,再接着胳膊也能动了,再接着"呼哧"一下,他的上半个身子威风凛凛地坐起来,吓得我的身子往后缩了三寸。

"我想去看看她们……"

"您想哪天去?"

"明天!明天就去!再晚怕来不及了……"

"明天?明天是不可能的,至少也要等到出院!"

"那我就出院,后天去看……"

他一边只争朝夕地说着,一边抓紧时间大口呼吸,仿佛随时都有可能断气。

我把胸脯拍得"啪啪"直响,保证圆满地帮他完成这个愿望,父恩如山,好歹我们父子一场。他相信了我,无限感激地看我一眼，这才放心地倒下又睡，而且立刻就睡着了，脸上好像还带着微笑。我怀疑他说完这句话后，这次真的会像革命烈士一样含笑九泉，伸手去刺探他还有没有气息，不料一个酷似驴叫的呼噜，"嗷"的一声从他嘴里打了出来。

我仍然比他说的晚了几天，一周后我才把他接出医院。这一周的时间我也没有白费，利用给他倒屎倒尿的天时地利，我人和地在住院部走廊上向家属们打听，得知了真有一个名叫乌龙洞的地方。那里从县城往西走大约一百里，不过已不再是他所说的深山老林，有一条盘山公路能够通到林子下面，我想这个路程和他记忆中的七八十里有些吻合，把一条直上直下的山路变成弯来绕去的车道不就得多出几十里吗？被询问的人年纪在三十岁到五十岁，他们通过反复地回忆，都说不记得附近有姓洪的人家，要么是搬走了，要么是绝户了，要么是老爷子老糊涂了，记错了姓，莫非姓何？姓胡？姓侯？我的心里顿时有了沉重的感觉，担心若是找不到那七朵花，该如何兑现亲口向他许下的诺言！

但我必须得找。花儿谢了，花下应该有它们的种子，姓洪的七个姑娘不可能都搬走，不可能都不嫁人，不可能都没有后代，不可能在祖先居住的乌龙洞消失得无影无踪！我在手机上查了一下明天的天气预报——正如一个漂亮的女歌星所唱,明天是个好日子。无风无雨,不热不凉,没有任何不适合老人出行的因素,相反,八十八岁大病初愈的老人恰恰应该在这样的好日子里出来活动活动身子骨儿。

临行前的夜晚我语重心长地告诉他:"今晚您好好地睡一觉,天亮起来,穿上大衣,戴上礼帽,拄上手杖,跟我去找您这些年梦寐以求的七朵花吧,就我们爷儿俩,一个多的人都不要。我开车,您在后排,坐着、卧着、仰着、躺着都行,不过我把丑话说在前头,我俩得订个盟约,您必须给我讲讲你们的爱情故事。我这心里就纳闷儿了,一个男人怎么会同时和七个女人恋爱?"

父亲过去是政府部门的文化官员,在位时负责干编撰红色文史一类的活儿,在我的印象中他干这个已上瘾成癖,不干浑身发痒,一天都活不下去。天不假年,离休的时辰到了,他不得不在家里赋起闲来,但他近些日子却又受到一些人怂恿,准备写一部回忆录,说是有关组织要拨款出版,这次住院正是因为晚上睡觉超过了医生规定的八点以前,写着写着,"吧唧"一下趴在了写字桌上。

我把任务布置下去之后,给他充分的时间,让他提前打好腹稿,根据他这一生的专长当编的编,当造的造,可别在明天的讲述中前言不搭后语。我从小读过不少他们这号人写的书,包括中小学的语文课本,长大一想,矛盾重重,漏洞百出,都是蒙人的。他不承认那是编造,说的时候脸都涨红了，脖子也肿大了三分之一，看起来像腮帮的一个组成部分。

第二天清早起来，他按照我的指示装扮停当，除了大衣、礼帽、手杖之外，还擅自做主在大衣兜里装足了纸巾，看样子准备在见到七个女子以后替双方擦拭悲喜交加的泪水。我们父子二人吃罢早餐，登车启程，一出城内的街道，耳听得他"呕"的一声干咳，接着就无限深情地开始了对往事的缅怀。县城往西的路不大好走，车身摇摇晃晃，颠颠簸簸，因此从他嘴里吐出来的字也就零零碎碎，断断续续，和我从前听过的无数革命先烈的故事相差无几，只是结尾部分略带一点儿喜剧色彩。

一九四五年，国民党抓兵拉夫，两丁抽一，四丁抽二，他们正好兄弟四人。他的四弟，我的四叔，已在前一年被抓走，另一个被看上的就是他。青少年时代的他体格健壮，虎背熊腰，人人见了都说是当兵的好苗子，否则为何兄弟三个都英年早逝，独他一人八十八岁还能死而复生呢？为躲征兵他逃跑到乌龙洞一个表舅家，他的所谓表舅，无非是我奶奶娘家一个远房表哥，家中无子，只有七个如花似玉的女儿，最大的十九岁，最小的才九岁，中间有两个是双胞胎。长女桃花是七姊妹中最漂亮的一个，刚好这一年要嫁人了，女婿家就在邻近的一个村子里。

父亲躲进她家的那天是个夜晚，大他一岁的桃花正在闺房里给自己绣着嫁衣，听到外面有当兵的砰砰打门，她爹她娘被吓得满屋乱跑。桃花怕二老房里藏不住他，横下一条心来，也不晓得从哪里生出的那大独胆，竟敢打开房门让他藏进她的闺房，又让她的六个妹妹也都进去，姊妹们脱了外面的衣服睡在一张床上，把他严严实实地压在下边，就像盖了一床肉被子。

说这些当兵的杀人放火，奸淫妇女，那都是说，事实并不见得都是这样。就说那次，那些当兵的进了桃花的家，一个拿枪看住她爹她娘，另几个就到处搜查，连猪圈和茅厕都几进几出，却怎么搜也搜不出父亲的一根人毛，最后他们才敲开这间闺房的门。他们为何一直不进姑娘的闺房？父亲说这个问题他想了七十年，他想可能与那个领头的看着像个读书人大有关系，按理说这里应该是搜查的重点。当他们最后敲开闺房的门后，一眼看到床上睡满了只穿一件小衣的姑娘，起来开门的一个手里拿把锋利的剪子，剪口对准着自己的心口，领头的把头一低转身走了。接下来那人挥一下手，带领几个当兵的喊声连天，追上了屋后的一条小路。

老实说，自从成年以后，我对他们这号人讲的故事就心存戒备，保持着应有的警惕。出于他们多少年来的训练有素，我无法判断故事的真假，哪些是真哪些是假，有多少真有多少假，甚至我怀疑全部都是假的，为了他说的那个需要没有一个字是真的。但是这次不同,他在死去活来之后一开口就说出的这个愿望,如此深情,如此迫切,我想他可能是到鬼门关走了一趟,受到阎王爷的教育,醍醐灌顶,幡然醒悟,良心回归,八十八岁终于活明白了,方才急着去看当年救了他命的七个姑娘。

我坐在前面开车,听他在后面讲完这个故事之后,身体似乎有点儿疲软,出气声呼哧带喘,真像有一队追兵在他的后面紧追不舍。其实即便在回忆中他也没有奔跑,他不是和他表舅的七个剥掉外衣的女儿睡在一张床上,被那七团温暖柔软的肌肉压在下面,有惊无险地度过了那一难忘的时刻吗?他此时的喘气声应该出自他当年残存的紧张和恐惧,同时也还有那么一点激动和幸福吧。我向他随口提出了一个通俗的问题:"世上没有不透风的墙,这消息迟早会传开,你的那七个表姐表妹,小的不说,大的还能嫁得出去?"

好半天听不到他的回答,我把车转过一个弯再回头看他,发现他藏在大衣兜里的纸巾此时派上了用场,他正拿它在眼窝上面拭着,左边一下右边一下,两个眼泡都红兮兮的。

"别的我不晓得,我只晓得桃花的婆家后来退婚了……"

"那你为何不去找她,而要找我妈?"我又逗他玩儿,同时挖掘一下人性的秘密。

"因为我很快就参加革命去了延安!"他立刻坚强起来,仿若重返青年时代。

鉴于他年事已高,大病初愈,心里沉重,情绪复杂,同时这段道路越来越不好走,我把车子开得很慢,唯恐这次寻访故人之行出现各种意外。一百多里的路我足足开了三个小时,中途有两次停车,扶他下来呼吸几口县城里没有的清新空气,方便一下接着再走。这么一来,车到乌龙洞的时候已近中午,我把车停在一家路边餐馆的门前,再次扶他下车,对餐馆老板说好了中午在这里吃饭,然后试着打听,附近一带有没有八九十岁的姓洪的女人。

"你不是来问过一次,那次你不是找到了吗?"餐馆老板偏过头来看我。

"你认错人了,我是第一次来!"我听他说话的口气,对我提出的问题并不陌生。

"有一个叫洪桃花的,要是还活着的话今年快九十了!"父亲亲自出马提问。

餐馆老板承认自己认错了人:"哦,我还以为你是去年那个电视台的记者!他说好要给她拍电视的,后听说她是个疯老婆子,就连电视也没拍成,白跑一趟。"

"你是说她还在?疯了?"父亲的喘气声像铁匠铺里一拉一扯的风箱,听着有些可怕。

"这位老先生是……"餐馆老板怕自己说得不好会惹出人命。

"说吧,没事,这是我父亲,洪桃花是他的救命恩人!"我为他壮胆。

"哦,我倒不晓得她叫啥,只晓得她都疯了几十年了,自我懂事起就听人喊她疯老婆子,如今连我都老了!她一无男人,二无儿女,三无兄弟姐妹,就一个人住在岩屋里……"餐馆老板仍然盯着父亲的脸,父亲脸色发白,看情况要回到刚从太平间推出来时那样。

我看见他那根支撑身子的手杖左右乱晃,仿佛故弄玄虚的魔术师玩弄魔棒,转眼间会晃出一只和平鸽,赶快上前一把将他搀住。

"那个岩屋离这里有多远?"

"有一两里,车子开不过去,得走毛狗子路。"

"只要有路就行,麻烦你给我指个方向。"

"看见没有?就从那边上去,先往左拐,到了坡顶再往右拐,见到一面青石岩……"

我只犹豫了一下就不再犹豫,从兜里掏出两百块钱,想了想再加一百,按在餐馆老板的手中说:"再麻烦您照看一下我父亲,我一个人去见她,背得动我就把她背下来,背不动我就请人把她抬下来,她住的那个岩屋周围总得有几户人家吧?"

餐馆老板初以为我给他的这笔钱是人口保护费，艰苦卓绝地进行推辞，最后知道是午餐预订金才"哦"的一声收下来说："你放心把老人家交给我，我等你们下来吃饭，故人相逢是大喜事，少不了给你们做个四喜丸子！"

我刚转身出门，他又追出来补了一句："不过你得小心，防备她拿石头打你！"

"好咧。"我心想只要她是父亲的恩人，我就让她打。

按照餐馆老板指示的道路，我左弯右拐来到他说的青石岩边，此时我已浑身湿透，脚步蹒跚，大气直喘。这面石岩真是青颜色的，刀砍斧削一般光滑，只是从上往下倾斜，看着随时都有垮塌的危险，倾斜得最厉害的部位垒着一堆石头，却不见有屋的迹象。在不远的山坡下面出现了一个老汉模样的人，正一步一步地往石岩下爬，因为脊背很驼，脸都快要贴着脚下的坡路了，头戴一顶破草帽，手里拎一只装着不知是菜还是草的篾筐，也是破的。山里人的年龄不敢往大里说，看上去有六十出头。

直到驼子老汉快要走到我的面前一尺远时，我才上前一步问道："请问老乡，你晓得哪里有个岩屋？"

驼子老汉把破草帽下的脸抬起来，我的眼珠立刻就瞪圆了，那是一张拔毛揉皱的乌鸡皮，又脏又丑，直看得人心惊肉跳。等这人再用同样皮色的手摘下头顶的帽子，当作蒲扇在那张又脏又丑的乌鸡皮脸上扇着汗时，我瞪圆的眼珠更要掉在地上。我看见了一蓬被帽盘遮住的麻白头发，乱七八糟，有三两尺长，尾梢直垂到腿前面，这才认出不是老汉而是老女人，不是六十出头而是九十岁都不止了！

我心里反而一喜，基本上断定了她是谁，不管当年的她在父亲的心中有多美！

"你找岩屋做啥子？"她问我。她的口齿有些不清，这是因为她的口中只有两颗黑黄的牙齿，上面一颗，下面一颗，还是错开的。

"我找一个名叫洪桃花的老人家！"我直截了当地回答，时间关系不容我啰唆，父亲等着和她见面，餐馆老板也等着她下去吃饭。

"哪个叫洪桃花？"

"七十年前这里的一个大美女，她是我父亲的救命恩人，我父亲今天专门来看望她，他老了，爬不动这段山路，才派我来把她背下去。"

"大美女？你父亲？那是两个啥东西？"

"我父亲是个人，哦，这里的人把父亲称爹，我爹叫李栋梁，您记不记得这个名字？"

"你冻凉了？我不记得有这个人！"

"我说出一件事来您可能就记得了，七十年前，我父亲，就是我爹，为躲避征兵逃到他一个姓洪的表舅家。他表舅有七个女儿，最大的一个叫桃花，桃花把我爹藏在她的闺房里，和她姊妹七个睡在一张床上，抓兵的来了敲开门一看，床上睡的都是脱了衣服的大姑娘，不敢进去，我爹这才没被抓走！你说这个桃花姑娘和她的六个妹妹，不是我爹的救命恩人吗？"

"六个妹妹？六个妹妹？六个妹妹……啊……啊……"老女人的眼珠像两粒灰白的石子，原本嵌死在两只深眼窝里，突然间滴溜溜地转动起来，脸上的颜色也由紫乌变得青白，手里的篾筐顿时掉在了脚下，筐里的东西翻滚出来，原来是一种形状像伞的蘑菇。

我想起餐馆老板的话，做好了她捡石头打我的准备，果然她把一只手伸向地面，驼子的手原本离地不远，不用费力就能捡到地上的石头。我正打算一个闪身躲开，却见她捡起的是那只破筐，滚出的蘑菇也不要了，另一只手抓起我的腕子，向着那道石岩边的坟堆走去。想不到她的步子迈得又大又快，若不是被她抓住不放，跟上她有一定的难度。

她的嘴里"啊啊"地叫着，似哭似喊，似失了同胞的母狼在石岩下长声地呼号，音调凄厉而又恐怖，抓住我的那只手越来越狠，指甲都抠进我的肉里去了。我被她生拉活扯到那堆石头前面，发现那里并不是坟，而是一堵贴着岩壁的矮墙，用来挡风挡雨挡野物的，几根柴棒钉成一扇只容一人进出的窄门。她先以身作则地从这扇门进去，又回脸把我拽进门里，从我背后照来的光亮让我一览无余地看见岩屋里的铁锅土灶和稻草地铺，但是接下来看见的一道奇观把我惊呆了。在那面向下倾斜的石岩上，有人用白石渣画了一排姑娘的肖像，总共六个，从大到小，一个比一个长得漂亮。

我的问话还没出口，问她这是何人所画，画的何人，她的那句话又出来了："六个妹妹……"

"啊，还是您画的！您还会画画儿？画的是您六个妹妹？不错，您就是洪桃花！您的六个妹妹如今都在哪里？"我一连串地问着，心中更有数了。

"哈哈！都死啦！让我一把火给烧死啦！"她咧开只有两颗牙齿的嘴大笑起来，声音难听得像天黑前的老鸹。

"让您……她们不是您亲妹妹吗？"我浑身打战，又想起餐馆老板说的她是个疯老婆子。

"我不烧死她们，她们自己也得上吊死了，她们是我亲妹妹我不晓得？我家姑娘个赛个的性子都烈！哈哈！"她笑得乌紫的脸上放出光彩。

她的笑声让人毛骨悚然，她的表情也是。但她既然是个疯老婆子，我就无法对她进行判断，只想赶在吃饭之前背她下去，抓紧和父亲见一面。想必这对情人见面以后，一切真相都会揭开。

"您想不想见李栋梁，就是你说的那个冻凉了的人？就是我爹？您想见我就背您下去，他要请您吃一顿饭，酒宴都摆好了！"

"不想。想。"她本来摇头，一听说吃饭就不摇了，而且还高兴地点了一下头。

"那我们快走吧，我爹在那里等着您呢！"

"遵命！"她用舌尖舔了一下嘴唇，不知在哪里学来这样的话。

我做好了吃苦受累的准备，慢慢把身子蹲下，张开两只胳膊往背后伸着，回头看她。

"难看死了，你要做啥子？"

"背您下去吃饭呀？"

"我要你背？我背你还差不多！"她从我的背后绕到前面，一马当先地走起来，这次是走下坡的路，脸不再紧贴着路面了。但我看她脊背的驼幅太大，刚才向坡上倾伏的上半身转而又向坡下倾伏，这样很有风险，我担心她走到某一步时会一个跟头栽倒在地。因此我紧紧跟在她的身后，随时准备上前营救，以免她那虾状的身子会像一块圆石头，轱轱辘辘滚到那个餐馆的屋后。

好在她直到走完两里山路也没滚倒，跟随到最后一步时倒把我激动得一个跟跄，差点儿一跤摔在地上。我追上她，想一手夺下她手里的破筐一手挽她，以便向即将和她见面的父亲讨好。她却一样好事也不让给我做，步子更大地朝着路边的餐馆走去,闲着的那只手在空中有力地摆动着,从背后看去形状更像一只蜷曲的虾。

父亲和她见面的场景,那真令人匪夷所思,当她一步跨进路边的餐馆的时候,父亲看她一眼就向她的身后看去,是想在这个难看的女人身后看到一个好看的女人,即便不可能有当年那么好看,当年好看的样子多少还是应该保留一些。可他在她后面看到的只能是我,我的后面再也没有别的人了,他的眼里有点儿慌乱,继而紧张起来,仿佛这时才想起餐馆老板的话,重新去看已经坐在餐桌边的这个又丑又脏的驼背,不由得慢慢张开了嘴。

"上酒了!上菜了!不说有人要请我吃饭吗?"她把那只破筐夹在两腿之间,眼窝里灰石子一样的眼珠左右转动着,还性急地敲了一下桌子。

"你是桃花……表姐……"父亲终于发出声来。

"哪个是你桃花表姐?刚才这人也把我叫洪桃花!"她用敲桌子的手指着我。

餐馆老板亲自上酒上菜,第一盘就是他亲口许诺的四喜丸子,一眼见她坐在上席,对她笑一笑道:"真不把自己当外人嘿,也不和专程来看你的老先生客气一下?"

"客气个啥?大家都来坐!再去给我拿六个盅子!杏花、荷花,你们坐那里,兰花、菊花,你们坐这里,梅花,你挨着二姐坐,迎春你最小,坐到大姐身边来!来呀!我们姊妹又不是外人！"她的两只手掌左右开弓，"啪啪"地拍打着身边的座椅，满手的泥巴土末子应声而落。

"又发疯了不是？屋里哪有这花那花的？她们早就没啦！一个都没啦！还是让老先生挨着你坐吧，两人一边喝酒，一边叙旧，人家是从大老远的县城赶来的，你得先敬他一杯酒！"餐馆老板批评她说。

"早就没了？"父亲瞪着她，见她自己倒酒喝了一口，又夹起一个四喜丸子在吃，就把眼睛转向餐馆老板，从鼻孔中喷出的粗气吹在他刚打开的一张纸巾上，像一面迎风飘扬的小白旗。

"你问他？他才多大？他爹都没多大！哼！那天我听到枪响就往回跑，进门见我爹让人捆在大柳树上，胸脯子一个大血洞，我娘仰八叉在地上睡着，根纱不挂，都死了，杏花她们在屋里尖叫救命，往窗子里一看，一大堆的畜生正在糟蹋她们，我一转身跑进牛圈，去拿铡草刀……"她的石子眼珠像刀一样闪闪发亮，从嘴角流出的油也闪闪发亮。

"别说疯话啦，你不也没多大？还是个女子家，想杀一大堆日本鬼子？"餐馆老板转眼又端来一盘菜，是学城里人做的白斩鸡。

"铡草刀我拿不动，就听杏花喊，畜生，我咬不死你，起来我烧死你，连我们也一起烧死！我就把牛草抱到门口，每个窗口也堆满,一处点一把火……"她的眼里又冒出两朵火光。

"天哪,你的妹妹也在屋里……"父亲手里的纸巾掉在桌上。

"你咋不早说?你咋不早说哇?直到点燃了我才想起来,我的六个妹妹都在屋里……哈哈哈哈,烧死了也好,我不烧死她们自个儿也要死,我们家的姑娘我晓得的!来呀,大姐今儿高兴,我一个一个喝,先跟二妹喝一盅,要不是你喊叫要烧死他们,我咋想得起来点火……"她又自倒一杯,对着身边一个空的座位端起来,"滋儿"的一口抿进嘴里。

"还是因为这个……"我的眼前又赫然出现岩屋里的六幅肖像。

父亲两眼瀑布一样涌出泪水,他已举起了杯,手抖得他又将它放下。这个有情有义的耄耋老翁,全然忘了昨夜在大衣兜里备下的纸巾,就任那眼泪成串滚下,其中有一滴掉进杯心,溅起一朵小小的酒花。

"你冻凉了,你冻凉了是哪个?不是说他请我吃饭吗?"她用冒火的眼睛满桌巡逻,满桌除了她一人才能看见的六个妹妹,也只有她和我们父子二人。

"爸,她在叫您,她把李栋梁听成了你冻凉,她已经忘记了您的名字,她确实疯了!"我尽量让父亲不要感到难过。

"我就是！我就是你表弟，我叫李栋梁，我怎么会冻凉呢？那年那么冷的天气打赤脚跑那么远我都没有冻凉，我要不是身体好他们会抓我当兵吗？那年你和六个妹妹救了我，你都忘记了，可我忘记不了，你们姊妹七个是我的大恩人，今儿个我要敬你七个酒！"父亲几乎是挣扎着喊道，他第二次端起杯子，只端一会儿，里面的酒就只剩了半杯。

"想起来了，想起来了，小名儿叫梁娃子，是吧？是吧？哈哈，梁娃子咋变了，长得认不出来了！"她盯着他，想从眼前的他中盯出当年的他来。

"桃花表姐，先把这杯酒喝了，我再……"

"我不喝你的酒，我好后悔那天护着你，我就该让他们把你抓走！"

"是我做得不对，这些年……"

"好男儿就该当兵打仗，保家卫国，手拿大刀向鬼子们的头上砍去！可你不去当兵，那些年你跑到哪里去了？跑到哪里去了？说！"

她一会儿说话，一会儿唱歌，一会儿逼问，一会儿伸出两只脏手左端酒杯，右握筷子，好似双枪并举对准她曾救过的人，石破天惊地喊出最后这一个字，接下来大吃大喝，旁若无人，吧唧滋溜声响彻餐馆内外。我偷看了父亲一眼，父亲也正向我看来，好半天里，我们父子默然无语。

窗户外面的天色变得阴暗，仿佛要下雨了，谎话连篇的天气预报明明报的是晴天。父亲看一眼窗外,叹一口轻气,小声地对我说:"我们早些走,让她也早些回!"

"洪表姑,我们要走了,哪天再来看您……"我这样称呼她,觉得自己也是撒谎。

我不敢再看她的眼睛,也不敢再听她的声音,一切都太恐怖了,我担心父亲未必经受得起。我像逃跑一样保护着父亲起身出门,进车上路,车速超过来时的三倍。依然坐我身后的父亲沉默着,我以为他晕车睡了,转过一个弯后回头看他,却突然听他又说出一句话来:"我有一个愿望……"

他的愿望把我吓破了胆,但我狠狠地咬了一下牙说:"爸您说吧,我保证圆满地帮您完成!"

"回去你给我一把火烧了!"他好像也在咬牙,说完了哪里还发出咯咯的响声。

"学这位女英雄?烧什么?"

"我写的那个回忆录……"

说完这话,车就开回了城里,我又把他送进了医院。

兄妹开荒

他们兄妹二人一边开荒,一边聊着家乡的人物和故事,使得自己对这个世界发生兴趣,干起活儿来也充满了激情。

去花园洋房干活儿的王大翠,进不了花园洋房的大门。她骑着一辆自行车,跟在一辆小汽车的后面,看见两个守卫大门的保安咔嚓一个立正,向汽车里的人举手敬礼,嘴里还喊了一声"早上好"。但是小汽车开进去了以后,王大翠的自行车要跟着进去,两个保安就同时伸出两只胳膊,像两支长枪一样把她挡在了门外。

"找谁?"一个保安凶巴巴地盘问着她。

"花洋10号的业主,"王大翠从她的自行车上跳下来说,"我是来给他做保洁的。"

"业主姓什么?是他让你来的吗?"另一个保安盯着她的自行车问,她的自行车上到处都是碰掉的漆,像人的身上长满了癞疮。

"是他叫我来的,他姓什么我不知道。"

两个保安一个继续守卫大门,一个跑步进入一间房子,看样子是给花洋10号的业主打电话落实,过一会儿又跑步回来,对她偏了一下脑袋。

王大翠转了很久才找到花洋10号,一进园子她就觉得业主把她骗了。她用眼睛左右一扫，看见长满野草的园子里五光十色，黄的是纸箱，白的是泡沫，红的是锯下来的实木地板的断头，闪闪发亮的是碎瓷片和破玻璃。再用鼻子一吸，一股甲醛的味道差点儿把她熏晕了。她把长癞疮的自行车支在门前的葡萄架边，车筐里的塑料桶失去重心，死人脑袋一样歪向一边，桶里的抹布、刷子、刮刀、洗涤灵一类的保洁用具也全都倒向这个方向，有两个钢丝清洁球还滚到了桶外。王大翠顾不得搭理它们，她把横放在三角杠上的墩布暂时拿下来，这根红布条做的墩布跟随着她南征北战，拄在地上像一杆威风的红缨枪。

她站在葡萄架下向窗口张望，发现窗口有个男人也在望她，是一个老男人。从这老男人的口气听得出来，他就是这栋洋房的业主，因为他问："翠美保洁公司的钟点工吗？刚才保安打电话说的是你？"

王大翠说："是我，先生您这里是花洋10号？"

"是，"老男人说，对她做了一个胳膊向内拐的手势，"进来吧。"

她并没有急着进去，又问了一句："先生您这房子是不是刚装修的？"

"你都看出来了，还真是个有经验的钟点工啊！你们公司老板就说给我派个有经验的钟点工来打扫卫生，干三天，每天八个小时，每小时十块钱，老板是不是这样对你说的？"

王大翠心里暗自发笑，什么公司？什么老板？她就是公司和老板，代表老板说这话的是她嫂子。近些天来，她发现城里到处都是保洁公司的名片和广告，心想这打扫卫生的活儿她也能干，就依葫芦画瓢，让卖烤白薯的男人给她打印一些散发出去。没想到真就有人来找她了，不知道这位业主先生也从哪里弄来一张，按照上面的联系电话打了过来。当时她嫂子坐在话机旁边撕老玉米，顺手拿起话筒就开始编词儿，编一句，看她一眼。

老男人正好是她的第十个客户，在前九户里，她积累了不少的专业知识。

"我们老板不知道您这房子是刚装修的，您这不是一般的打扫卫生，您这是开荒！"

"开荒？开荒是什么意思？"

"就是把刚装修的房子收拾干净，好比在荒山野洼开出一块地来种麦子，跟在老冬水田里种稻谷是两码事。干这种活儿累得要命，一个钟点工十天半月也做不下来，还要天天闻有毒的气味！刚装修的房子公司不是按钟点收费，而是按米，按房子的平方米，每平方米两到三块钱……"

老男人明显不高兴了，但他忍着，脸上还带着笑："你们是不是都会玩儿这把戏，先把活儿揽下来，到家再想办法提高要价！我给你们公司打电话，你们老板并没说是什么开荒,是个人到中年的女老板,她只说了一句话:'好的好的,我们马上就来人,先生您请略等片刻!'"

"接电话的不是我们老板,先生您也不想一想,老板怎么会亲自接电话呢?接电话的是我们公司招聘的内勤,刚来不到一个星期,跟您一样还没搞清什么是开荒,什么是一般的打扫卫生。"

被一个保洁的女人说成外行,老男人觉得他像自己一条腿样矮了一截,想了想,可能不希望把关系搞僵,痛下决心似的做了一个手势说:"那就按你说的按平方米收费吧,我这房子的使用面积是二百六十平方米,按每平方米两块……"

"天哪,比二百五还多!"还没听他把话说完,王大翠就在心里叫了一声。她跟她的男人,她的哥哥和她的嫂子,两家四口人在郊区合租的一间平房才十多平方米,厨房搭在走廊,厕所是公用的,无论吃喝还是拉撒,都得跟别的租户明争暗斗。

但从另一方面,她却希望业主的房子越大越好,水涨船高,房大钱多。王大翠让自己沉住气,继续跟他讨价还价:"不行,我们公司是按建筑面积,不仅是我们一家公司,全市的保洁公司都是这样的,先生您这房子的建筑面积少说也有三百平方米。而且您这不是普通的楼房,您这是花园洋房,还是独栋,每平方米少于三块钱是不行的!"

"三三得九，照这么算我岂不是要给你一千块钱？开一个什么破荒你们就这么宰我，你们也太黑了点儿！"老男人到底生了气，说，"你就别开我这个荒了，我再另找一家，保洁公司的名片我这里有一大把，翠美，我看该叫臭美，对不起，你走吧。"

他把一只手伸进西服兜里，看样子是去掏保洁公司的名片，另一只手抬起来，从内往外做了一个驱逐的手势。王大翠认真地看着他，觉得他虽然生气，那手势和语调都还比较软和，像有一定的弹性，弹出去还可以再弹回来。

"先生您别说再找一家，就是再找十家也这个标准，全市的保洁行业是统一的，不信您就找找试试，只要有一家比我们低我就给您白干，一分钱我都不要！"

王大翠让自己只管嘴放硬些，她知道双方进行心理较量的时候到了，谁胜谁负就看谁的分寸把握得好，看谁先弹到合适的程度。说完这话她把那根"红缨枪"放回三角杠上，一手扶着，一手推车，边走边转过身来向男人告别："那我走了啊，先生再见！"

她抬起左脚，做了一个上车的动作，接着立足未稳又掉下来。这是一着险棋，它一般会导致两种结局，一种是对方久经沙场，心理素质比她更好，西服兜里真的装着一大把保洁公司的名片，这年头富人找穷人到家干活儿就像皇帝挑选妃子，穷人家的女儿别看哭得一塌糊涂，其实心里都乐开了花。因此既然她说再见,那么就再见了,先生并不挽留。一种是对方第一个回合就败下阵去,会在她的背后表示妥协:"回来,回来,有话好好说嘛!"

当然,也不排除偶尔会有第三种情况发生,这种情况不多但是最有意思,那得她一边佯装撤走,一边在嘴里愤怒地发着牢骚,存心让风吹进对方的耳朵。比方来上这么一句:"还说我们黑,你们这些有钱人才是真黑,不是黑了一点儿,是吃人都不吐骨头渣子,挣你这一千块钱我们要脱一层皮你知不知道?"这样当她喊出三五句话,走出十几步路以后,被她扔在背后的对方可能就会驳斥她了,对方说:"你只知道你们挣钱要脱层皮,就不知道我们挣钱要掉块肉吗?有时连命都要搭上你知不知道?"听到这话她就会原地站住,见好就收地回道:"既然都不容易,那我们就互相体谅一点,先生您也别说干三天二百四十块钱,我也别说三百多平方米一千块钱,您就给我一个吉利数,八百,好吧?"

然后双方继续较量下去,即便最后各让两步,确定出另一个吉利数,六百,也算她取得了一次小的胜利。

目前的情况竟然有可能向第三种展开,窗子里的老男人追了出来,嘴里一次性就报出她初步设想的那个数:"八百好吧?八百?既然你已经来了,我让一步你也让一步,你们不能一口价嘛!我这里本来还掌握着很多保洁公司，我是不愿意为了这事再耗费时间，时间对我来说就是金……就是生命对不对？"

他本来想说金钱，说了一半又改成生命，这话让王大翠对他印象好了一些。同时她还有一个惊人的发现，这老男人的腿瘸了一条，走一步路，半边身子往下一塌，像一只帆船在风浪中颠簸航行。

王大翠的脚第二次蹬上踏板又掉了下来，这个结果超过了她的预期，如果真能付她八百块钱的话，那她就算取得了一次中等的胜利。她慢慢地停下步子，慢慢地回过头来看着瘸腿老男人，看见他的那一只手什么时候从西服兜里拔出来了，是只空手。她怀疑他唱的是空城计，兜里根本没有别的保洁公司的名片，起码在这个关键时刻没有。

"其实不是我说了算，这是我们公司的规定，那这样吧，我先回去跟我们老板说，看他能不能给您优惠一点儿。再说了，一般的打扫卫生女人能行，开荒就非要有男人不可，我得让老板再给您派个男保洁工。先生您想一想，您家那么高的房子，那么大的门窗玻璃，特别是窗子朝外的那一面，要在腰上拴根绳子吊到空中才够得着，我们女人家手脚又软，胆子又小，掉下来可怎么办呢？又没跟你们有钱人一样在太平洋买保险……"

"我承认你说得有道理，不然我就不会把你叫回来，昨晚我在电视里看到一个攀登高楼的蜘蛛人，好厉害的家伙，你们擦外墙玻璃的时候是不是也那样子？好吧，你先回去告诉你们老板，我在家里等着你们，一个小时行不行？"

王大翠心里有些激动，嘴里却只随便说了声行，这次一抬脚就跨上了自行车。车轱辘往前只滚了十几圈，瘸腿老男人的声音又从背后追上来了。"喂，钟点工，不，开荒的，车上的东西你就放在我这里吧，你不是还要回来的吗？我这里是别墅区，有保安，有摄像头，没人敢来偷你的东西！"

"他是怕我哄他，走了以后再也不回来了，想把我的水桶和墩布扣在这里当作'人质'，让我不回来不行！"王大翠心里更有底了，她偷偷地笑了一下，转过脸说，"好吧，东西就放在您这里吧，不过别让人当垃圾给我收走了啊！"

她把车子转一个圈又骑回原地，下车从车筐里拎出那个装满保洁用品的水桶，放在长满野草的园子里，尽量离五光十色的垃圾堆远些。她在心里记着两个守卫大门的保安，出去时特意对他们笑了笑，为的是让他们加深印象，再进来就不用盘问和打电话了。

王大翠叫她哥来开荒不是她的本意，她的本意是想回去叫自己男人，以为他跟往常一样，吃罢早饭才出去卖烤白薯。可是锁在铁窗栏上的三轮车没有了，推门一看，男人果然不在家里。接电话的嫂子也不在家，只有她哥王大勇正在家收拾老玉米，这些老玉米是嫂子明天要去卖的。

嫂子卖老玉米也骑三轮车，铁窗栏上只能锁下一辆，那一辆她就放在邻居窗下，因为这个他们没少吵架。

她的儿子和她哥嫂的女儿，都被他们扔在乡下老家，一个住他奶奶家，一个住她外婆家，平时上学读书，周日上山捡柴，她跟哥嫂按月寄些钱回去，供给他们吃饭和交学杂费。出来打工的两家四口人租住着郊区的一间平房，吃饭、睡觉都在里面，房租由两家平摊。平房的正中挂了一道帘子，白天拉开，夜晚合拢，两对夫妻各睡半边。这种局面有一次被来收租金的房东看见，这个房东据说还是诗人，大房子租出去给别人住，自己趴在一间小房子里写啊写的。他一边清点着他们卖烤白薯和老玉米挣来的钱，一边发表自己的感悟说："幕啊，拉开了是戏剧，合上了是秘密！"

王大翠从此对这个房东怀恨在心，眼前老是出现房东念这两句诗时的表情，认为这家伙是个流氓。看见就看见吧，我们没有什么秘密，我们也不会演什么戏，戏子才演戏呢，我们情愿卖烤白薯和老玉米也不当戏子。她让男人另找一家有两间平房的，哪怕小些也行，只是不要写诗的房东。男人在外面找了一家，每月租金比目前多一百二十块，她咬牙同意，哥嫂却不同意，两家人只好又凑合着住下去。

一见妹妹进门，王大勇就夸奖妹夫比自己精明，发现烤白薯最受住在那条街上的外国人欢迎，就把上班的时间延长一倍，改成很早出去，很晚回来。王大翠想，有句话是怎么说的来着，肥水不流外人田，何况那个瘸腿老男人的电话本是嫂子接的，她就临时拍板，让她哥来代替她的男人。"哥，给花洋10号一户有钱人家开荒，讲好八百块钱，两人干两天，一人四百。哥，你干不干？干就马上跟我去！"

"干，傻子才不干呢，我跟你嫂子卖一车老玉米也赚不到四百块钱！"王大勇扔下手里一根老玉米，起身就去搬门外的自行车。他的自行车藏在妹夫的三轮车后面，比王大翠的还破，是花五十块钱从废品站买来的，一个后轱辘炸了五寸长一个裂口，又花十块钱补了个胎。

王大翠抓起一根捆老玉米的绳子，试了试结实的程度，把它盘起来扔进他的车筐。"哥你听着，擦外墙窗玻璃的时候得把这个拴在腰上，不然会有危险，开荒的活儿不好干，但挣钱多，我是好心，出了事我可不好向嫂子交代哟！"

她骑车在前方带路，第二次来到这片花园洋房的大门，守门的保安果然没有拦她，连她身后的王大勇也看一眼就放行了。进了花洋10号的园子，瘸腿老男人跟清早一样等候在自己窗口，甚至连姿势都没有变。一见两人到来他就及时地把门打开，嘴里面抱怨着："说的是一个小时就来，现在都快两个小时了，这位是你的……"

王大勇害怕业主错以为他是自己妹夫,赶快主动介绍:"我是……"

想不到王大翠的嘴比他还快,抢过去说:"他是我们公司派来的保洁员,老板很重视您这一家,她同意了您说的八百块钱,还特别派最棒的保洁员来给您开荒!"王大翠一边拿起被扣在这里的"人质",也就是院子里没带走的水桶和墩布,一边顺口吹了一个牛。

她不知道自己为什么要隐瞒她哥的身份,完全是无意识的,可能是为了她胡编滥造的公司的形象,说明公司有很多很棒的男保洁工。也为了她哥的形象,是公司的正规员工,不是临时抓来的一个卖老玉米的。同时还为自己,她一切都在按公司的规定办事。

"来了就开始干吧,你们先从哪里干起?"

"一层跟三层都行,最好是从三层。"

"那就从三层吧。"瘸腿老男人转过身去,像风浪中的帆船一样驰向楼梯。但他刚刚抓住楼梯扶手,又回过头来盯着这兄妹二人的脚,眉毛向中间皱了一皱。"你们得换上软底鞋,外面再套一双鞋套,我家铺的是打蜡实木地板。你们公司没给员工配备软底鞋和鞋套吗?这可是最基本的行业知识啊!"

"公司都给员工配了,是我们嫌太麻烦,干起活儿来也不利索,不如干脆就不穿鞋子。"王大翠流利地为自己掩饰着，证明似的看了一眼自己的脚，那双脚上穿着厚棉线袜，外面是好穿好脱的浅口皮鞋。

"还没听说过有打赤脚的保洁工。"瘸腿老男人半信半疑地自语。

王大勇也注意到这位业主走路的姿势，但是除了瘸腿，脸和身子像在哪里见过。他在那张脸上看了一眼，接着又看了一眼，有些发呆地望着远处。王大翠叫他脱鞋的时候他没听到，再说第二遍时才猛地"哦"了一声。接着他学妹妹的样子把鞋脱掉，脚上却连双棉袜也没有，他就这么光着两脚上到三层。瘸腿老男人走开以后，他小声地对王大翠说："好怪的事呀，我恍惚过去见过这人，哪儿都像，除了那一条腿……"

"嗯，听你这么一说我也恍惚觉得在哪儿见过。"

"你知不知道他姓什么？叫什么？以前是哪个地方的人？"

"我只听他自己说是洋房10号的业主，别的等我过一会儿再问他。"

王大翠心想是得问一下他姓什么，保安第一次问她这个她都没有回答上来。过了一会儿，他们兄妹二人开完一间房屋的荒后，王大翠擦把脸上的汗珠，装作随意的样子问走过来的瘸腿老男人："先生您贵姓？您说话的腔调就跟唱歌一样，不像本地的口音。"

"你算是听出来了,我是南方人,姓兰,你们两个也不是本地人吧?"

"我们也是从南方来打工的,老家在农村,祖宗八代都挖泥啃土,兰先生您一看就是个大老板,要么就是个当官儿的……"

"哈哈!"兰先生听她夸自己说话好听,地位也高,二人又奋不顾身地为他开荒,忙得一会儿爬上一会儿爬下,就乐意跟他们拉几句家常。心想这样对他们的劳动并不会产生什么不良影响,相反还能增添精神,鼓足干劲。"我也是农村人,退回三十多年可能我还不如你们呢,你们家的成分肯定很牛,贫下中农是吧?"

"现在早就没有成分这一说了!那时候真是的,还分地主富农……"王大翠喘着气说。

王大勇突然有点儿失望,他像在哪里见过的那人虽然是在南方,跟他同一个乡同一个村,当时叫公社和生产大队,但不姓兰,他该姓黄才对。而且姓黄的那人当时都快二十岁了,是个青年,活到今天恐怕要比这个姓兰的老。他记得有一天姓黄的青年陪一个胖老爷子打锣游斗,游到他家门前的打谷场上,只有爷爷一人没喊打倒地主的口号,也没让他们喊。爷爷望着脖子上挂块黑牌的胖老爷子,用手拍拍背后的门说:"我们王家三代给黄老爷家当长工,住的这几间房子就是分他家的!"

他记得那房子原本比眼前这栋花园洋房还要气派,是一座雕龙画凤的四合院,实不该分给五户贫雇农,像是五马分尸,有几间最后变成了牛圈。他家住的是三间砖房、三间板楼,爷爷死后这六间房留给三个儿子,砖房和板楼都是一大两小,爹把大的两间霸到手里,两个兄弟各得两间小的,因为这事二叔三叔联合起来把爹打得鼻青脸肿,从此兄弟三家断了往来。很多年前,爹跟村里人赌博输了,房子抵给赢家,幸亏他娶媳妇另外盖了房子,妹妹也在那年出嫁,爹妈带着弟弟住进搭在后屋檐下的一间破偏厦里。第二年爹死了,第三年娘也死了,这间破偏厦成了唯一留给弟弟的遗产。

刚才兰先生说的三十多年前,就是他回忆的那个时期,如果兰先生凑巧就是陪着打锣游斗的青年,回去三十多年还比不上他们这话他能相信,因为黄老爷一家被扫地出门,搬到一条山沟沟里,用黄土和茅草搭了一间棚子住着。可惜兰先生不是他见到的黄家小少爷,王大勇又确切地回忆了一下,认定黄家小少爷的年龄比兰先生要大十岁到十二岁。

兰先生嘴里跟他们说着话,眼睛也跟着他们四处游动,一双手不停地这里指指,那里戳戳,是在提醒他们不要碰坏了他的家具和瓷器,那可是些贵重的东西。王大勇看见一个青花瓷的大瓶子,竖在屋角足有一人搭一手高,瓶子上画了几百个各式各样的小人儿，还有房屋、拱桥、船只和牛马等东西。王大翠发狠地跷起两个脚尖，手里的抹布也只能擦到瓶肚子上，王大勇搬来一把梯子，打着赤脚攀登上去，正要帮她去擦瓶颈以上部位，听得兰先生这么一说，赶紧把手又缩了回来。他问兰先生："兰先生，您这宝瓶，恐怕要值一千块钱吧？"

"一千？"兰先生说，"一千个一千还差不多！"

王大勇身子抖了一下，担心自己从梯子上掉下来，他说："我的妈呀！"

半个上午他们一直都是这样，快到中饭的时候兰先生的精神才有一点儿松懈，终于转身走进三层的洗手间了。王大勇听到那里哗哗冲水的声音，这才松了口气，憋不住对妹妹说："我看错了，他不是黄家小少爷，不是我们老家房子原来的主人，黄家小少爷比他要大得多！"

"也说不好，有钱人吃得好，会保养，大十岁都看不出来。"

"世上没有这么巧的事，再说他自己也说他姓兰。"

"哥，你说的那个黄家小少爷我怎么一点儿都不记得了？"

"那时你太小了，还在吃娘的奶呢，这家人搬走没过一年黄老爷就死了，地主婆跟了沟里一个老光棍，要把她儿子也带过去，儿子就是那个黄家小少爷。可她儿子死也不跟她走，有天晚上突然就不见了，从那以后再也没有他的下落。"

"真是好怪，你看错了害得我也看错了，我还以为是我们公社洪书记的儿子呢！"

"洪书记的儿子？老大还是老二？老大是读工农兵大学的那个。"

"那就是老二，老二比老大长得好点，老大像孙猴子。"

"快别提洪书记那个不成器的老二了，听人说他看着我们出来打工，他也出来打工，可是没人雇他干活儿，他又什么都不会干。后来在城里混得饭都没有吃的，想回去又没钱买火车票，就在火车站里给人下跪磕头，这不是叫花子又是什么？"

他们兄妹二人一边开荒，一边聊着家乡的人物和故事，使得自己对这个世界发生兴趣，干起活儿来也充满了激情。只是当兰先生洗完手再次来到他们身边，他们的谈话立刻又转到开荒上面，比方说地板上的油漆要用温水泡软之后，再用粗抹布使劲擦去，玻璃上的粘胶只有壁纸刀才能刮掉，用清洁球根本不起半点作用。兰先生一走他们接着又谈社会人生，就这样手脚不闲，嘴也不闲，直到工程进展到擦高墙上的窗外玻璃时，兄妹二人才把精神高度集中起来。

王大翠找出那根捆玉米的绳子，一头拴在哥的腰上，一头抓在自己手里，让他从窗口一点一点地爬出去，像电视里的蜘蛛人一样吊在半空中。她在下面不断地提醒着他:"小心啊,哥!"

兰先生这时又来到他们身边,隔着一层玻璃看王大勇在窗外开荒,直看得他心惊胆战。但他刚刚叮嘱说要千万小心,一失足将会成千古恨,接着他却把指头伸出去,十分细致地指出还有哪个死角没擦干净。王大勇就又手脚并用,把自己慢慢运到他指的地方,吃力地去擦那个危险的死角。

完事以后,王大勇随着绳子的拽动靠近窗口,伸长两手从窗口爬了进来,他的脸色是白的,从额头到下巴挂满了汗珠子,大口大口地喘气,样子像一条从水里逃上岸来的狗。王大翠看着他慢慢解开腰上的绳子,她手中的绳子还死命地抓着,嘴里差点儿叫了声哥,一转眼看见身边的兰先生,随即改了口说:"干得不错!"

"不错,还真是你们公司最棒的保洁工!"兰先生对王大翠说。

到吃中饭的时候,兰先生扶着栏杆走下楼去,过了一阵重新上来,嘴里嚼着剩余的食物问他们:"你们公司怎么安排保洁工的午餐?我还没有正式入住,我的太太不在这里,要等你们保洁完了再请一位家政助理,就是你们所说的保姆,目前阶段只能打电话要一份宅急送,是不是你们也来两份?"

他说这话的意思是向他们表示歉意，作为业主他只能自己吃自己的，没有能力负担他们的午餐。王大翠心里发出冷笑，别说这些虚情假意的话，到时不少给工钱就算阿弥陀佛了，谁还想吃你这有钱人的午餐来着！在前几次的保洁中，王大翠听说过宅急送，那是饭店派人为业主送的一种保鲜配餐，虽说简单价钱也贵。王大翠知道没见识的她哥不懂这个，怕他发问，赶快就回答说："兰先生您别管我们，我们一天只挣这点儿钱，宅急送哪是我们这些人吃的东西，等我们收拾完了这间房屋，随便到外面小吃摊上买点儿吃的就是了！"

等他们收拾完了那间房屋，她就带着她哥到外面小吃摊上买了两碗刀削面，总共才花六块钱。王大勇蹲在地上呼呼噜噜几口吃完，果不其然问她："什么叫宅急送？"

几个吃刀削面的眼光像刀子一样向她剜来，有的在笑，王大翠眼泪都快掉下来了，她把最后一口面汤喂进嘴里，站起身说："把别人吃剩下的饭菜塞在一个白纸盒子里，送给那些懒抽筋的人再卖一遍钱！"

"噗"的一声，有人笑得连面带汤喷出好几米远，随后又是一场大笑。王大翠觉得自己力挽狂澜，把兄妹二人的面子捡了回来，起身对小摊主说："明天还来吃你的刀削面啊！"

"欢迎，欢迎！"小摊主认为卖六块钱，是六块钱。

兄妹二人回到花洋10号，趁着肚子吃饱也不休息，继续向着二层进军。兰先生的主卧布置在这一层里，这一层上下居中，最舒适也最安全，花园洋房的业主一般都把自己的夜晚托付给它。王大勇在这间卧室的墙上看见一个红木相框，相框里嵌着一个胖老爷子，他的心里不觉一愣，回头见兰先生不在身边，心想可能是吃完那个宅急送后，上到三层午睡去了。那里已经开过了荒，每间房子都是干净漂亮的新房。王大勇小声地对妹妹说："又出怪事了，我觉得墙上挂的胖老爷子像个老地主，看见老地主我就又想到了黄老爷！"

"你这完全是心理作怪，兰先生的墙上怎么会有黄老爷呢？"王大翠双腿跪在地上，正来回擦一根栗色的踢脚线，看也不看墙上的胖老爷子，说完噬地一笑，这次坚决不上他的当了。

王大勇又往墙上看了一眼，仍然觉得那人像黄老爷，但他又相信妹妹说得有理，就也笑笑，承认是自己的心理作怪。

午睡后的兰先生一直没有再来监督他们，这让王大翠感到意外，想他要么一觉睡过去了，要么有更重要的事缠住了他，比方生意场上的事、官场上的事、跟太太或者二奶之间的事，有钱人大不了都是这些事情。他用电话和手机跟对方联系，隔着一层楼他们没法听到，花园洋房就有这个好处。业主不在身边是最好的，并不是干活儿的人可以偷懒，这是包工，不按钟点，偷懒也是偷自己懒，王大翠心里觉得好，是她已经干得满身大汗，一个别的男人守在她的身边，她想解开胸口的扣子透透风都不行。而她哥是无所谓的，他们兄妹从小一起长大，哥怎么都是哥，妹怎么都是妹。

王大翠不看墙上的挂钟，她从屋里的光线可以判断，下午的时间也快完了，为了不让兰先生再虚情假意地对他们提起晚饭，她决定主动结束今天的工作。"哥，这间房子干完我们就回家去，明天一早接着干吧，再干一天肯定能完！"

"那得跟兰先生说一声，不然他会怀疑我们拿了他的东西。"王大勇试着伸了一下腰说。他从来没开过荒，今天开荒开了一天，还把身子悬出窗外做蜘蛛人，累得腰都快断了。

"不会的，"王大翠说，"他就是怀疑我们拿他东西，也不会怀疑我们今天就拿，我们的八百块工钱不还捏在他手里吗？"

兄妹二人把用过的保洁工具收拾起来，放在一个背静的地方，然后上到三层去告诉兰先生。王大翠佩服自己真是神了，兰先生果不其然在一间干净的房子里打着电话，他的声音不大却很激动，嘴里不断地重复着一句话："白某人我告诉你,我今天的一切都是我用劳动挣来的,我的腿都断了一条你看见了吗?我的命都差点儿丢了你看见了吗?它跟你没有一点一滴的关系,你还想讹诈我?做梦去吧!"

然后啪的一下挂了电话,坐在一把擦得放亮的红木椅子上呼呼出气。

"兰先生,我们走了,明天一早再来。"王大翠趁机打了一个招呼。

她把她哥让在前面,两人大摇大摆地往楼下走,证明身上没有夹带。等着兰先生从生气中反应过来,追到窗口想说一句什么话,院子里两辆破自行车已经骑到转弯的地方。这时候他胸兜里的手机响了,兰先生掏出来举到耳边,"喂"了一声,表情立刻又回到刚才的样子:"又是你!我再一次对你发出忠告,请你好自为之!"

这一次他的脸上露出冷笑,一下就合上了手机翻盖。

兄妹二人骑车走出这片花园洋房的大门,王大翠老远发现守卫大门的保安换了两个,看年龄一老一嫩。嫩的一个咔嚓立正,正要举手给他们敬礼,老的一个把他的手给拉了下来,却严肃着一张脸盘问他们:"干什么的?"

"给花洋10号兰先生家开荒!"王大翠响亮地回答着。

"开荒?"老保安把眉毛皱成了两个黑团。

王大翠看这老保安的一脸苦相,怀疑他有可能跟自己的男人一样,几年前还在乡下种地,就解释说:"我们说的开荒,是给刚装修好的房子做保洁,不是你在你们老家挖块荒地来种苞谷!"

说完不再理他,带着她哥冲了出去。走在回家的路上,王大翠噗的一下笑出声,说道:"脖子上的泥巴还没洗干净,他就以为他是共和国的卫士了!"

王大勇听得直笑,忽然感觉右手心里有点儿疼,他用左边一只手撑住车把,腾出右手展开一看,手心里攥着一把开荒时刮胶的刀片,幸亏刀片已经刮得不锋利了,不然他的手掌会有一道切开的血口。王大勇莫名其妙地问自己说:"这是怎么回事?"

"什么怎么回事?"王大翠回过头来问他。

"哦,我想起来了,走的时候我把这个攥在手里,准备把他家的哪个地方划一下子,后来想到你说的明天还来,害怕我们一走被他看出来了,所以今天我就没划。"

"啊?你可不能这样做!明天你也不能这样做!这样做对你有什么好处?"

"没有好处,我就是心里有一点儿恨。"

"其实我早就看出来了,我拽着绳子把你吊出去擦玻璃时你看了他一眼,那一眼放的是绿光,当时我就心里一颤!你不应该恨他,你给他开荒,他给你工钱,双方是自觉自愿的,你恨他个什么呢!"

"我也明知道恨没道理，可我心里就要往那里想，唉。"

王大翠想了很久才说一句："哥，你后悔不该来了吧？原本我是好心，开荒的事横竖得有个大男人，我不想让那四百块钱落在别人手里！"

"你多心了妹子，哥连这点儿好歹都不知道？"王大勇赶紧解释。骑了一段他的嘴里忽然又冒出一句话来："我还是觉得怪，你听到没有，这个兰先生在电话里喊白某人，白某人莫不是地主婆老娘嫁的那个老光棍……"

"我的个哥喂，你是在编电视剧吧，那个老光棍要还活着该有多大了？"王大翠觉得她哥的想法简直可笑得很，或者你觉得是那个老光棍的儿子，他要来认他异父同母的兄弟不成？

迎着风说话有些费事，王大勇闷头骑车不言语了，只顾赶路的王大翠也没心思再笑她哥。兄妹二人回到郊区四人租住的平房，天色已经黑了下来，门外的三轮车上竖着一只汽油桶改装的煤炉，车轮还没跟铁窗栏杆锁在一起。王大翠知道自己卖烤白薯的男人刚刚回家，卖老玉米的嫂子还在回家的路上，因为她没看见赖在邻居窗下的三轮车。

"今天风大，哥你是不是去接我嫂子一下？晚上的饭我来做！"王大翠感觉骑一辆空自行车她都吃力，嫂子的三轮车上还有没卖掉的老玉米，一路蹬回来就更吃力了。

王大勇把三轮车骑回来的时候，车上坐着王大翠的嫂子,一手扶着男人的破自行车,脚边的老玉米只剩下了二十几根,有人想用五块钱把它们全部买走,她算了算账没有舍得。王大勇放轻声音,依然把三轮车锁在邻居窗下,又放轻声音走到自己住的平房门外。

平房门外煤炉上的火已熄了,王大翠以最快的速度做好饭菜,顺便还烧了一壶开水,预备他们晚饭后喝。她男人的脸上亮光光的,提前打开了靠在墙边的折叠桌,把它放在平房的正中,坐着桌子迎门的一边,等候哥嫂回来共进晚餐,今天的烤白薯生意真好,天还没黑就卖光了。

两家四口人开始吃饭,一人占据一方桌子,这是他们每天最幸福的时光。王大翠的嫂子和王大勇的妹夫一边吃饭,一边交叉着讲述卖烤白薯和老玉米的过程,讲完之后,临到兄妹二人讲开荒了。王大翠噗的一声笑出声说:"哥这人真有意思,跟我到花洋10号去开荒,见了人家业主老男人,一口咬定是黄家小少爷!"

大家正笑得满脸开花,两个男人的笑声最响,却听外面有人砰砰地敲门,坐在门边的嫂子放下饭碗去把门打开,门外站着的是诗人房东。房东的胳肢窝里夹着一张报纸,走进门来看了一眼那道布帘,在两张床中挑选一张落下屁股,叹口气说:"幕啊,开而又合,合而又开,又到月底了,你们该交房租啦!"

王大翠放下饭碗,走到他正好坐着的那张床边,从枕头下面拿出一个旧信封，打开了把里面的东西递给他，是本月的房租，一分都不少。房东接在手中一眼就点清了，装进兜里，说声拜拜，起身已经走出门外，一个转身又折了回来，"只顾得跟你们说话，报纸都忘了拿，那上面登了一条消息，说是南城修飞机场，这一片房子都要拆迁，我们真的要拜拜啦！"

"拆迁？好好的房子……"王大勇觉得怪可惜的。

"就这房子也叫好？花园洋房你们听说过没有？也一样拆！再好它也好不过飞机呀，那家伙！"房东连脑袋带上半截身子都向前倾着，张开双臂，假装是俯冲的两只机翼。

这一次兄妹二人都有些吃惊，差不多同时对看一眼。

"那我们的工钱……"王大勇小声嘀咕了一句。

"哥你真是，说风就是雨，我就不信明天它就拆了！"王大翠觉得她哥这人真是太没见识。

兄妹二人的说话声音不大，房东误以为他们说的是这几间平房，哈哈大笑道："你们还盼它不拆，就好像你们租的这房子是你们的！我倒盼它今夜就给拆了，明早起来管他花园洋房还是菜园破房，一律都按间数补偿，那我就跟洋房业主一道发啦！"

他的双臂还保持着飞机俯冲的姿势，前倾着上半个身子走了出去。

"真能折腾！"王大翠的嫂子最后一个吃完，收拾着桌上的残汤剩菜说。

王大勇的妹夫助嫂子一臂之力,把收拾好的桌子折叠起来,靠在墙边,平房里马上就宽敞多了。

"今晚早些睡,明天好早些去开荒。"王大翠对她哥说,一股夜风从门外溜进来,把平房里的那道布帘吹得一动一动的。

基辅罗斯餐厅

这一次我们都被她的歌声感动了,没有人敢发出任何声响,害怕影响了从她口中吐出的歌词,哪怕是一个字,一个气声。

我称赵老先生为"80后",因为他今年八十一岁,赵老先生高兴得发疯,打电话请我到基辅罗斯餐厅去吃晚饭。此时我中饭吃罢不久,午觉睡到一半,耳朵还处于半聋状态。我问这位"80后":"鸡吃螺丝是一道什么菜?何种风味?上次一位江东朋友来京请我赴宴,点了道菜叫霸王别姬,相当名贵,等到导吃小姐端上来一看,是一个王八,一只乌鸡,那个小王八看样子二两不足,垂头丧气地躺在老乌鸡的怀里。"电话里发出赵老先生青春的欢笑,老人家说:"不是鸡吃螺丝,是基辅罗斯,一个俄罗斯人在北京开的饭店,自然是俄式风味,非常火爆,客人一边吃一边欣赏乌克兰功勋演员的歌舞,其中有个名叫约利亚的姑娘还会唱中国民歌。好一朵茉莉花,好一朵茉莉花。"

第二句是他模仿约利亚的女音唱出来的,可惜他把歌谱唱串了帮,唱成了《南泥湾》的调。我被他逗笑了,放下电话就往床底下钻,在一个破柜子里翻出了一条皱巴巴的裤子,一件和尚领的旧汗衫,然后整装待发。现如今天道失常，北方的夏天比南方还热，为了不得可怕的空调病，又图省电，在家我就上打赤膊，下穿一条短到极限的短裤，这打扮比盖着一片树叶的亚当略胜一筹。此外我怕硌脚，趿拉着一双日式木屐，后腰上还斜插着一把赶蚊子用的大蒲扇。这两样东西是我从小摊上买的尾货，无照摊主眼看着天要黑了，害怕工商人员趁着凉快赶来没收，以跳楼价五块钱甩卖给了我。

赵老先生是作家前辈，送了我三本他的著作，据此我也写了两篇评论，发表在北京和海南的报纸上，但是我们迄今只闻其声，不见其人，我也只通过其声莫名其妙地觉得其人是个瘦老头儿。现在，这个莫名其妙的瘦老头儿请我到基辅罗斯餐厅吃饭，目的无非是想谋一个面，同时也想看看我写的书，因此我还要给他带上我的新著，鉴于他是中华人民共和国成立前参加地下党的老革命，我得选几本稍微正经点儿的书送他。

我上网查了一下，基辅罗斯餐厅在玉渊潭南路，不叫饭店也不叫酒楼，而叫餐厅，离翠微大厦不是太远，不必打出租车，乘地铁万寿路站下车，转乘公交车几站就到。因为过去从没去过，我得留出向红绿灯路口的警察问路，以及万一走错的富余时间，宁可我等赵老先生，不可让赵老先生等我，我就差不多提前了一个小时出发。

不料这一路上顺得要命，地铁加公交车哐啷几下就把我运到翠微大厦。下车的前一站地,我把座位让给了一位走路直打磕巴的老年妇女,我说:"阿姨,您请坐吧,您老今年有多大了?"

老年妇女屁股落座以后,气喘喘地告诉了我一个数字,我一听觉得自己吃了大亏,原来她还比我小两岁。不过她为了报答我的让座之恩,听说我要去基辅罗斯餐厅,就望着玻璃窗子对我进行了一番指点,她说:"小伙子,你是去听约利亚唱歌的吧?下车向东走,过红绿灯,往南拐,横过马路,西北角上有一个地下通道,进去就是,上周末我女婿还请我去过一次,那姑娘,嘿,比春节联欢晚会上的歌星唱得还棒!"

我是个不知道北的人,一出家门就晕头转向,有一次我去市场买十斤大米,不小心忘了回家的路,又不好意思打110,只得转回去表扬那个米贩子的大米不错,提出再买九十斤,请他帮我送到我所住的塔楼,我顺便就坐在他的三轮车上。我在车上东一指西一指的,米贩子满头大汗地把我送到了家,回头看一眼说:"先生您可真逗,您家就在对面,您让我绕这么大一圈儿!"那次买的大米吃了一个夏天还没吃完,都长虫了。因此,这位老年妇女说的东西南北我一个都没搞懂,却装懂说:"哦,知道了,大妹子!"

然后我按自己的方法去找基辅罗斯餐厅。正好前方红绿灯路口有一个蓝色的指示牌,箭头所指的方向有一座尖顶建筑,带点儿圣彼得堡教堂的风格,第一层的门口站着两个身穿异国服装的年轻人,样子像俄国十月革命前后的青年近卫军。我断定那座伪教堂很可能是,就直奔那里而去,走到近处我才发现,两个"青年近卫军"的脸都是中国人的,他们望着我笑,我没搭理他们,径自走到地下一层。这层大厅的四壁和顶子都镶着木条,地上铺着更厚的木板,一列一列的木桌、木椅布满三方,空出的一方摆着一架巨大的俄式钢琴。

一个吃饭的人也没看见,估计用餐高峰是在有歌舞表演的晚餐。我在离大门不远的地方随便找个位置坐了下来,时间还早,我无所事事,给赵老先生发了一条手机短信,告诉他我已经顺利到达,请他放心。但是发送两遍都显示失败,我分析也许是在地下的缘故,比方说在地铁里就发不出去短信。地下工作者的工作总比地上要艰苦一些,由此我还浮想联翩,想到赵老先生参加的地下党,给组织发送一个秘密电报是多么困难。我决定不再发第三遍,趁这工夫还不如掌握一点这个异国餐厅的基本行情,做到知彼知己,百吃不殆。

餐厅的书报架边放着一摞折叠的宣传图册,这正是我想要的东西,我走过去抽出一本,翻开刚看几行字,一个蓄络腮卷胡的大胖子向我走来,望着我笑了一下。我认出他跟两个守门的"青年近卫军"有明显的不同,这是个正宗的外国佬,俄罗斯人或者乌克兰人,就望着他也笑了一下,问道:"你是基辅罗斯餐厅的老板?"

大胖子的中国话相当地道,只是带着东北口音,摇着头说:"老板啥呀,我只是一个小萝卜头儿,基辅罗斯餐厅的厅长,你叫我弗拉基米尔吧,要图省事叫基米尔,要么索性叫老基,基胖子,怎么都行,没关系的。我们总经理上个月回乌克兰去了,大哥,您提前订餐了吗?"

听他最后言归正传,用东北口音叫我大哥的时候,我忍不住笑出声来,我对他说了赵老先生的名字,弗拉基米尔于是对我更加客气了,伸出两只毛乎乎的手来左右开弓,一只握着我的手,一只拍着我的肩膀说:"原来是赵老先生的客人啊,赵老先生跟我们总经理是老朋友,三天前就预订了餐位,说是要请几个作家、记者,大哥您就是其中的一个吧?"

我坦白地说是,随手把宣传图册放回原处,请他向我做一下介绍,只当是给我看有声有色的录像片。弗拉基米尔就积极配合,从基辅罗斯的十八辈祖宗开始说起,说基辅罗斯最初叫古罗斯,又叫罗斯国,是白俄罗斯、俄罗斯和乌克兰的前身。公元八世纪由奥列格大公率领东斯拉夫人定都基辅,改称基辅罗斯。十三世纪初被蒙古汗国的军队占领,这支军队的首领叫拔都汗,统治了他们二百四十年,最后又被他们夺了回来。

非常相似,中国也是十三世纪,一个名叫忽必烈的蒙古首领带兵灭了南宋,改为元朝。我对弗拉基米尔说,让他也知道一点儿我们中国的历史。

"知道,我知道,你们北京一度叫元大都,连每条巷子都按蒙语叫作胡同。"弗拉基米尔内行地说。他说了我们中国,接着又回到他们基辅罗斯,"在拔都汗的军队占领基辅罗斯之前,奥列格、伊戈尔、奥尔加、斯维亚托斯拉夫一世这四任公爵在位的时候,基辅罗斯多次进攻君士坦丁堡,打败了拜占庭!到了斯维亚托斯拉夫公爵的幼子继位,基辅罗斯已经成为东欧强国,哈,那真是基辅罗斯的黄金时期!……您知道这位公爵叫什么吗?"

"斯维亚托斯拉夫二世?"我纯粹是想当然地回答。孔子说知之为知之,不知为不知,是知也,话一出口我就知道自己犯了一个不知装知的错误。

"啥呀?他跟我一样,也叫弗拉基米尔,就是娶了拜占庭安娜公主为妻的弗拉基米尔一世!而且还有一个人,你们最敬爱的,领导十月社会主义革命的列宁也叫弗拉基米尔,列宁只是他的笔名!"

他用两只灰不灰、蓝不蓝的眼睛看着我,脸上露出骄傲的笑容。由于刚才丢了面子,我决定轻轻地打击一下他,就对他说:"这个我太知道了,我还知道列宁姓乌里扬诺夫呢！我也想问你两个问题，你娶的是哪国公主？领导了几月份的什么革命？"

"中国，我娶的是你们中国的媳妇儿，她是基辅罗斯餐厅的配餐领班，等会儿您就可以看到她！不过革命这事就别说了，大哥我问您，现在谁还去领导革命？那不成了反革命吗？"

我笑了笑表示认同，接着又问："那你们总经理姓什么？叫什么？"

"姓苏，叫苏爱中，中国的中。"

他的回答大出我的意料，赵老先生在电话里明明白白地告诉我，基辅罗斯餐厅是一个俄罗斯人在北京开的，总经理怎么会是中国姓呢？我就重复了一遍说："我问的是你们老板，就是你的上司，这个基辅罗斯餐厅的最高领导和法人代表，他是你们俄罗斯人或者乌克兰人，名叫爱中可以，可他怎么会姓苏呢？"

"我没说错啊，大哥，我们总经理祖上的确是乌克兰人，但这并不能成为您不让他姓苏的理由。当然，这不是他的本姓，苏总本来姓什么连我都不知道。我只听说他的祖父是一个以酿造伏特加酒为业的庄园主，八十年前被苏维埃政府驱逐出境，就是你们称的苏联，后来这一家人流浪到了中国，就把自己的姓给废了，改姓苏联的苏，叫苏流邻，儿子叫苏居华。苏总是他们家的第三代长孙，叫苏爱中，他还有一个弟弟、一个妹妹，弟弟叫苏慕中，妹妹叫苏恋中。他们兄弟二人跟我一样，娶的都是你们中国的媳妇儿，妹妹嫁的是中国丈夫，我说句话您别见怪哈，大哥，我们的孩子长得都有些像您了！"

弗拉基米尔又骄傲地笑了起来，我也笑道："大哥我不见怪，你们的孩子长得像我，我应该感到由衷地高兴才对！"

我以为他听不懂我的弦外之音，但是这个中国通听懂了，他第二次用毛乎乎的手拍着我的肩膀，放声大笑道："大哥是一个幽默的人哈，我希望您三天两头光临基辅罗斯餐厅，至少每个双休日来撮一餐！"

"你到底说错了，我来这里的主要目的并不是撮。"我又轻轻地打击了他一下。

"哈，其实我也知道，您是来听约利亚唱歌的，对不对？这里每天都有人来听她唱歌，她是我们苏总花高价从乌克兰请来的台柱子！约利亚在北京受欢迎的程度，相当于普加乔娃在俄罗斯，大哥您知道普加乔娃吗？"

这次他撞到我的枪口上了，大约一小时以前，地铁里的一个盲人卖给我一张小报，头一版就转载了《基辅报》上一条爆炸性新闻，乌克兰美女总理季莫申科近日在《爱人》杂志上发表文章，吹捧普加乔娃是俄罗斯麦当娜式的明星，说是跟她见面自己真的很紧张，结尾还高呼"我爱普加乔娃"。卖报的瞎子闭着眼睛对人瞎说:"看报啦,看报啦,乌克兰美女总理跟俄罗斯当红歌星同性恋哪!看报啦,看报啦,两个女人做爱的时候也很紧张哪!"

"我说,连中国的瞎子都知道这个俄罗斯歌星,约利亚有那么优秀吗?"

"大哥您相信我好了,普加乔娃只是俄罗斯的通俗歌星,约利亚却是乌克兰的功勋演员,等会儿您一听就知道了!"弗拉基米尔跷起一根半截长毛的大拇指,说到这个程度还觉分量不够,接着又补充了一句中国俗语,"不怕不识货,只怕货比货!"

这时候我发现门口的光线一暗,一个"青年近卫军"带着一群人向我们走来,这群人里有一位被搀扶着的老者,一身瘦肉,可以显出下面硬邦邦的骨头。我认为他非常符合我通过电话声音想象的那个"80后",就迅速看了一眼墙上的时间,断定这位老者必是赵老先生无疑,于是扔下意犹未尽的弗拉基米尔,起身向他们迎接过去,嘴里试着叫了一声:"是不是……赵老先生?"

被搀扶的老者回答说"是",接着他也断定我是谁了,扑过来与我紧紧拥抱,他身上的骨头真硬,力气也大,把我的肋部都搋疼了。搀扶他的中年男人觉得这个镜头有点儿激动人心,随即掏出别在腰上的数码相机,对着我们前后左右地拍个不停。"青年近卫军"把他们交给餐厅一个身穿乌克兰服装的中国小姐以后，转身又回到门口继续迎宾去了。穿乌克兰服装的中国小姐耐心地看着我们，等我们好不容易拥抱完了，这才带我们到预订好的一桌席位就座。

这是整个厅里最好的一桌席位，坐南朝北，跟故宫里的那把龙椅一样，居于餐厅的中央位置，对面就是那架巨大的俄式钢琴。等会儿乌克兰演员出来表演歌舞，金发披向背后，碧眼正好对着我们。赵老先生坐下以后，急着向我介绍他的保姆、女儿、侄子，还有一个在英国读书的小孙女。

大厅里的枝形吊灯恰到好处地亮了，灯光下穿乌克兰服装的中国小姐又引着两位女宾走了过来。我认出她们一个是女作家梅姐，一个是女记者阿红，她们是赵老先生的忘年之交，也是我们共同的乡亲和朋友，女人总有这个本事，她们能够踏着准点来到约会的地点，为此哪怕在附近转上两个半小时，一会儿一看腕上的坤表。这一下气氛就涨了上去，大家紧密团结在赵老先生周围，坐下来开始点酒、点菜。我想起弗拉基米尔对我说过的话，就向穿乌克兰服装的中国小姐打听："请问哪位是老基的夫人？"

"老——基——"穿乌克兰服装的中国小姐茫然地望着我，两弧翘翘的人造眼睫毛一秒眨了二十多下。

"基胖子，基米尔，弗拉基米尔，基辅罗斯餐厅的厅长啊！"

不等穿乌克兰服装的中国小姐第二次眨眼回答，远处有个女人一口抢了过去："哪位先生找老基？是不是又想要一瓶烈性的伏特加酒？"

我发现问话的这个女人长得异常茁壮，配餐员中唯有她穿的不是乌克兰服装，而是一件白色无袖缎子旗袍，一身滚肉大部分鼓胀在白缎子的下面，少部分直接从旗袍的开口处挣脱出来，比方那跟缎子一样白晃晃的胳膊和腿。听口音她也是东北人，体态跟基胖子旗鼓相当，我猜想她就是弗拉基米尔那个做配餐领班的中国媳妇儿，基辅罗斯餐厅厅长的中国话多半是从她嘴里学来的。我转脸看看赵老先生，居然替他这个主人做了主，说："来一瓶吧，最好是苏总经理的曾祖父酿造的那种伏特加酒！"

胖女领班抱了一瓶伏特加酒过来，"嗵"的一声墩在我们的桌子上说："您说得对哈，这就是苏总的曾祖父酿造的那种伏特加酒，苏总的祖父被苏联驱逐出境时，他家的酿酒术差点儿就失传啦！"接着她一眼发现坐在首席的赵老先生，笑起来道："老爷子又来了哈？"

我接过酒瓶转着圈儿地看了一遍，上面印的是俄文标识，我担心这真是一瓶烈性伏特加酒，而我们这一席人老的老，小的小，女的女，剩下我一个平时只敢喝啤酒的，打开了恐怕谁也对付不了。我就拿老人和妇女儿童说事，问她可不可以换成鸡尾酒，能不能够等一会儿再上。胖女领班看一眼赵老先生,又看一眼我,豪爽地回答:"怎么都行,只要是老爷子带来的朋友,没问题!"

赵老先生的侄子点头微笑,等她一走就从自己的包里掏出一个陶瓶,瓶颈上系着一根麻绳,麻绳上穿着一块标牌,标牌上印着一段日文,只有"百岁酒"三个字是繁体汉字的书法。赵老先生亲自开瓶,开了十几次没开成功,累得咬牙切齿,大气直喘,最后不得不放弃,说:"日本人是最会捂盖子的,对待历史的真相也是如此!"

他的侄子接过酒去,又使劲几下方才旋开,接过赵老先生的话说,人家是人如其名,他们是货如其国!

赵老先生的小孙女咯儿咯儿笑道:"七个地道的中国人,到基辅罗斯餐厅来吃俄式餐,喝日本酒,爷爷您倒是挺有创意的嘛!"

她的姑姑替她爷爷解释说:"这是一个日本朋友赠送的酒,拿来跟自己的朋友共享,这不是顺理成章的事吗?你在英国读书,难道英国人每喝一次酒都有创意?"

赵老先生的侄子给每人都斟了一个满杯,却只在赵老先生的杯里蜻蜓点了一下子水,然后举起自己的杯说:"我大爹的创意已经写在酒瓶上了,就是要活百岁!"

大家就响应号召一样喊着要活百岁,把手中的杯子碰得叮当乱响。赵老先生一下子来了劲儿,觉得百岁还不够,又喊万岁,万万岁。阿红喝了一小口说:"早知道还能自带酒水，我就给你们带瓶新加坡葡萄酒来尝尝，你们有谁尝过新加坡司令调的鸡尾酒？"

我说："自然是没尝过，我们又不是大使夫人，新加坡司令连鸡毛都不会为我们调。"

"又老土了不是？新加坡司令是一种酒的名字，用它调的鸡尾酒在新加坡是最有名的。"阿红放肆地嘲笑我说。她的老公是中国驻新加坡的大使，从那里带回来的葡萄酒在家赋闲多年，今天她来会见赵老先生，只在小坤包里装了一盒儿童爱吃的新加坡肉松卷，一见面就像献哈达一样献了上去。

为了让阿红在众人的笑声中得到更大的满足，我索性让自己土得掉渣，说："我还以为是新加坡的三军司令，相当于过去的元帅呢，如今指挥军队还用鸡毛当令箭，而鸡毛又数长在鸡尾巴上的质地最硬，所以令箭就用它来制造。军队出征之前，司令一手持箭，一手举杯，以箭调酒，预祝将士们凯旋。"

大家被我逗得笑得东倒西歪，阿红一边直拍胸口，一边叫着："我的妈呀！"赵老先生的女儿笑完以后，用餐叉指着镶在墙上的禁规，又回到阿红刚才的话上说："谁都不能自带酒水，新加坡司令也不行，基辅罗斯餐厅只对我们施行宽大政策，因为苏老板跟我爸爸不是一般的朋友。"

我盯着赵老先生女儿餐叉指的方位，从上往下地念着用餐禁规,念到"衣冠不整洁者不得入内"这一条时,不由得低头看了自己一眼,感慨地说:"对我们真的是很宽大哈!"

大家都笑,唯有赵老先生一人不笑,梅姐问他:"苏老板应该比您小很多吧?"

"你们应该是同龄人,'文革'时他才一二十岁,跟我关在一间牢里,我们是牢友。"赵老先生说,接着又对这个"牢"字做出新的解释,"牢友,友牢,所以我们的友情非常牢固!"

大家对这个新称呼很感兴趣,纷纷举起杯说:"干杯!"

主菜是赵老先生的女儿三天前就订好的,基辅烤鳕鱼、培根牛肉卷、罐焖牛肉、金枪鱼沙拉、剔骨牛排、伏特加烤串、基辅冷鳟鱼、奶酪焗鲜蘑、鹅肝、黄油烤鸡、格瓦斯、基辅沙拉、芝士布丁、乌克兰红菜汤,主食是蒜香面包、俄罗斯列巴、杂拌葱油饼、香草冰激凌,饮料除了鸡尾酒,还有西瓜汁、苏打水之类。穿乌克兰服装的男配餐员端上一样,报上一个品名,然后说出它们在乌克兰食谱中的重要地位。

梅姐搜肠刮肚,使劲儿回忆着自己的少女时代:"我读中学的时候学过俄语,当时这些菜的俄文名字我都会念的,时间一长完全记不住了,唉,年纪不饶人啊。"我喝了一口乌克兰红菜汤,感觉味道不错,趁着高兴吹大牛说:"我也会念,读初中时我还是全班三个俄语小组长之一呢,另外两个是留级生,后来两个留级生也被我干下去了,我又当了全班俄语课的科代表。俄语里有个弹音叫'得儿',班上多数同学弹了一个学期也没弹会,据说连伟大的无产阶级革命导师,他们本国的列宁同志都不会这个弹音,而我只练了三天就会了,不信我给你们弹一个听听!"

为了重现昔日的辉煌,时隔四十年,我咧开嘴巴,露出下牙,卷起舌头,用舌尖轻轻顶住上颚,聚一股气猛一发力,"得儿"的一下就弹了出来。梅姐佩服得直点头说:"是这样的,是这样的。"

阿红不服气道:"切,这有什么了不起呢?新疆人个个都会弹这个'得儿',他们弹得可溜着呢,哪像你这样龇牙咧嘴的!"

赵老先生挺身而出,替我讲了一句公道话:"维吾尔民族跟乌克兰民族、俄罗斯民族、哈萨克民族是一个语系,他们的舌头一生下来就是卷的,我们汉族人舌头又直又硬,所以你别小看这一个'得儿',能弹出来就是一件了不起的事。"

我说:"我很怀念俄语,至今还对那个时候反对苏修,中学停止学习俄语耿耿于怀,不然今天在基辅罗斯餐厅给诸位当个业余翻译,时不时地'得儿'那么一下,那才叫酷!"

梅姐笑道:"现在回想起来真是荒唐至极,不学俄语以后又改学英语,英语不也是英帝国主义、美帝国主义等西方资本主义国家的语言吗？忘了当时反帝反修的革命战士是怎么解释这件事的！"

我说："很好解释，就说是为了打入敌人阵营，听他们如何叽里咕噜地进行阶级破坏。不过'文革'一开始，英语也不让我们学了，全国人民只学一种毛语。"

一直都不吭声的赵老先生的孙女问道："毛语？毛里求斯语？天哪，毛里求斯的土语是克里奥尔语，连他们自己工作时都讲英语和法语，你们那一代人真是疯了，怎么去学那么小的小语种！"

全桌的人都大笑起来，梅姐擦着笑出的眼泪说："的确是疯了！80后的孩子们真该听一听爷爷奶奶讲革命了！"

赵老先生用滑稽的表情看我一眼，带头拿起餐叉说："有人把我也叫80后，我这个老80后提议大家以粮为纲，一人先吃一片蒜香面包，然后再来一个瓜菜代，尝尝西瓜汁、红菜汤的味道！"

他的小孙女又咕哝着："什么以粮为纲，什么瓜菜代，我晕！"

"晕就对了，这就叫晕菜！"赵老先生的侄子说。

阿红举着餐叉在满桌菜肴的上空巡逻了一圈儿，最后又放下来，道："太奢侈了，我倒很想吃一碗他们正宗的土豆烧牛肉呢！"

梅姐就问阿红："刮共产风时你才多大一点儿？连我都

还在小学读书，只记得我的右派老爹说过一句话，两个穷兄弟互相嘲笑，老二家比老大家还穷得多，却五十步笑百步，打肿脸充胖子地嘲笑他老大哥！"

赵老先生又回到了那个时代，好像要把一颗玉米粒儿拉成一根玉米棒子，用力地拉长声音说："那叫穷——过——度——他们笑我们平均三个人穿一条裤子，我们可不就笑他们土豆加牛肉等于共产主义嘛！"

我说："真是穷过了度！还不仅穷过了度，吹牛撒谎也过了度！"

大厅里钢琴声响了起来，是《天鹅湖》的芭蕾舞曲，这次在巨大的俄式钢琴前坐着一个真正的乌克兰乐师，摇头晃脑地陶醉在乐曲之中。春水荡漾，美丽的白天鹅还没出现在蓝色的湖面上，我觉得他进入得未免太快了一点儿，神情和动作都显得过分夸张。不过我仍然有些激动，甚至像季莫申科要见普加乔娃那样感到紧张，因为这预示着演出就要开始，约利亚就要唱《茉莉花》了。

我看了看身边的赵老先生，他右手持叉，左手举着一片缺了口的俄式列巴，缺的那一部分在他嘴里含着，他已经兴奋得忘了咀嚼。

钢琴曲又换了一首，从大厅一角并排慢慢走出三个乌克兰歌手，两个魁梧的男人中间夹着一位年轻漂亮的女郎，男人黑色西装红色领结，女郎穿一条曳地的白色纱裙。木地板在他们脚下发出沙沙的声音,像蚕吃桑叶。我猜想这女歌手应该是约利亚,并且由这纱裙想起《喀秋莎》中的歌词:"每当梨花开遍了天涯,河上飘着柔曼的轻纱。"就像是意念使然,当他们并排慢慢走到我们对面的时候,开口唱出的正好是这支我们最熟悉的苏联歌曲。

不单是赵老先生,差不多所有的人都停止了进餐,坐在正方的抬起头来,坐在反方的扭过头去,全都不出声地听着他们放声歌唱。直到第一段唱完的间隙,赵老先生的侄子才小声问我:"怎么样?三位都是乌克兰的功勋演员,相当于我们中国的一级演员,不比我们春晚上的男女高音差吧?"

他跟公交车上被我让座的老年妇女一样,拿他们跟我们春节联欢晚会上顶尖级的歌手相比。我回答说:"丝毫不差!不过我想知道他们的演出报酬,他们是跟我们的演员一样按月拿工资吗?"

"又是又不是,苏老板在乌克兰也有一家基辅罗斯公司,他们的月薪在那边公司领取,来这里的机票和住宿都由这边餐厅负担。每晚他们除了对公众演唱,客人还可以自由点歌,点歌费每首八十元是他们的额外收入。等会儿我们也要点一首的,您想点哪一首?"

我想点一首中国民歌,我看了身边的梅姐一眼,记起赵老先生的小孙女提出的关于百岁酒的问题,突然生出一个精彩极了的创意,我想听约利亚唱一首关于梅的中国民歌!

钢琴声又响起来了,一曲接着一曲,全都是中国人民喜欢的苏联老歌,《山楂树》《红莓花儿开》《莫斯科郊外的晚上》。当他们唱到"深夜花园里四处静悄悄"时,现在还不到深夜的餐厅里已经不再静悄悄了,有人陪伴他们一起轻声哼着。再接下去是那首更加经典的《三套车》,这时候变成了整个大厅里人们的群声合唱,歌词也由俄文变成了中文。几个白发苍苍的老头儿、老太太放下餐叉,离席走到乌克兰歌手的身边一起唱了起来,其中一个老头儿还跟他们一起并排慢慢地往前走着。老头儿在行走和歌唱中发现了赵老先生,举起手来向他招了招。

"合唱的这几位,是不是中华人民共和国成立初期的留苏学生?"我问赵老先生。

"你怎么知道?"赵老先生惊讶地看着我,一时间顾不上说恭喜我了。

"凭感觉,我是从年纪上,还有激情。"

"他们都是我的同龄人,大家在这里认识以后自报家门,好几个都是留过苏的!"

阿红听乌克兰歌手更加悲伤地唱到第二遍时,忍不住侧过身去对梅姐说:"错了,错了,这一句是几十年前我国翻译的错版,被可恨的地主抢了去的不是老马,而是那个赶车人心爱的姑娘!"

歌声随着老马或者姑娘的命运,一点一点地往下沉沦,三个乌克兰歌手并排慢慢地走完一圈儿,又并排慢慢地往回走着,夹在当中的乌克兰女郎扭过头来,对阿红挤了挤眼睛。阿红就得意地向我们炫耀道:"看,她承认我说的是这么回事!"

"是吗?"梅姐的表情像个小姑娘,她觉得这件闻所未闻的事新鲜极了。

只间歇了一小会儿,钢琴声重新响起,这次是《费加罗的婚礼》。三个乌克兰歌手一人举着一个酒杯,唱着婚礼中《祝酒歌》的俄语歌词,又并排慢慢地走来跟大家碰杯。当他们碰到阿红的时候,刚才对她挤眼的乌克兰女郎把右手的酒杯换到左手,腾出右手向她行了一个举手礼,俄语里夹着中文问她:"刚才您的话我听到了,的确是姑娘不是老马,您也会唱那首《三套车》吗?"

阿红诚实地摇摇头,却代替我向她问道:"你就是约利亚吧?下面是不是该你唱中国歌了?"

乌克兰女郎也诚实地摇摇头,俄语里的中文说得更夹生了:"对不起,我不是约利亚,我叫热娜,我是刚到中国来的,我的中国歌唱得很不好。约利亚三天前回乌克兰了,她刚结婚,她怀了孕,她的丈夫是个军人,她要回去为他庆祝生日,她跟弗拉基米尔厅长说她今晚回来还要唱歌,可是一小时之前还没回来,弗拉基米尔厅长就只好换成我了!"

她的只鳞片爪的中文在大厅里引起一阵骚乱,跟我一样,今天首次来基辅罗斯餐厅的人想吃乌克兰式西餐还属其次,主要是想听约利亚唱中国歌。现在约利亚回不来了,中国歌听不成了,有人喝过烈性的伏特加酒,趁着酒性大声地抗议说:"你们为什么换人?约利亚为什么不来?基辅罗斯餐厅这不是挂羊头卖狗肉吗?我们是冲着约利亚来的,约利亚不来我们就不埋单!"

"对,约利亚不来我们就不埋单!"大家一唱一和,就这么对他们发出威胁。

钢琴一点儿不受影响地继续弹着,三个乌克兰功勋演员满脸尴尬,手足无措地站在大厅中央,唱也不是不唱也不是。我觉得挂羊头卖狗肉这话骂得没有文化,约利亚不是羊头,热娜也不是狗肉,她们都是乌克兰的好姑娘,无非是一个会唱中国歌另一个暂时不会唱中国歌。其实热娜的几首苏联歌曲唱得荡气回肠,人也长得那么漂亮,实在要对她表示不满,可以说她是姐妹易嫁,李代桃僵,也比用不能上席面的狗肉来侮辱她好。

身穿白色无袖缎子旗袍的胖女领班紧急赶来,屁股和奶子三个制高点上白光闪闪,她一会儿点头一会儿哈腰,一会儿像江湖女侠一样做着抱拳的动作,直想稳住这个将会遭到破坏的局面。可能她觉得餐厅也是一件旗袍,小洞不补,大了二尺五,事情一旦闹大就不好收拾了。人们却根本就不理会她所做的一切努力,大声要求老板出来解释。白光闪闪的胖女领班只好又退下去,换了她的丈夫——基辅罗斯餐厅的厅长弗拉基米尔过来跟大家对话。弗拉基米尔的男高音虽然比他的中国媳妇儿要大一倍,但是较真的人们要的是道理,而不是高音,还是一片声地喊着老板亲自出来。

弗拉基米尔满脸汗珠直往下流,他用毛乎乎的手背在上面擦了一把,甩在地上碎八瓣,说:"大哥大姐,叔叔阿姨,各位光临基辅罗斯餐厅的朋友们哈,苏总今天不在这里,我代表苏总向你们致歉,并且决定,这一次的餐费统统打九折行不行?"

"不行,我们要听约利亚唱中国歌!"

"八五折行不行?八折?七五折?再不行就七折吧!"

"不行,我们要听约利亚唱中国歌!"

"六五折?六折?哎哟妈呀,六折还不行吗?"

"不行,我们要听约利亚唱中国歌!"

"那好,这次我就把苏总的家给当了哈,打个五折,只收一半算啦!"弗拉基米尔脸上露出万分痛苦的表情,把毛乎乎的右手攥成一个拳头,狠狠地砸在空气中说。

"也不行!我们情愿不打折,我们情愿把点歌费加到一百,也要听约利亚唱中国歌!"得理不饶人的大哥、大姐、叔叔、阿姨和所有的朋友们,看来今晚要给他们寄予厚望的基辅罗斯餐厅出一道难题了。

弗拉基米尔在喧嚣声中看见了我,也看见了赵老先生,就用一双灰不灰、蓝不蓝的眼睛向我们求助。赵老先生与其说同情他,不如说是同情自己的牢友苏爱中,同时还觉得有些对不起我,他是以听约利亚唱《茉莉花》的名义请我来的。赵老先生避开弗拉基米尔可怜巴巴的眼光,放下餐叉,叹了一口气道:"唉,这个约利亚呀,她可从来没有出过这样的事,小苏这次要吃她的亏了!"

他永远记着苏爱中坐牢时只有一二十岁,也永远称基辅罗斯餐厅的老板为小苏。

梅姐惊奇地说:"我真想看看,这姑娘到底是个什么样的人儿!"

闹嚷的声音像是小了,很多人的眼睛转向餐厅的门口,那里有一个穿黑色纱裙的乌克兰女郎朝着我们走了过来,由于是逆着光的,走到近处才听到有人一声惊叫:"啊,这不正是约利亚吗?天哪,约利亚到底来啦!"

约利亚的胸前戴着一朵小小的白花,这朵纸做的小白花在黑色纱裙上太惹眼了,像是漆黑夜晚的一颗小星星,只是生在天边,随着夜幕的消散它也会消失得更早。我不明白她为什么要这样装扮,这个俄罗斯的麦当娜和乌克兰的普加乔娃,不可能过去是以这种风格为热爱喜庆的中国朋友带来欢乐的。我不爱看大红大紫，金光灿烂，但她今晚的服饰实在太素，素得凄凉，甚至不祥。

她的脸上没有化妆，也是白的，而且白得缺乏光泽，比起朝气蓬勃的热娜逊色多了，只有她的一双眼睛像湖水一样蓝，这才给她整个的人带来亮色，让人心中轻轻哼唱起《喀秋莎》和《明媚的春光》。人们原谅了她一定是刚下飞机，什么都来不及，欢迎她的掌声比过去更加热烈。约利亚有些仓皇地走到餐厅中央，背对钢琴，弯腰先对我们的正中席位鞠了一躬，又对左右两边各鞠了一躬，转过脸去又对弗拉基米尔也鞠了一躬，然后再一次转向我们，喘着气用中文说："对不起，我来晚了，女士们、先生们请点歌吧！"

弗拉基米尔立刻获得了解放，对着约利亚也深鞠一躬，鞠完他就笑了起来，对大家说话的口气硬多了："各位朋友，基辅罗斯餐厅从来都以诚信为本，我相信约利亚会来的！约利亚既然来了，今晚餐费就不用打折了哈——开始点歌！"

大家就不客气地开始点歌，《茉莉花》《采红菱》《四季歌》《走西口》《康定情歌》，点了一首又一首，约利亚不费吹灰之力地全都唱了。我不知道是不是因为等得太久，是不是因为她黑色纱裙上的那一朵小小的白花，觉得她唱得虽然美妙动听，却总还缺少那么一点儿激情，没有达到赵老先生和公交车上的老年妇女，还有弗拉基米尔以及那些情愿晚餐不打折也要听她唱歌的人夸奖她的那个高度。

赵老先生一家绝不这样认为，他的女儿和侄子抢着离席，回来时坚持要我和梅姐各点一首，说是点歌费已经交了，不唱也不好再退回来。这样我们就只好答应，我对梅姐说："其实我刚才说了，请约利亚唱一首关于梅的中国民歌！"

"《红梅赞》？《一剪梅》？《十朵梅花九朵开》？"梅姐一首一首地考虑着说。

阿红忽然问道："你们想不想听《梅娘曲》？哥哥你别忘了我呀，我是你亲爱的梅娘……也是梅！"

"太想听了，就点这一首吧！我听过这首歌，感觉今晚听这一首实在太妙了。"

钢琴师换了凄婉的调门，黑色纱裙配小白花的约利亚面色哀伤地向我们走了过来，步子迈得比三个乌克兰歌手更慢。这身服装，这副神情，这支琴曲，配着这首歌词合适极了。我怀疑约利亚今晚正是为了这支歌曲而来，她怎么知道我们座上有一枝梅，怎么知道我们会点这首歌？

约利亚的歌声还没出喉，湖水一样的蓝眼睛里早已是泪光一片了。

> 哥哥，你别忘了我呀！
> 我是你亲爱的梅娘。
> 你曾坐在我家的窗上，
> 嚼着那鲜红的槟榔。

> 我曾经弹着吉他,
> 为你慢声儿歌唱……

这一次我们都被她的歌声感动了,没有人敢发出任何声响,害怕影响了从她口中吐出的歌词,哪怕是一个字,一个气声。整个餐厅都像莫斯科郊外的晚上,四处静悄悄的深夜的花园,夜色下约利亚的歌声是一缕凄凉的风,只有风儿在轻轻唱。

> 我为你违背了爹娘,
> 离开那遥远的南洋。
> 我预备用我的眼泪,
> 擦好你的创伤。
> 但是,但是你已经不认得我了,
> 你的可怜的梅娘。

歌声停了,餐厅里还肃穆着,突然我们听到了一声哭泣,紧接着就看见约利亚双手捂脸,飞快地转过身子。小白花不见了,黑色纱裙像一片燃尽的纸灰,很快消失在了我们眼前。

我们不知道发生了什么事,所有的人都不知道,大家互相追问着,又互相不能告诉对方答案。最后,有人就坚决地认为，约利亚是由歌中的梅娘想到了自己，想到了自己的丈夫和祖国，如同她离开了他们，他们也离开了她。

赵老先生家的保姆哭得比约利亚还要伤心，一边抽噎一边抱怨我们不该点这支《梅娘曲》。"你们就是要听她唱梅，让她唱一个'红梅花儿开朵朵放光彩'也是好的，看她哭成这个样子，她还怎么再给人唱歌啊？"

我们随着人流走向餐厅的门口，去跟弗拉基米尔夫妇告别，顺便向他们打听约利亚跑出餐厅以后的情况。弗拉基米尔的中国媳妇儿，那个白晃晃的胖女领班脸上闪着几颗泪珠，难过地说："约利亚走了，回乌克兰了，她不会再来了！"

"为什么？到底为什么？"赵老先生的女儿问。

"那里刚刚发生一场事变，是民间组织跟政府之间的武装冲突，她的丈夫在冲突中不幸丧生了！约利亚本来应该留下参加丈夫的葬礼，但她自己不愿跟基辅罗斯餐厅违约，才乘坐飞机专程赶来，最后为你们唱一次歌！"弗拉基米尔同样难过地说。

"最后一晚的最后一支，就是你们点的《梅娘曲》！"胖女领班成心要我们记住这件事，她用手把脸上的泪珠擦掉，用红红的眼睛看着我们。

愣了一阵，我又问她："为了严守信用她不惜付出这么大的代价，你们给她多少报酬？"

"我也这样问过她，可她连应得的正份儿也不肯要，她说免了吧,把它埋在心里,成为一个纯洁而又永远的纪念。"胖女领班说到这里,泪珠儿又要滚出来了。

"还要告诉您一件事,事变发生的时候苏总正好也在现场,他的心性赵老是最了解的,一下子就卷进去了!"弗拉基米尔一边叙述,两只灰不灰、蓝不蓝的眼睛一边在我和赵老先生之间来回移动,"听约利亚说,她临走还没得到苏总的消息,所以,大哥,我很担心基辅罗斯餐厅下一步的命运,如果,万一……不说这事了哈大哥,你们走好,改天再来哈!"

赵老先生两眼发呆,全身不动,像是患了老年痴呆,他的保姆、女儿、侄子和小孙女,四人从各个角度搀扶着他走出餐厅,两个守门的"青年近卫军"为了万无一失,也赶上前来搭一把手,一直把他送进停在门外的小汽车里。我和梅姐、阿红追上去跟他说再见时,好在他的眼睛能转动了,却还不能说话,他的女儿尽量为我们宽心,她说:"爸爸是为他的牢友难过,不过没事,他会好的,拜拜!"

"我总算是有点儿明白了,你们那一代人为什么喜欢听那种老歌!"在他的侄子启动汽车以前,他的小孙女说了这么一句。

"唉!"剩下我们三人同时转过脸来,同时叹了口气。

然后我们同时招手,叫停了一辆开到基辅罗斯餐厅门前的出租车。

窗外的蜘蛛人

她看着电梯的铁壁变成了这幢塔楼的高墙,浑身血污的小蜘蛛人从地上爬了起来,又被一根绳子吊在她的卧室窗口。

每次他走进钱太太的卧室,都要先看一眼床头墙上的相框,再看一眼窗帘。相框是红木做的,窗帘是白绫子做的,每次他都想去把白绫子做的窗帘拉上。他是一个害羞的男人,即将发生的事情他怕被人看见了不好,至于红木相框里的那位先生一直怀疑地看着他,没关系,这不过是一种形式而已,对他接下来要做的事情毫无意义。

问题是钱太太不许他拉上窗帘:"拉它干什么?你不是叫赵光磊吗?"这是他第一次要拉窗帘时她说的话,他刚一伸过手去她就说了,并且笑嘻嘻的,把他的名字念得抑扬顿挫,带着一般人不能忍受的那种刺激。

那是在一年前——也就是说,他在这间小屋子里,在墙上那个屋主人的眼皮底下出出进进已经一年了。从那次起他更加认识到了她与其他女人的不同,她不但不许他拉上窗帘,还自始至终都睁着眼睛。"如冰,你真是的,你有怪癖!"他抱怨道,但也只能是抱怨。

发现她睁着眼睛是有一次中途休息的时候,他也睁了一下眼睛,这使他在一瞬间感到了害羞。他觉得自己刚才的表现在她眼里，也许就是一个电动的大玩具，起码在他想来是这样的。后来他一回忆起这个情节就觉得恐怖，他的自尊心也因此有些承受不了，但是下一次他们依然如故。钱太太事后对他做出的解释，是说她要在阳光下看到一个真实的男人，就好比部队验兵，一定要明察秋毫，知根知底。

钱太太的卧室窗户跟塔楼大门一个朝向，人在室内坐着，从窗口平视出去是一片天空、一抹远山，站起来走几步贴近窗口，往下则可以看到一条马路和两排白杨树，路和树的那边还有几幢老式的五层砖楼。她住的三十二层塔楼与那些矮家伙相比，说是鹤立鸡群还不合适，站在窗前往下看，就像从天庭向下界俯视众生。用钱太太嘲笑他的话说，下面的人怎么可能偷拍、偷看上面的人呢？坐飞机航拍还差不多！何况住在那些烂楼里的都是些什么人？天一亮他们统统出外谋生去了，有贼心贼胆的人不见得有做贼的工夫，更何况还得配备一个俄式的高倍望远镜吧？

所以，今天这件意外的事情一发生，他们立刻就慌了手脚。当然是仰躺在床上又睁着眼睛的钱太太最先看见的，她看见窗口忽然一暗，接着看见一个物体从上面垂直地降落下来，正好降落在她的窗口，让她想起一首把蝴蝶比作朋友的流行歌曲。

最初她以为那是从塔楼顶层掉下来的一件衣服。顶层的住户可以把洗好的衣服晾在平台上，她记得有一次她跟她家先生从剧院听戏回来，正好看见楼顶掉下一个红团，在空中翻着跟头落在一层。一层的楼门两侧种着两排龙爪菊，顿时就从黄菊花中开出两朵红色的玫瑰，仔细一看原来是一副胸罩。他们去乘电梯上楼，又遇到一个小女人穿着睡袍和拖鞋从电梯出来，仓仓皇皇往门外跑，有可能是去捡胸罩的，看样子那东西是个名牌。

当时她家先生还说了一句幸灾乐祸的话，他说掉得好，谁叫她占顶层的便宜来着！紧接着她家先生又说了一句愚不可及的话，他说顶层的面积是全楼住户公摊的，就像是人人有份儿的大众情人，谁都不得窃为己有！说这话的时候她还没有赵光磊，后来赵光磊一出现在她的身边，她就会想起她家先生的话，就会在心中暗笑不已。

这次掉下来的还真是衣服，是一套脏不拉叽的迷彩服，掉到她家窗口的时候脏迷彩服停住了，只有上衣的两只袖子在一动一动的，再看领口上方还有一顶黄色的头盔。袖子的底端一边是一个油漆桶，一边是一把刷子，它们受那顶头盔的指挥，在给这座塔楼的外墙刷着油漆。

缺乏经验的钱太太犯了一个错误，她不该发出一声尖叫，她的尖叫声不仅像足球裁判的口哨，让赵光磊突然停止了带球射门，同时还像警笛一样惊动了窗子外面的人。除去夏天要开冷气冬天要开暖气，以及北方偶尔的沙尘暴和下雨天，春秋两个季节钱太太家的玻璃窗子总是敞开着的，只从里面拉上一层薄薄的纱窗，便于把室内的坏空气排出去，把外面的好空气放进来。在这样的情况下，今天的事情就对她很不利了，迷彩服受了惊吓以后，黄色头盔下的两只眼睛隔着一层纱窗，迅速找到了发出这声尖叫的位置。

钱太太不能错上加错，她采取的措施是赶紧把头缩进被子，同时狠着命地蹬了赵光磊一脚。赵光磊事到如今只好做出牺牲，他顾头不顾尾地跳到地上，一边套着裤子一边扑向窗口，对着窗子外面的人厉声吼道："你干什么？你干什么？你到底想干什么啊？"

窗子外面的人被他的吼叫声吓破了胆，迷彩服的两只袖子垂了下来，里面的胳膊像被他的声音吼断了，手中的刷子随着胳膊也往下一扫，有几滴黏液洒在纱窗上，纱窗转眼就多出几个污点。那人看上去还是一个十七八岁的孩子，黄色头盔下的脸上连胡子也没有长，一副乡下人的长相，腰上系着一根大拇指粗的尼龙绳，绳子的另一头可能拴在塔楼顶层的某一根水泥栏杆上，模样跟电视里攀登高楼的蜘蛛人差不多。

窗外的风并不大，但是他的身子太瘦小了，风把那根尼龙绳吹得一荡一荡的，瘦小的蜘蛛人用两只鞋底抵着外墙，这样的好处是既稳住了自己的身子，又能跟外墙隔出一定距离,便于他要进行的工作。

"哦,对不起,先生,你们的墙太旧了……物业公司派我来给你们刷墙……上面几层都刷完了,今天刷到你们这一层……"

吓破了胆的小蜘蛛人解释着。他的眼睛从钱太太的身上转移到了赵光磊的脸上,其实在那一声尖叫之前他什么也没有看到,倒正好是尖叫声吸引了他的目光,但他还是没有看清细节,还以为有人贪睡没有起床。直到这个光着屁股的男人愤怒地向他冲来,他才明白他们正在干什么。头盔下他的小瘦脸红了一下,接着又白了,被吓得失去了血色。

"对不起先生,我不知道……我没看见……我只是给你们刷墙,才开始刷两下子……"

"你还不快些给我滚开!"赵光磊这时候已经套上了最关键的短裤,接下来可以稍许从容一些了。他隔着一层纱窗向外面的小蜘蛛人挥动拳头,做了一连串的威胁动作。

窗子外面的小蜘蛛人已经吓傻了,因为他只有十七八岁,又是一个乡下孩子。眼前的中年男人就像电视里的跳水运动员,刚刚从水里爬上岸来,知道了这一跳的得分不高,火冒三丈地对着裁判发出怒吼。有一阵子小蜘蛛人的脑子里出现了幻觉,他觉得自己真的在看电视,这扇窗户是一个超大的电视屏幕,里面有亚洲运动员参加的跳水比赛，在马上就要召开的奥运会上大概就是这个样子。到那时可千万千万别把人家的分给判错了，看把人家气的！

在他这样傻想着的时候，窗子里面的中年男人已经穿上西装，甚至连领带也系好了，当然是一边做着这事一边还在继续吼叫。窗子外面的小蜘蛛人好像这才发现，眼前的镜头怎么变了，在这之前，迎面向他扑来的是一名跳水运动员，现在却变成了一个官员，或者一个大老板，总之是一个有权有势的人物，至少要比他们物业公司的经理大得多，一看身上那么高档的服装，一看那个派头就能知道！

小蜘蛛人吓得从幻觉中又回到现实，被绳子吊在空中的瘦小身子抖起来了，觉得有一股寒风从脊背后面嗖嗖地吹来，吹得他的迷彩服一颤一颤的，随时都会把他吹下楼去，像吹落一片秋天的干树叶子。他的声音比身子抖得还凶，说出来的话不仅此地无银三百两，而且简直是语无伦次。

"真、真、真的对不起，先、先、先生我，真的没、没、没看见……"

现在的情况完全反过来了，过去每次窗子外面并没有人，赵光磊都想去把窗帘拉上，这次窗外有人他却偏偏想不起来去拉窗帘。倒是过去主张让阳光照在床上的钱太太，从被子里发出了一连串的嚷叫："拉上呀！拉上呀！"叫声激烈却又模糊，让人联想到被子里有一只正在被主人处死的猫。

赵光磊如梦初醒，立刻动手去拉那该死的窗帘，由于长年不用，窗帘盒里的滑道有一点儿涩，他用力拉了几把才将它拉上，每拉一把那里发出的声音都像杀一只鸡。赵光磊隐藏在窗帘里面，对着外面的小蜘蛛人又吼了一声："你还不快些给我滚蛋！滚蛋！"

钱太太可以从被子里探出头了，看见窗帘她联想到了闭幕一词，今天出现的这个意外，害得他们不得不提前闭幕，这真是一个惟妙惟肖的象征。她气呼呼地穿着衣服，跳下床来站在赵光磊的面前，嘴里说了一句："真是扫兴！"过了一会儿又说了一句，"真是扫兴极了！"

听着从她嘴里吐出这话，赵光磊就趁机证实自己过去的想法是正确的，脖子扭来扭去地说："是不是？是不是？要是听我的拉上窗帘，哪会有这样扫兴极了的事！"他觉得领带把他的脖子勒得太紧，用手在那里松了一松，果不其然舒服多了。

"我真恨不得他一个倒栽葱，从空中吧唧给我摔下去，叫他偷看我们的隐私来着！"钱太太恶狠狠地咒骂着人家，一点儿也不反省自己的疏忽大意。忽然又对赵光磊嚷道，"你再去看一眼哪，看他是不是还在窗子外面！"

赵光磊扒开窗帘往外看了一眼，窗子外面只有天空和远山，还有一根大拇指粗的尼龙绳，在风中一晃一晃的。

小蜘蛛人的影子都不见了，也听不到用油漆刷子刷墙的声音。

"滚到下一层刷墙去了！"赵光磊把头缩了进来，身子回到钱太太的面前，两手交叉着垂在小腹下边。这是他比较正规的站姿，谁要是在这个时候走进这个屋里，看见的这个男人绝对跟他在电视里讲话时没有两样。他的心情已经平静了下来，不过水降船低，在这之前的冲动也平静了下去。

"这小东西，可能还是头一次看见这事！"钱太太居然忍不住笑了一下，她把怨恨转为嘲笑，话里对她说的这小东西还含有一点儿怜悯的味道。

"不过这小王八蛋，他要是说出去了怎么办？"赵光磊对小蜘蛛人的叫法比钱太太恶毒得多，他向钱太太提出这个问题，眼睛同时移向她背后墙上的那个男人。那个男人仍然用怀疑的目光看着他，他心想，你光怀疑管什么用，有本事你下来呀！

"说出去也只会败坏我的名声，好比我这里是尼姑庵，你是一个打野食的和尚，他只能知道我是谁，他还能知道你是谁不成？"因为这事涉及自己的责任，钱太太就尽量轻描淡写，把他担心的后果包揽在她一个人身上，相当于人们所说的咎由自取。

"如冰你说得不对，万一他看报纸，看电视，哪天正好在本市的新闻节目里认出我来……"赵光磊的声音由高到低,像他想象中的前程一样往下滑坡,看到钱太太一副强装镇静的样子,说到这里他不打算往下说了。

"你的意思是有一天他会去敲诈勒索你,像官场小说里写的那样……"

"就目前这个世道,谁敢保证他不会做出那样的事来!"

"可我看他还是个孩子,显得比你上高三的儿子还小呢……"

"越是这个年龄的孩子越会这样,你倒想想看啊,这个年龄的孩子物质享受的欲望特别强烈,要吃好的,要穿好的,要玩好的,特别是交个女朋友什么的,又缺乏相应的经济能力,思想不成熟得很,逮住机会可不就得黑人一把!你说到我那个上高三的儿子,有一次他在我书房里翻出一张照片,当晚就背着他的母亲向我提出一个要求……"

钱太太截住他的话问:"照片?哪个女人的照片?"

"你说是哪个女人的照片?"

"以后不要再把我的照片往你家带了!"

"我没想到他能从十几个人的合影里找出你来,指着你笑嘻嘻地问我这个阿姨是谁。"赵光磊也弄不清楚,他的这句话是夸自己儿子还是夸她,还是二者兼有。

"他向你提出了一个什么要求?你满足他了吗?嘻!"

"别提了,成本太高了!"

两人围绕这事说了一阵，因为偏题，屋子里的气氛眼看着就要活跃起来了，但是赵光磊又言归正传，把话题拉回窗子外面的小蜘蛛人，继续担心他会做出敲诈勒索的坏事。钱太太心里虽然也打起了鼓，可她总在想着赵光磊描述他的儿子，利用她的照片向他提出一个高成本的要求，越想越憋不住，笑出声来。

"天哪，如冰，你还有心思笑！你们这些女人真是不知死活！"赵光磊恼火得脸色都变青了，"我说的这些完全有可能是真的，他敲诈勒索的对象不仅是我，还有你，还有他……"

他把目光再一次投到她背后的墙上，那个红木相框是长方形的，照片上的钱如冰比现在年轻几岁，照片上的男人赵光磊至今也没有见过面。钱太太脸上的笑容慢慢地散开，顺着他的思路她终于也想到了，窗子外面的小蜘蛛人在看见他们的同时，是不是把相框里的男主人也记在心里了呢？

"那你说怎么办？"钱太太这样问他。

赵光磊略微考虑了一下，说："变被动为主动，先发制人！你可以到派出所去报案，说他入室盗窃，被你发现之后他就以揭露你的隐私为名进行敲诈！他是盗窃与敲诈两罪连犯！"

钱太太立刻否定了他："你说的根本不能成立！刚才我在被子里面听他说了，是物业公司派他来给墙刷漆的，他手里的漆桶和刷子,还有腰上系的绳子足以证明!"

"如冰你听我的没错,你可以对警察说他原本也许没有这个动机,在刷墙的过程中看见你家卧室窗子敞着,临时起意,以为屋里没人就爬进来了!"

"说不通!我问你,当他发现屋里有人时怎么没有行凶呢?"

"你一嚷叫他就吓跑了,这是一个胆小怕死的贼!"

这次轮到钱太太考虑一下了,她盯着他的脸说:"你这人也忒毒了点儿吧?人家不是还没有敲诈你,不是还没有给你说出去吗?"她故意用了一个北京人爱说的"忒"字,而且把字音拖得很长,想借此缓和一下屋里严肃的气氛。

"你真是太单纯了如冰,等到那时就来不及啦!"赵光磊危言耸听地说,他觉得事情本身就很严重,"我们到外面去坐会儿吧,你说话的声音真大,听着就跟吵架一样……我身上有点儿发冷,嘴里也干得难受,想喝口水……"

钱太太知道他忌讳的不单是那白绫子窗帘,同时还想回避墙上的红木相框。也不单是这一次,过去每次他来这里都是这样。她就随着他从卧室转移到了客厅,两人分别坐在两个独立的沙发上,还像事情发生以前那样坐着。钱太太相信他想喝水不假,身上发冷和嘴里干渴也是真的,因为刚才他出过汗了,脸上现在汗光闪闪的。她从身后的饮水机里给他接了一杯热水,什么也没放就递到他的面前。

"谢谢!"赵光磊居然礼貌地说,端起来喝了一大口。

"你把我当成服务小姐了,你坐在大会主席台上做报告是吗?"钱太太笑了笑,觉得这个男人要么是被吓得不知身在何处,要么就是虚伪到了极点。

不过她原谅他脱口而出,望着他喝水时心神不定的样子,她觉得如今的男人真是脆弱,无非是受了一点小小的惊吓,就差不多到了精神崩溃的地步,这事过去这么长时间还不能够恢复过来。看来今天是彻底结束了,一点儿重整旗鼓的意思也没有了,她从他闪烁游移的目光中,明显地看出他想提前离开这里。

以前他每次来都要待上两到三小时,然后两人共进午餐,这次一小时还不到,事情刚一开始就被搅黄了,一阵紧张和愤怒之后,又开始忧虑和恐惧,再也提不起来兴致的原因就在于此。

喝完一杯热水,他还感到身上有些发冷。"不会落下什么病吧?"他担心地问钱太太。

"至于吗?就那一会儿的工夫,你们这些人也是忒娇气了!"钱太太指的是事情发生以后,赵光磊光着屁股去驱赶窗子外面的小蜘蛛人,她又拖长音调说了一个"忒"字。

"我说的不是感冒,我说的是……"

"明白了,你说的是得了冷病,那你从今往后别到我这里来吃西瓜了!"

赵光磊听出了钱太太话里的含意,就看她的表情,她虽然笑着,却是一种冷冷的笑。

"想不到你这么小的心眼儿,你把我的意思全部歪曲了!……唉,都是那个小王八蛋害的!"

"他只害你?他没有害我?"为了证明自己并不是他说的小心眼儿,钱太太这次真的笑了,她是指窗子外面的小蜘蛛人害了他们共同的好事。

两人重归于好了,不过被破坏的兴致仍然提不起来。赵光磊起身续了一杯热水,喝完又坐一会儿,这才做了几个扩胸的动作,说:"总算是好一些了。好了,我走了,如冰,再不走……说起来你不相信,来的时候我就有一种预感,觉得今天像要出事!"

说着他从沙发上站起来,钱太太坐着没动,既不留他,也不送他,只是仰起脸来望着他。"要出的事已经出了,还会出什么事?"

"我也说不好,就有这么一种预感,还是走吧,总是要走的!"赵光磊说。

在他正要出门的时候,楼下的马路上响起汽车警笛的声音,一声比一声近,听着是朝这幢三十二层的塔楼开来。开到楼下警笛声停了,接着响起嘈杂的人声。赵光磊回过头来看了看钱太太,发现她也正在看他,两人都是满脸的吃惊,同时也都加快了呼吸,不知道这幢楼里究竟发生了什么事情。

"你真是一张老鸹嘴,说要出事就真的出事了!"钱太太快速地拍着自己胸口说。

"不会是这小王八蛋带人来抓我吧?"赵光磊故作幽默地笑道,其实他的心里并不是没有这个顾虑。

"至于吗?如今都什么年代了!"

"这跟年代没有关系,这跟人性有关!"

楼下的嘈杂声大了起来,钱太太指挥他说:"你到窗口去看看!"

"还是你去看吧,你是这幢楼里的住户,有责任关心这幢楼里发生的事!"赵光磊说,他仍然不敢在窗口抛头露面,害怕被人看见了不好,虽说刚才已经露过一次,但那是为了掩护她,他把自己豁出去了。

后来两人决定一起去看,像是有难同当。客厅的窗子又大又亮,又正对着塔楼唯一进出的大门,他们选择了刚才退出的卧室。赵光磊用一只手抓开窗帘,让钱太太一人把头伸出去,这样做万一有人用俄式望远镜从下往上窥视,望到的也只是这间屋子的女主人。自己屋子的主人在自己的屋子里观察自己楼里发生的事,不会被人抓住什么把柄。

可惜楼太高了,钱太太住在三十二层楼的倒数第四层,从卧室窗口往下望去,停在楼下的警车只有儿童玩具那么大,警察和围观的人则比瓜子长不了多少。她没法看清她想看清的事,除非她学那位被风刮掉名牌胸罩的顶层小女人，亲自乘坐电梯下楼去看。

两人从卧室回到客厅，赵光磊根据主观推测，很快认定是这幢塔楼有人犯了案子，盗窃或者杀人一类。警察来抓捕凶手的时候凶手想跳窗逃走，凶手要么是被擒，要么是摔死，这得看受害人的家住在几层。

钱太太对他的说法半信半疑，一时却又做不出别的判断，就送他一个面子，让他认为他是对的，反正为拉不拉窗帘的事他已经对过一次了。

赵光磊给自己又倒一杯热水喝了，然后果断地开门走了出去。

这次他没有乘坐电梯，他记得房屋装修公司给他家装修房屋的那一阵子，工人和材料都是通过电梯运送上来的。以此类推，给楼墙刷漆的小蜘蛛人如果为桶里添加漆料，自然也会乘坐电梯上到楼顶，再连漆带人用绳子吊下来，这小王八蛋才不会一层一层地去爬楼呢。他想他一辈子见到这人一次已经够了，不能在电梯里见到第二次了！

他大气直喘地走下二十八层楼梯，头有点儿晕，两条腿也酸胀得厉害，这笔账他统统算在了小蜘蛛人的身上。接着他又嘲笑自己，想不到今生今世还会躲避一个刷墙的小民工，还会为这样的一个小人物让路。这小王八蛋！最后他愤愤地骂了一句。

但是他一跨出大门，门外的景象就把他惊呆了，那里站着层层叠叠的人,他们多数像是本楼的居民和从车上下来的警察。几根红色的塑料桩子拉起一条白线,在楼外面画出一道弧形,进出楼门的人只能沿着白线绕弯行走,不能进入白线以内。他看见弧形里面躺着一具身穿迷彩服的尸体,脸朝着地,两臂张开,左右不远处有一个漆桶和一把刷子。另一方向还有一顶黄色的头盔,快要滚进地沟的时候停住了,仰在地上像个剖开一半的黄南瓜。尸体的脑袋泡在一摊红红黄黄的黏稠物里,那摊颜色本来也是从脑袋的破口流出来的,现在已经不流了,一群苍蝇停在上面。

赵光磊在一秒钟之内,就把这具尸体跟钱太太卧室窗口的那个小蜘蛛人对上了号,为了进一步证实他的判断,他向那个漆桶和那把刷子,还有那顶黄色的头盔分别看了一眼。然后顺着尸体的上方看那悬崖一样的墙壁,他看到的正是一大片新刷的油漆,岩灰色的,只有倒数第四层的部位,也就是钱太太卧室窗口的上下左右,大概半间房子大的面积颜色发白,猛一看像是有人挂着晾晒的一块麻布。再往下看,墙上岩灰色的新漆没有了,从楼顶吊下一根尼龙绳子,在风中一荡一荡的。

他仿佛听到小蜘蛛人从半空中掉下来的声音,咚的一声,也像悬在他心中的一块石头落了地。想起十秒前他还骂过的小王八蛋,赵光磊动员自己为他致一个哀,但是内心突然涌起的感觉,却是一阵获得解放的轻松。他吸进一口长气又把它放出来，觉得腹腔里什么都没有了，整个心情又回到了今天清早那样。

塔楼对面，是他来时经过的那条马路，他绕过白线画出的弧线去路边乘车，这时一群脏不拉叽的人直着朝他奔了过来，他们身上的衣服要仔细分辨才能认出是迷彩服，跟小蜘蛛人身上的衣服一样。这些人走路的姿势难看极了，头往前攒，屁股往后撅，其中一个年纪大的腿脚直打踉跄，黄头盔差点儿撞在了他胸脯上。

赵光磊一个闪身让开了，那老汉也不道歉，举起袖子在脸上搪了一把，他看见那张老脸水汪汪的，胡子上还挂着一吊白花花的东西。另一个年轻的侧脸看他一眼，有些惊讶地冒出一句话："出人命了，这么大的领导都跑来了！"

这话差点儿把他逗笑了，他知道那人说的是他。他对迎面而来的一辆出租车招了招手，同时掏出手机给她拨了一个电话："如冰，快，你快下楼来一趟，楼下发生了一件事情！"

电话里的钱太太听出是他，说不出是紧张还是兴奋地问："啊？好事还是坏事？"

"对于我们来说也许并不是什么坏事，你下来一看不就知道了吗？看完以后回到屋里，就可以安安稳稳地去睡你的觉了！"

出租车停在他的面前，他合上手机，对司机说了一个地址。

钱太太换了一身衣服，从容不迫地走下楼来，她才不像被风吹落胸罩的顶楼小女人那样仓皇，那样穿着睡袍就往下跑呢。首先她一眼看到的是几个脏人像捉一头牲口一样把一个同样脏的老汉强行拦住，抱腰的抱腰，拽胳膊的拽胳膊，拼命要把他从那里扯走。他们的脚边有个圆咕隆咚的黄球，被那些乱糟糟的脚踢得滚来滚去，最后有人一脚把它踩成了一个瘪壳，这下她才认出那是一个头盔。老汉像牲口一样直着嗓子号叫，也拼命要往白线画出的弧线里扑，那里面有一个人脸朝下趴在地上，又瘦又小，跟一条被人打死的狗差不多。

"我对不起你的瘫子娘呀，我不该带你出来，我替你死了吧……"牲口一样的老汉喊叫着，从抓他胳膊的那些手里挣出一只自己的手，在自己头上发疯似的捶打着。

钱太太认出了趴在地上的人，她身上好像发冷那样抖了起来。

一条黑狗穿过人的胯裆，从警察圈起的白线下面钻进去，绕着那具尸体走了几步，坐下来用嘴去舔地上的污血。外面的人群起初都以为它是警犬，这时才发现不对劲儿了，高声喊叫着快些把它赶走，一个警察应声而入，两脚把黑狗踢出圈外。多少有些见识的居民就势提出一个建议——在法医赶来验尸之前，应该拿个东西给他盖上！

钱太太的身子还在抖个不停，转身走进电梯的时候差点儿摔了一跤。她看着电梯的铁壁变成了这幢塔楼的高墙，浑身血污的小蜘蛛人从地上爬了起来，又被一根绳子吊在她的卧室窗口。一个赤身裸体的男人跳下床去，伸手把窗帘拉上了，小蜘蛛人的眼睛却在窗帘上穿破两个小洞，清清楚楚看见了钻进被子的她。

那窗帘是白绫子做的，像尸布一样白。

赵光磊打电话告诉她，看完以后回到屋里，就可以安安稳稳地去睡她的觉了。但是她既不能安稳，也睡不着觉。钱太太不敢再看那窗帘，甚至不敢再走进她的卧室，当她把窗帘跟尸布联想到一起，就后悔当初为什么单单挑中这种白绫子了。

后来她痛下决心，抖着身子走向窗口，使足了力气把这道白绫子做的窗帘扯下来，打开纱窗扔了出去。她让自己闭着眼睛不去看它，但她仍然能够看见白窗帘在空中飘飘荡荡，很久以后才落到楼下。

到了晚上，红木相框里的她家先生回来，钱太太告诉他："太可怜了，今天摔死了一个给我们刷墙的孩子，我不忍心看着他曝尸在外，就把窗帘……"

"我听说了，刚才听电梯里的女人说的，从二十八层的窗子下面摔到地上！"她家先生看着她，脸上一副红木相框里的表情。

林老爷家的阴阳鞭

村里人就在大槐树下展开讨论，说这两家人有前世的孽缘，爷孙三代都是一年生的，先是仆人伺候主人，后是雇农管制地主，再往后还不知道会是怎么回事呢！

林乞雪的死，得先说他爹林雨庵。林雨庵死于长工周旺的儿子，不是手上，而是脚下。周旺的儿子叫周全有，"咣"地一脚，要了林雨庵的命。

地主老爷林雨庵有两房太太，大房甘氏，二房万氏。甘氏最初生下一个儿子，死了，接着又生下一个儿子，又死了。第三胎生的是一个女儿，这次成活。林雨庵既不想她再生女儿，又害怕她生的儿子还死，才娶了万氏做二房，把希望寄托在万氏身上。

果不其然，万氏头一胎就生下一个儿子。

林雨庵给他的一双儿女取了名字，甘氏生的小姐叫林乞露，万氏生的少爷叫林乞雪。都是雨字头的，林老爷平生喜欢雨，雨庵是他的斋号。

周旺在林雨庵家做长工，周旺的女人在林雨庵家做女仆。周旺憨人有憨福，他跟东家林雨庵是同年生的，女人却比林雨庵的二房太太万氏还小，又长得水灵，在林雨庵家洗衣、做饭，有时还干些更粗的活儿，容颜仍超过林雨庵的两房太太。万氏生下少爷林乞雪的那一年，周旺的女人也生了一个儿子，长得好，好得跟林雨庵的少爷站在一起，若不细看衣裳，不明就里的人往往会把他们弄混淆。有人就说，这事真有些怪。

周旺的女人说林老爷会取名字，求林老爷给她的儿子取个名字。林雨庵说："周旺的儿子，周旺取吧！"周旺就自力更生地给自己儿子取了，叫周全有，小名富贵子。

林乞雪和周全有因为同龄，小时不分主仆，每天都在一起玩耍。林雨庵被划成地主的那一年，周旺被划成雇农，他们两个的儿子都正好满二十岁。林乞雪在省城读书，周全有在村里当上了民兵骨干。周全有身高力大，村里斗地主，他负责拿一根捆猪的绳子捆人，林雨庵自然也在被捆之列。

周旺的女人暗中嘱咐儿子："林老爷对咱家不说有恩，也算有义，斗林老爷你可得下手轻些！"周全有望着他娘冷笑："哼，林老爷！哼，有义！"

林雨庵能文能武，灯下读书，鸡鸣舞鞭，一根阴阳鞭舞得水泼不进。可惜在斗地主的群众大会上，他的鞭术施展不了，任凭周全有用一根捆猪的绳子把他捆成一个粽子。周全有对他下手倒是不重，力气却花在脚上，当有人声泪俱下地控诉林雨庵有两个老婆，自己一个都没有时，他就照着林雨庵的胯裆一脚踢去，骂一声道："我叫你有两个！"

站在台下的周旺女人当场就流泪了，她骂儿子："富贵子你真是作孽,迟早你会后悔的呀!"

周全有的脚踝骨踢扭了,疼得直咧嘴,说:"这是阶级斗争,娘你晓得不?"

林雨庵临断气前,把两房太太都叫到他的身边,用手摸她们脸。一人摸了一遍,又把周旺的女人叫来,也用手摸她脸。周旺的女人脸上的泪比林雨庵的两房太太还多,她当着两房太太的面不好意思,挣开林雨庵的手,说:"老爷不要这样……"

周全有恨地主林雨庵,恨林雨庵的大太太甘氏,尤其恨见了他就皱鼻子的小姐林乞露。要说唯独一人不恨,那就是自己小时候的伙伴林乞雪。林乞雪得到他爹的死信,连夜从省城往回赶,在村口的老槐树边遇见周全有。周全有的脚踝骨已经好了,正在驱牛犁田,见了林乞雪就从田里拔出两条泥腿,跳上岸来,把手中抽牛的鞭子递给林乞雪说:"乞雪你听我的,回去看见你的死爹你不要哭,拿这鞭子在他身上抽一鞭子!哪怕只抽一鞭子,表明你的阶级立场,我就去向土改工作队的汪队长反映情况,请他把你的成分改了!"

林乞雪问:"成分?我是什么成分?"

周全有说:"你还不晓得你们家是地主成分?你爹是大地主,你是地主娃子!"

林乞雪哭着说道:"我又不是伍子胥,我爹又不是楚平王，我是我爹的儿子，他是大地主我也不能拿鞭子抽他呀！"

周全有不懂得什么是伍子胥和楚平王，只懂得阶级斗争，下死力地劝他说："你是他的儿子不假，可你是他小老婆生的，你在家里是受他大老婆跟她生的女儿压迫，她们打你，你爹也打你，还骂你是野种，连我都听到了！他大老婆跟她生的女儿才应该是地主，你娘跟你不应该是地主！你的成分要是不改过来，往后别说政治前途，就连媳妇儿都娶不到，谁敢嫁给你这个地主娃子？"

林乞雪的确是挨过打，受过骂，吃的穿的也都比不上他的异母姐姐林乞露。不过他还是坚持说："我挨打也是我爹的儿子，我爹是地主，我不是地主还能是什么？"

周全有提醒他说："亏你还是个读书人，你真是读书读到狗肚子去了！你还能随你娘，你娘随你娘的娘家，你舅舅家的成分不是贫农吗？"

林乞雪为他的话动摇了，硬起心肠，接过林全有赶牛的鞭子回到家里。但他一眼看见亲爹林雨庵硬邦邦地在床上挺着，下了一路的决心瞬间瓦解，手里的鞭子掉在地上，抱着他爹的尸体就号啕大哭起来。

周全有两腿流着泥水，带着土改工作队的队长汪国栋，两人赶到林家大院的时候，林雨庵的大房太太甘氏和她生的女儿林乞露都站在门外，只有林乞雪双手抱着他爹哭成了一个泪人儿。周全有一看这个阵势,没法向汪队长反映情况了,眼睁睁地看着林乞雪大势所去。汪队长觉得自己差点儿上当,转脸对周全有说:"有感情嘛,怎么没感情?就是地主,不改了!"

汪队长和周全有前脚一走,万氏后脚把林乞雪拉进房间,从床铺下面拿出一样东西,是林雨庵生前练功用的阴阳鞭。这鞭可不是周全有赶牛的鞭子,它由两节楸木连成,粗如手腕,各长三尺三寸,一头包金,一头包银,中间一根环环相扣的铁链。所谓阴阳,是指一遭此鞭,阳世之人便会一命归阴。万氏悄声对林乞雪说:"乞雪,你爹临断气时对大奶奶和大小姐说,安埋他时要把这根鞭子塞到他手里,大奶奶和大小姐都不敢,你去吧!"

万氏说的大奶奶和大小姐,就是大房太太甘氏和她生的女儿林乞露。林乞露比林乞雪大三岁,林乞雪叫她姐,林乞露却从没叫过他弟。

如今又不兴殉葬了,手里塞根鞭子干什么呀?林乞雪小时看见爹用这鞭子练过功,他想到的只是殉葬。

"他说他是被周旺家的儿子富贵子踢死的,他到阴间变成鬼也要打死富贵子!"

林乞雪吃了一惊,想起周全有对他的关心,不大相信娘说的话。接着他又想起在省城读书时在大街上听到的演讲,说地主阶级和劳动人民之间的斗争是只有你死,才有我活。他对娘说:"别说人死了没有鬼魂,就算有,富贵子是周旺的儿子,爹的魂魄也应该打周旺才对呀!"

万氏说:"不!周旺是好人,周旺不能打!"

"好人的儿子怎么会踢死人?儿子踢死人了他都不管,他还算是好人吗?"

"唉,世上的事说不清楚,也不能说,说了你也不懂,那就不说了吧,听你爹的!你爹他心里有数,愿打哪个就让他打哪个!"

在省城读书的林乞雪,觉得娘的话比先生教的洋文还要深奥,他真的是听不懂。他从娘的手中接过那根阴阳鞭,怕土改工作队的人来搜走了,趁着夜色,把它埋在屋后面的一个乱土堆里。

林雨庵的前辈人死了要请和尚念经,道士做法场,后人还要披麻戴孝,停棺三天才能入土。临到林雨庵这一代,划成地主就不行了,过完一夜就得上山,而且没有几个人来送葬,连甘氏和她的女儿林乞露也不见了踪影,村里村外都找不到她们。林雨庵家的三口棺材被没收了,林乞雪用一床稻草编的槁卷把爹裹着,背到后山的坟地去安埋。

林乞雪天生瘦弱,又从小读书,没干过活,背到半路上背不动了,把爹脑袋朝上竖在路边,打算歇一口气再背。这时候有人肩上扛着一把锄头,锄上挂着一个筲箕,嘴里哭喊着"林老爷",打飞脚地朝这娘儿两个奔来。万氏一看是周旺,吓坏了,说:"你怎么来了,你怎么还喊老爷,如今你才是老爷,你儿富贵子才是……"

周旺把锄头和筼箕交给林乞雪,从他手里换过林雨庵的尸体,扛上肩就跑。三人在坟地里挖好了坑,要埋尸体时,林乞雪掀开上衣,从腰里扯出那根阴阳鞭,想把它塞进爹的手里。阴阳鞭在屋后的乱土堆里埋了一夜,上面沾满了土,在林乞雪的腰上摩擦掉了一些,上面还有一些土末子。但是林雨庵的手攥成两个拳头,又冷又硬,像地里挖出的生铁疙瘩,无论怎么塞也塞不进去。周旺把阴阳鞭接过去,朝手心吐口唾沫说:"我来!"

塞了半天,他也塞不进去。周旺累得呼呼地喘着气,心想,别说是我,换了富贵子都不行。他对林乞雪说:"我晓得,这是林老爷在世时练功用的东西,你是想他到了阴间也拿它练一练,耍一耍!可是老天不让他这时拿着,那就把它放在林老爷的怀里,让他啥时想用啥时再拿吧!"

林乞雪想起娘的话,知道爹的手里拿着这根阴阳鞭,是要在阴间打周旺的儿子,突然心就软了,一开口把周旺叫了旺叔。林乞雪说:"旺叔别放了,这根鞭子我拿回去做个纪念,我在省城读书,我不相信鬼魂!"

万氏说:"乞雪……"

林乞雪说:"娘,算了吧!"

周旺看了看林乞雪,又看看万氏,眼泪一下子流出来,说：“你们娘儿两个往后……”

万氏眼里也有了泪水，她说：“你走吧，别管我们！”

林乞雪恍惚觉得，他娘跟周旺对看的那一眼，有很多很深的意思含在里面，那眼神不像是一个地主家的太太对一个长工，也不像是一个被打倒的地主太太对一个翻了身的长工。他感到有些怪异，再想仔细看时，两人的目光却同时都移开了。

安葬了林雨庵，林乞雪把阴阳鞭带回家，依然藏在屋后面的那堆乱土里。

他的地主成分就这么定了，错过周全有策划的机会，棺材盖了板，钉子回了头，想变也不可能再变。成了地主娃子以后，林乞雪在省城读不成书了，家里的五大财产统统被没收，便是能读他也没钱再读。他们娘儿两个从青砖到顶的林家大院被扫地出门，住在周旺过去养牛的一间茅草房里。

当然，林雨庵的大太太甘氏母女二人也滚出林家大院，住进了另一间破瓦房。破瓦房原本是贫农涂瞎子的，涂瞎子在土改中分到了林家大院里的两间瓦房，两家人算是做了部分交换。

涂瞎子六十多岁，叫涂光明，中华人民共和国成立前给人算卦，还来林家大院给林雨庵老爷算过一卦，那天大太太甘氏在家，二太太万氏不在家。甘氏记得涂瞎子给林雨庵算完卦后,说过这样几句话,他说:"林老爷呀,恕我瞎子直言,你有两房太太,可惜都是人家的。你有一对儿女,可惜也是人家的。到头来,你还会死在你自己的亲儿子手上!"林雨庵听他说完,给他十个铜钱,然后一口痰吐在他的脸上,吼一声:"滚!"

甘氏像是做梦,想不到恰恰她会应在那句话上。她觉得涂瞎子真是对了,至少对了一半,因为经人撮合,她竟答应了嫁给涂瞎子,条件是要带着她的女儿林乞露。另一半算没算对还得再看,那就是万氏跟她的儿子林乞雪会不会也是人家的。甘氏自己是想通了,只是怕女儿想不通,试着一说,任性的林乞露竟然一下子懂事起来。

林乞露说:"行,只要是贫农就行!"

涂瞎子娶了甘氏的下一个月,又要把她的女儿嫁给他的侄子。他的侄子也是贫农,叫涂家狗,四十多岁,比他这个做叔叔的条件更好,有一双雪亮的大眼睛。甘氏断定女儿这次绝不会答应,又试着一说,没想到林乞露笑了。

林乞露问:"也是贫农?"

"是你瞎爹的亲侄儿。不是贫农你不跟他就是了!"甘氏说。

她又对涂瞎子说:"那年你算出来我们都是人家的人,可你没算出我是你的,我女儿是你侄子的!"

"算出来了,我不敢说!"涂瞎子幸福得眼睛都快睁开了。

政府要破除封建迷信，涂瞎子明里不敢再算卦了，改在了暗里算。不算靠什么吃饭呢？何况又多了一张嘴！甘氏更加相信了涂瞎子算卦的本事，有时她想，万氏跟少爷林乞雪又会跟谁呢？一脚踢死林雨庵的那个富贵子，真会是周旺的女人给林雨庵生的儿子吗？

甘氏母女的行为受到土改工作队的表彰，汪队长在讲话中用了两个词儿，整个会场只有在省城读过书的林乞雪懂得。汪队长说："这叫弃暗投明，改过自新！"随后一段日子，这种做法在附近一些村子迅速得到普及，有的地方还出现了几个男人抢夺一个女人的场面，以至于贫农之间也发生了阶级内部的斗争。

林乞雪从省城回到村里，学着种田耕地，脸上和身上的皮肤很快就晒黑了，不再是一个白面书生，失去了最后的一点优势。周全有说他没有政治前途，连媳妇儿也娶不上，这话相当于涂瞎子算命，几乎成了千真万确。周全有当上生产队的队长，娶了媳妇儿，三年生了三个女儿，林乞雪还是一个光棍。

这年冬天，大雪飘飘，万氏清早出门，发现有人在她家那间茅草房的房檐下堆了一个雪人。走近一看，却是身上落满了雪的小叫花子，怀中一根竹棍，手里一个破碗，碗里装着半碗雪。万氏吓一大跳，再走近些，认出是个女的，心就一动，走到女叫花子面前，伸手往鼻孔下面探了探，探出两丝一悠一悠的热气。

万氏喊林乞雪快出来，母子二人把女叫花子搬进屋里，烧一碗葱姜水灌她喝了。等她睁开眼睛，再端盆热水给她洗一把脸，不想竟洗出一副清清秀秀的模样。万氏看儿子一眼，颤着嗓子说："我看她才十七八岁，模样比周全有的媳妇儿好看得多，周全有的媳妇儿长的是个男人相，嘴上还有一圈胡子！"

问题是问她什么，她都摇手，又指自己的嘴，母子二人这才明白，原来是个哑巴。万氏叹一口气，接着却对儿子说："不会说话也好，你倒会说，你敢说吗？"

又给女叫花子下了一碗面吃，夜里打个地铺让她睡下。女叫花子见这家里只有一间茅草房子，一个大男人也睡在里面，急红了脸，又比又画，坚持要跟昨夜一样，还到门外大雪飘飘的房檐下去。甘氏点头说："是个守规矩的女子，说不定就是我家的人！乞雪，要了她吧……"

林乞雪看着她清清秀秀的模样，想了又想，苦笑说："我叫乞雪，她是雪中的乞丐，莫非我们真的有缘？"

不会说话的女叫花子，就做了林乞雪的媳妇儿。

第二年的秋天，哑巴媳妇儿给林乞雪生了一个儿子。她大着肚子在地里摘棉花，摘着摘着，扑哧一下就生出来了。

林乞雪给儿子取名叫林晴天，那天正好雨后天晴，红彤彤的太阳从薄云中穿出来，照在白生生的棉花地里。林乞雪原本随爹，读书的时候喜欢下雨，雨点打在学堂窗外阔大的芭蕉叶上，啪嗒啪嗒的声音好听极了。当了农民他就觉得还是晴天好，晴天干活儿比雨天利索，头上不戴斗笠，身上也不穿蓑衣。

他没想到，这个名字就像周全有踢他爹的那一脚，也会要了他的性命。要能想到他就不取这么好的名字了，姓林的人名字很好取的，随口就能取上一个，比方说林二木、林小树、林拴牛，等等。

事情也真是怪，周全有的胡子媳妇儿以前净生女儿，林乞雪的哑巴媳妇儿怀孕以后她又怀了，林乞雪的哑巴媳妇儿生下儿子不久，周全有的胡子媳妇儿紧跟着也生下一胎，以为还是女儿，不料这次是个儿子。村里人就在大槐树下展开讨论，说这两家人有前世的孽缘，爷孙三代都是一年生的，先是仆人伺候主人，后是雇农管制地主，再往后还不知道会是怎么回事呢！

还有更加蹊跷的说法，说林乞雪的儿子长得像他爹的长工周旺，周全有的儿子长得像他爹的东家林雨庵。说法越发玄乎起来，有说林乞雪本身就跟周旺是一个相，有说周全有本身就跟林雨庵是一个相，莫不是老天爷让两家做了交换？这些说法吻合了很多年前的一些传言，除开周全有和林乞雪两个当事人，乡里乡亲间都已经传遍了。

两家的儿子一样大，会不会是小的时候抱错了呢？这个问题一些人也想过，另一些人却说不会，地主的儿子戴瓜皮帽，穿长袍，长工的儿子头皮光着，穿破衣烂衫，这是根据。虽然后来林雨庵老爷发了慈悲，把大少爷穿旧的衣服赏赐给富贵子穿，可他怎么穿也是旧的呀。

周全有费尽周折得了儿子，在家大摆宴席，把公社汪书记也请来喝喜酒，坐上席。汪书记就是当年土改工作队的队长汪国栋，周全有一半是没文化，一半是讨汪书记好，就请他给自己的儿子取个名字。汪书记想了一想，给他儿子取了一个周金地，解释说农民翻了身，土地就是金，是贫雇农家的命根子！

周旺说好，周旺的女人也说好，满屋来客都大声说好，只有周全有的胡子媳妇儿说不好。她说不好有不好的理由，这理由是林乞雪的哑巴媳妇儿生的儿子叫林晴天，她生的儿子叫周金地，那不等于地主的儿子在天上，雇农的儿子在地下？难道说，雇农连地主都不如了？会说话的连哑巴都不如了？

这话引起了汪书记的深思，他问周全有："你媳妇儿说的是大地主林雨庵家的人吗？"

周旺急红了脸，一口把话抢了过去，大喜事的，也顾不得自己是个公公，瞪着他的儿媳妇说："你可不能这样乱想,人家不是那个意思!"

一家人都愣住了,汪书记愣了一下又笑道:"你儿媳妇说的是林家的事,怎么把你急成那个样子了?你又怎么知道人家不是那个意思?只怕他想的比你媳妇儿说的还要恶毒!"

周旺不敢再说,却还是红着脸。汪书记举起筷子,在他眼前一点一点的,大声笑起来道:"怪不得有人说,你这个地主家的长工还跟东家……"

汪书记说到这里,周旺的女人端菜上来,他就不再说了,改为一阵大笑:"哈哈哈哈!"

喝完周全有家的喜酒,汪书记回到公社,继续思考那个恶毒的名字。第二天,公社来人通知周全有,让林乞雪带上铺盖和饭碗,到长梁去集中。长梁是表现不好的黑五类集中劳改的一道山梁子,全长五里,黑五类就是农村里的地、富、反、坏、右分子,总共五个黑色品种。一顿喜宴的工夫,林乞雪由地主的儿子升级到地主了。

他的罪名是地主阶级妄想变天,重新回到失去的天堂,读书人林乞雪急得也学会了赌咒,说他根本不是这个意思,工作队的人说别搞封建迷信那一套,无产阶级不信鬼,白眼咒,顺口溜,赌咒跟放屁差不多的。这样他就白天抬石头,夜里挨斗,连着两个多月下来,林乞雪熬不住了,向工作队的人要求见一面他的娘、他的哑巴媳妇儿和他的儿子,然后招供。

哑巴媳妇儿用一根布带把林晴天缠在背上,跟着婆婆万氏奔到长梁上来见林乞雪,万氏得了咳喘病,见到儿子,喘得都快要闭气了。林乞雪对他的三个亲人比画着说:"这是周全有想害死我,我要是死了,你们记着把我家那根阴阳鞭塞到我的手里,我到了阴间也要打死他,现在我信鬼魂了!娘啊,我真后悔,那年不该不听爹的话!"

当天夜里林乞雪就死了。抢在天亮去抬石头之前,他从长梁顶上纵身一跳,身子落地,轱辘辘地滚到半山坡就不滚了,因为成了一堆血糊糊的烂肉。

这一年,林雨庵家的老长工周旺已经六十三岁,他从儿子嘴里得到消息,爬到长梁顶上,顺着一道血印往下寻找,在半山坡上找到了不成人形的林乞雪。周旺失声痛哭,把那堆血糊糊的烂肉背下山来,背回林乞雪家的茅草房里,他的后背已经成了红的,那是从那堆烂肉上面渗出的血。

万氏不敢相信这堆烂肉是她的儿子,她浑身发抖地望着周旺:"这是乞雪?……"

林乞雪死了,周旺就能拉着万氏的手了,林乞雪的媳妇儿是个聋子哑巴,周旺就能跟万氏正式说话了。周旺哭着说:"是啊,这是我们的儿子啊……"

万氏的身子慢慢往后仰去,扑通一下倒在了地上。

周旺做主,又把林乞雪背往后山,林乞雪的哑巴媳妇儿背着儿子，腰上插着阴阳鞭，手里牵着醒过来的婆婆，跟着周旺上山埋人。周旺这次没带锄头，也没带箢箕，只带了他的一双老手。万氏不知道他拿什么挖坑，周旺也没打算这样做，他动手拆着林雨庵的坟，拆了石头，坟顶上长满青草的黄土立刻炸开几道裂缝，接着他又刨那裂缝的土。

万氏到底看明白了，惊叫："又不是亲骨肉，能合吗？"

周旺埋头刨着，声音一颤一颤地回答："能合，只要名分上是的！这样对你好！"

他的背是红的，手也是红的，刨坟把他的两只手都刨破了。

万氏想起当年周旺背林雨庵、埋林雨庵的样子，心里就跟儿子那天一样软了。不管是真是假，周全有也是眼前这个老男人的儿子，林乞雪的阴魂打死了他，这个老男人就没儿子了！哑巴媳妇儿哪里懂得婆婆的心，她发狠把阴阳鞭往林乞雪的手里塞，嘴里挣出吭吭的响声，林乞雪的手跟当年他爹林雨庵一样，攥成两个拳头，像从冻土里刨出的铁疙瘩。万氏上前拽住了她，对她比画："人死了，手是僵的，塞不进去就不塞了！"

哑巴媳妇儿也对万氏比画："是他叫我塞的，娘你忘了？……"

周旺说："塞吧，塞吧，让乞雪变鬼把他打死了好！"

万氏听着又是一惊:"打哪个?你晓得他要打哪个吗?"

"晓得!打那个该死的富贵子!"

"啊,他再该死也是你的儿子呀!"

"你真是糊涂了,我对你说过他不是我的儿子,他是你们林老爷跟我女人的……"

"我没糊涂,我记着的,可是冤家宜解不宜结,死的死了,活的要活,阴阳相隔,我儿他就是想打也打不到的呀!"

哑巴媳妇儿不知道他们在说些什么,只看见两人说着说着泪水长流。万氏从她手里接过阴阳鞭去,重新比画着说:"你弄错了,他不是这个意思,给你旺叔磕个头,我们回去吧!"

周旺比这一对婆媳哭得还凶,她们走了,他还坐在坟地里哭。天快黑时,周旺下山回到家里,儿子跟他们是没分家的,他就夹了一卷铺盖在胳肢窝里,惨戚戚地往外走着。

女人在门口堵住了他,女人说:"你的儿子不是我的儿子害死的!"

"不是他,是哪个?哪个?"

他一掌打开了他的女人,直奔生产队的大牛圈。就这一会儿的工夫他想好了,队里喂的牛前后都被人偷走,一头不剩,大牛圈里除了烂草,就是牛屎,他住进去收拾收拾，往后就做一头无儿无女的孤老牛了。

周全有追到空空荡荡的大牛圈外，跟他娘一样喊："不是我害死的！不是我！"

"畜生，不是你，是哪个？"

"是我害死的，天打我，雷劈我！"

"畜生，莫跟我赌咒，我晓得你们不信，白眼咒，顺口溜！"

万氏死在埋掉儿子的第二天。林乞雪一死，周旺就料定她的阳寿到了，他第三次背人上山，把她埋进她家老爷和少爷的坟里以后，当天晚上没有回来，从此大牛圈里再也没有他的影子。周全有派全生产队的人出去寻找，都没找到。公社汪书记听人说了，又派全公社的基干民兵出去寻找，也没找到。

一个月后，队长周全有家发生了一件大事，天快亮时，周全有被人打死在自家的茅房里。打死他的人对他的生活规律了如指掌，不想惊动他娘、他的胡子媳妇儿和他的儿子周金地，知道每天这个时辰他要出来撒一泡尿，然后回到床上，再睡一个回笼觉，那人就等在这里下了毒手。周全有的脑袋破了七个洞，鲜红的血和脑浆黄子从破洞里流出来，流得满地都是。地上丢着两根短棍，一根包金，一根包银，棍头上都钉着铁链和铁环，颜色棕黑，早已经锈断了。

周旺的女人认得，这是两节打脱了链环的阴阳鞭，当年林雨庵老爷练武时用的。每天凌晨鸡鸣而舞，舞将起来水泼不进，只闻风响，看不见人。有一次看院的黑狗去看稀奇，走到近前触着了鞭，立刻倒地，人说狗沾了地气还能够活，可它直到天黑也没有活过来。周旺的女人喊了一声"可怜我儿"，又喊了一声"周旺你好心毒"，就跟那条黑狗一样倒在了地上。

汪书记亲自带了公社武装干部去看现场，周全有的胡子媳妇儿手里正端着一碗红糖水，眼泪一滴一滴往碗里滴，边滴边用勺子舀了往她婆婆嘴里面喂。汪书记在茅房看罢现场，手里握着两根断了链环的棍子，进屋来问两个女人："这东西是哪个的？"

周旺的女人的命比黑狗大，她一口气缓了过来，睁开眼说："不晓得……"

其实她晓得，她的男人恨她的儿子，时间跟她儿子的年龄一样长了。

"我也不晓得。"周全有的胡子媳妇儿说。

这个又丑又蠢做了寡妇的女人，她是真不晓得。

生产队的人又跑来向公社书记报告，林乞雪的哑巴媳妇儿跟她生的林晴天也不见了，都怀疑是周旺带走了他们！

汪书记困惑地说："不对头嘛，哪跟哪呀，周旺老杂种，做那个哑巴媳妇儿的爹还差不多！"

公社武装干部破案,破不出什么名堂,周全有就死了个不明不白。很久以后,这个谜被过去林雨庵的大太太,如今涂瞎子的女人甘氏解开了。甘氏说:"那哑巴是他的儿媳妇,那娃娃是他的孙子,这一家三代逃到哪里去了呢?"

这一天,甘氏生的女儿林乞露回涂瞎子家,头扬得比贫农还高,她的男人涂家狗当了公社的炊事员,在汪书记的身边工作了。她回来是要把这事告诉娘,进门听甘氏在说林乞雪,半点儿也没感到惊讶。林乞露说:"我老早就骂过他的,骂他不是我们林家的种!"

涂瞎子笑得就像看见了世界,他问地主林老爷的大太太:"你说我算得灵不灵?"

痛苦

"爱可以感化人性,治疗痛苦,我们和福生双方的痛苦。当福生代替亚非成了我们的儿子,我们就等于并没有失去亲人,也没有增加一个仇人,只有爱而没有仇恨的世界,不是我们一直都在向往的吗?"

福生喝着喝着,把手里的扎啤往桌上一蹾:"我得跟你把这事摆平了!"

酒店里的人都看着他们,亚非伸手去按福生的手,发现他的手跟脸一样,都成了盘子里猪肘子的颜色。亚非转脸对收银台招了招手,说:"埋单。"

收银台的小姐手里拿着一张单子叮儿叮儿地走来,被福生用手一推,身子差点儿碰翻了紧邻他们的那张饭桌。邻桌的一个女人尖叫着,喂到嘴边的凤爪从手里震落了,掉在她的白旗袍上,坐她对面的男人慌忙地扑过来,用两根指头拈起凤爪,又抓起桌上的纸巾擦拭旗袍,可是看了看弄脏的位置又无从下手。

"这个酒店糟糕极了!"女人夺过纸巾自己擦着,那位置比她的小腹还要靠下,染在上面的酱油让她看起来像是经期来了。

"我要起诉这家酒店!"男人愤怒地喊道。

"不行,"福生的声音比刚才大了一倍,"我非得跟你摆平了!"

亚非对满脸通红的收银台小姐，还有大喊尖叫的男人向女人道歉："对不起，我的这位朋友喝多了，我这就送他回家！"

"谁是这家酒店的老板？"邻桌的女人低头看看自己，觉得这个样子太难堪了。

"谁是？"坐她对面的男人四下张望着。

收银台的小姐缓过神来，把手里的单子递给亚非，同时礼貌地笑了一下："没关系，正好是六十六元，六六顺！"

"谁喝多了？谁六六顺？"福生瞪着眼珠子吼道，全身只有眼珠子不是猪肘子的颜色，红得像另一个盘子里的两颗樱桃，"谁要你送我回家？你把我送回家了，你们两个好上床是不是？"

亚非一边飞快地付钱，一边再次对小姐道歉说："真对不起，他是说我的女朋友……"

小姐一如既往地笑道："没关系，先生路上小心……"

"谁是你的女朋友？"福生摇摇晃晃地站起身来，右手抓住了一个汤盆，瓷盆里的排骨汤流进了他的袖管，"你说桃子是你的女朋友还是我的女朋友？你说，你说啊？"

"我们不在这里说了，我们回去说吧，"亚非把手伸到他的胳肢窝下面，架着他往外走了一步，"我们不说，我们让桃子自己说好不好？"

酒店里的人有一会儿没有听到福生说话，以为他是无话可说了，正要回头喝自己的酒，这时却听得"叭"地一响，紧接着"啊"地一叫，再就看见亚非仰面朝天睡在地上，一些东西从他的头顶咕嘟咕嘟地冒了出来，开始是鲜红的，后来又掺杂了乳白的颜色。整个酒店都惊动了，坐得最远的人也把椅子往后挪着，有的站起身子，扫了一眼旋转门内站得笔挺的保安。邻桌的女人终于想到了报警。

"快打110啊！"她尖声提醒着酒店的人。

坐她对面的男人雷厉风行地掏出了手机，另一只手像雄鹰的翅膀一样张开，用自己的身子保护着她。

十分钟后，一辆救护车运走了亚非，一辆警车带走了福生。

当桃子赶到医院的时候，亚非的脸已经变了形状，脖子以下覆盖着一块白色的床单，里面的身子硬得像一条干鱼，头顶被汤盆打破的地方贴着纱布，流出的血和脑浆已经被护士清洗干净了，这使他变形的脸黄得像一片秋风扫落的枯叶。亚非的父亲双手搂着亚非的母亲，亚非的母亲却伏在亚非的身上号啕大哭："我的傻儿子呀，世上的好姑娘多得是，你为什么不把桃子让给他呀？"

桃子知道亚非的母亲没有看见自己，她也大声地哭喊着："伯母您好糊涂，爱是能够转让的吗？能够吗？"

"姑娘你回去吧，"亚非的父亲拉着她的手说，"你在这里只会增加你伯母的痛苦。亚非知道你来看他了，他让我告诉你,他说得到一个人的真爱是幸福的,因此他很幸福。听伯父的话,回去吧,姑娘!"

"我恨福生!恨他一辈子!处决他的时候我要亲耳听到那一声枪响!"桃子泪流满面,临走的时候咬着牙说。她不顾两位老人和护士的阻拦,冲到床单覆盖着的亚非身边,低下头去亲吻了那苍白冰冷的嘴唇。

桃子献给亚非的花圈是在花圈店里定做的,上面扎的全是桃花,左边的挽带上是她亲笔写的:"永远爱你的桃。"

送别儿子以后的这段时间,亚非的母亲一直神情恍惚,从早到晚在屋里寻找着,最后她从柜子里翻出了一把早年用过的剪刀。她一手握着刀把,一手的指头在锋利的刀尖上划来划去,指头上流出血来也没有感觉。亚非的父亲发现剪刀的刀尖朝着她的胸口,他没有扑过去劈手夺下来,却低声问她:"只剩下两个人了,还想只剩下一个人吗?"

"我不会自杀的,"亚非的母亲缓慢地摇动着自己的头,灯光照着她的头发,头发已白了一半,"我要去把他杀了!"

亚非的父亲吃惊地看着这个病恹恹的女人,没有料到她会这么坚决。他的劝导像在课堂上讲生命哲学:"杀了福生,亚非也不能复活,你却会因此而失去自己的生命,那样不还是像我刚才说的那样,全家只剩下我一个人了吗?更何况……我认为福生并不是故意的……"

"我们都快六十的人了,不可能再生一个。"亚非的母亲这样回答他说。

"还不如让福生做我们的儿子……"亚非的父亲小心地嘀咕着，眼睛不敢正视他的老伴儿。这主张果然让她感到不可思议，她像面对福生一样怒视着他。

"你说什么？你再说一遍！"

"我是说，我是说，"亚非的父亲目光无处可藏，最后垂下去看着自己的脚，"我是说福生这孩子是我们看着长大的，父母离异了谁都没有要他，他的祖父只带了他两年也死了，从那以后他就一个人在外胡混，从小没有受过良好的教育，也没有母爱，没有任何女人的爱，他爱桃子，却发现桃子爱的是亚非，他感到自己太痛苦了，于是就把恨转移到了亚非的身上……"

"你的意思是说，为了让这个坏孩子不痛苦，就该让我们的儿子去死？"亚非的母亲说到这个"死"字，牙齿缝里像在撕裂一幅做挽联的白绫，"而且就算我们饶了他，国法也绝不会饶他！"

亚非的父亲仍然低着头说："我已经想好了，我去做他的辩护人，争取法院不判他的死刑，争取轻判让他可以早日出来，如果他愿意的话就让他做我们的儿子，这样他就从此有了父母，有了家庭，我们也把他当作亚非，希望他将来像亚非一样……"

看着老伴儿仇恨的目光渐渐变得无所适从，倒在床上小声抽泣的时候,他就趁机掰开她的手指,把剪刀成功地掌握在了自己手中,然后把她紧紧地抱在怀里。

"爱可以感化人性,治疗痛苦,我们和福生双方的痛苦。当福生代替亚非成了我们的儿子,我们就等于并没有失去亲人,也没有增加一个仇人,只有爱而没有仇恨的世界,不是我们一直都在向往的吗?"亚非的父亲像拍孩子睡觉一样拍着老伴儿,后来又说,"西方有很多国家已经废除了死刑,我想这是有道理的。"

一个又一个的白天和夜晚,两个不幸的老人这样拥抱着,想象着没有了儿子以后的岁月。老伴儿紧紧抓着他的双臂,亚非的父亲感觉到她已经接受了他的意见,就像二十多年以前同意生下这个孩子一样。

这天早上,老人坐车来到儿子出事的那家酒店,向酒店的经理说明自己是受害人的家属,然后问询当时的情形。经理有礼貌地回答他说:"对不起,出事当天我正好不在,不过据在场的收银员和保安反映,本案是因凶手和您儿子争夺情人引起,跟酒店的服务质量以及进餐环境没有关系,如果索赔的话只能向凶手的家属索赔。"

"经理,您误会了,我不是来索赔的,"亚非的父亲解释说,"我只是想问,我儿子的那个朋友当时是不是喝醉了酒,两人发生争吵时他失手打死了我的儿子?"

经理用怀疑的目光看着老人,最后笑了一下:"您别在我们的酒上打主意了，凶手喝醉了酒那是因为他饮用过量，本店各种品牌的酒都经过国家的检测，酒精度没有超标并且无其他有害成分。对了，他们那天喝的只是扎啤，两人也都没有驾车。如果您还有什么疑问的话，可以再向当时在场的收银员和保安调查，对不起，我能告诉您的就只有这些。"

老人还想解释自己的确不是这个目的，经理已经转过身去快速走了。他摇了摇头，走到收银台前打听当时在场的收银员，一位小姐笑盈盈地回答他说："我就是，刚才我听到了您跟我们经理的对话，事情就是我们经理说的那样，公安部门也调查过了，这桩案子除了发生地点是在我们酒店，其他一切都跟酒店没有关系。"

"姑娘你听我说，我不是来找你们麻烦的，我是想知道打死我儿子的那个孩子，那天他是不是喝醉了酒，是不是一时失手，"他没像经理一样把福生说成凶手，他说的是那个孩子，"既然他们两人一起喝酒，那就证明他们两人是好朋友……"

"他们两人是不是好朋友只有他们自己知道，就算是好朋友，好朋友之间由于争风吃醋反目成仇的事多的是，酒店只是为他们提供了爆发矛盾的场所，他们不在这里爆发同样会在其他场所爆发。"小姐口齿伶俐地说着，远远看见保安在旋转门边走来走去，就扬起手来对他招了一下，"据保安事后回忆,他们两人进来的时候看着就有些不对头,你可以再问保安。"

保安听从收银台小姐的召唤,跑步过来对亚非的父亲敬了个礼:"先生您好,我可以作证,两人那天进门的时候就像是要打架的样子,我本想拦住他们不许入内,但是酒店没有这方面的明文规定,当时我就担心酒店要吃亏了,果不其然,两人喝着喝着就干了起来!"保安脸上一派英明的表情。

保安的话反过来又启发了小姐:"酒店可不是吃了亏吗?凶手一掌推得我差点倒了,他还打破了一个汤盆,那是在您儿子埋单以后……"

"我付你们这个打破的汤盆钱吧,我儿子活着时从来不欠任何人的钱。"亚非的父亲长长地叹口气说,不是因为替儿子赔偿汤盆叹气,而是因为整个酒店没有一个人理解他。

"您儿子都死了,我们还要您赔什么汤盆!"小姐看见他的手颤抖着伸进上衣兜里,这才有点儿相信他不是来索赔的,心里一下子轻松起来,"我们都是受害者,自从发生那件事情以后,酒店的生意清淡多了。不过我们都要接受现实,过去的事情都过去了,您老人家保重,一路走好!"

保安听小姐说着送客的话,就双手搀扶着老人的胳膊,慢慢地往旋转门外走去。

亚非的父亲不断地回头,还想在酒店的顾客中了解一些当时的情况,但是如同小姐刚才对他发过的牢骚,酒店里的顾客确实不多,仅有的几位正用他听不懂的外地口音谈着生意,从他们向他投来的好奇的目光,可以看出一个也不是那天的目击者。老人在保安的搀扶下走到门外,找到来时下车的那个公交车站,依然坐那路公交车回到家里。

"事情就像我说的那样,福生的确是喝醉了酒,失手打死我们的儿子。"他隐瞒了今天的一无所获,用肯定的语气对老伴儿说,"酒店的人都说他们是好朋友,怎么也不相信后来会发生人命。福生是个孤儿,没人做他的辩护律师,我不为他说话他就完了,现在福生已经从公安转到法院,明天我就到法院去要求看他。"

亚非的母亲目光哀哀地望着丈夫,她已经决定了一切都听从他的。自从当初答应要这个孩子,二十多年来她一直都是这样,自己怎样也想不通,到最后总得是由他做主。这是一个无比固执的老头子,她不止一次听他的学生这么评价他,尊敬中带着稍稍的遗憾。

法院批准了他的要求,但是在安排他跟福生见面的那一天,为了防止被害人的家属刺杀罪犯,门卫对探视者的身体进行了严格的检查,还有他送去的补品和毛衣。毛衣是老伴儿夏天给儿子织的,秋天还没到儿子就死了,他执意要把它送给福生,除了让这个可怜的孤儿度过寒秋,还有一个目的是不让老伴儿睹物伤情。亚非的父亲心想幸亏没让老伴儿也来,不然她会接受不了被人搜身,会把这种好心却被怀疑的委屈变成新的痛苦,唤起好不容易覆盖下去的仇恨,见到福生会真的发生意外。

福生染红的长发剃得精光,本来的黑毛却从嘴唇四周长了出来。他警惕地望着亚非的父亲,闭着嘴等他问话,像刑讯室的警察问他一样,问他为什么要杀死亚非。

"我知道你跟我的儿子是好朋友,那天是喝醉了酒失手打死我的儿子,"老人的第一句话就跟他想象的完全不同,"我想做你的辩护人,争取免你死刑,让你早日出来。你跟我的儿子是同年生的,你还有一段长长的道路要走,我不希望由于一次偶然的事件,一下断送两个年轻人的宝贵生命。"

福生愣住了,他不相信世上还有这样的事情,还有这样的人。眼前这位老人脸上的肌肉是真实的,每说一句就要颤动很多下,这种颤动牵连到下面的嘴唇,使它说完一句之后还抖个不停。这证明他很吃力,是从心里往外说的,福生从来没有听到过这样的话,这话好听得像是老师上课。他怀疑亚非的父亲是不是一位老师,过去他跟亚非认识,亚非只对他谈过桃子,却没有提起过自己的父亲和母亲,因为亚非知道他没有父母。

"不过我有一个要求,我希望你出来以后能做我们的儿子,不,不要等到出来,现在就做我们的儿子,"老人发现自己说得不够准确,立刻纠正了过来,"这样就等于我们的儿子没死,而我们有了儿子,你也有了父母,我们就像真正的一家人那样互相关爱,和和睦睦地生活下去。"

老人把干涩的眼睛闭了一下,喉咙里悄悄咽了一点儿口水,睁开眼睛还想往下说时,却看见一个痛哭流涕的青年双膝跪在地上,一寸一寸地挪到他的面前。"爸爸,谢谢您原谅了我,救了我,等我出去以后,我要一辈子孝敬您,养活您,还有妈妈!我的亲爸爸、亲妈妈呀!"

福生的痛哭使老人泪如泉涌,这是他多少天来想象的情景,眼前的事实竟跟他想象的几乎一样,他伸手扶着这个杀死儿子的人,泣不成声地说:"孩子起来,你刚才又说错了一句话,我跟你妈妈都有工作,等你出来的那一天我们都可以拿退休金了,我们不是要你养活,我们只是要一个儿子,要一个儿子啊!"

他没法扶跪在地上的福生,福生反而抱住他的双脚,随着狼叫似的一声长号,眼泪和鼻涕把他的皮鞋打得透湿。这样直到探视的时间结束,一对紧紧搂在一起的父子方才分开。临别时老人记起一句最要紧的话,他对福生说:"好好服刑吧,孩子,一定争取早些出来,爸爸妈妈在等着你!"

老人回家以后激动得一夜不眠,一遍一遍地向老伴儿叙述探视的经过,说到他跟福生哭成一团的时候,他忍不住抱着老伴儿又哭了起来。天快亮了,他忽然又想到了一个人。"如果桃子能去探视一次福生,那么他的心灵就会受到更大的震动了!"

"这是不可能的事情!"亚非的妈妈摇着头说,提起桃子她又伤心起来。

"我并不是希望她跟他好,只是希望她去探视他一次,因为他一直是爱着她的,"他慌忙向老伴儿解释,其实他明白自己心里何尝没有老伴儿理解的那个意思,但是他悲观地叹了口气,"那件事当然是不可能的!他自己也知道是不可能的!"

他选择了一个星期五的下午,去桃子的单位找到桃子,先代表老伴儿感谢她对儿子的一往情深,然后把话题慢慢转到福生,最后有点儿胆怯地对她谈了自己的想法。

"这是不可能的事情!"桃子的回答跟老伴儿一个字都不差,她吃惊地看着他的脸,担心因为受到刺激,老人的精神有些不正常了,"伯父您怎么想到让我去做这件事呢?"

"福生现在是我们的儿子了,"他想了想才决定如实地告诉她,"我跟你伯母都想要一个儿子,而他也愿意做我们的儿子,这孩子从小没有父母,没有受过良好的教育,他是喝醉了酒失手伤害的亚非,我们以后就把他当亚非看待,希望他好好服刑,早些出来……"

桃子没有等他说完就惊叫一声:"天哪,世上还有这样荒唐的事！你们竟想出这么一个糊涂主意！有个成语叫作认贼作父，这下倒好，这下有人认凶手为儿子了！让杀死儿子的凶手做自己的儿子，你们对得起自己死去的儿子吗？你们还想要我……"

"姑娘你听我说，我可不是那个意思，"老人觉得自己被老伴儿误解了一次，千万不能让深爱儿子的姑娘再误解了，"我请你去看望一次福生，是想进一步感化他，让他立功减刑……"

"请原谅我，伯父，"桃子冷笑着打断他的话说，"我是一个普通的女孩子，永远也没有您所希望的那么崇高，既然我爱亚非，杀死亚非的人就是我一生憎恨的仇敌，您记得我曾经对您和伯母发过誓，我要亲耳听到处决他的那一声枪响！实在对不起，让您老人家失望了！"

桃子突然双手掩面，快速地跑开了。

亚非的父亲看着桃子离去的背影，独自站立在秋风中，身子受凉似的抖了一下。他怀疑桃子的思想是不是比他正确，但他很快又坚定起来，他谅解了桃子的自私和狭隘，自己坚持既定的方针，把跟福生刚刚确立的父子关系进行到底。

开庭的日子即将来临，老人提前三天就做好了辩护的准备，在课堂上讲了半辈子哲学，他相信自己的口才够用，不至于临场慌了阵脚。他像备课一样写了大半本提纲，又把重点语言打成腹稿,到时按照这个进行发挥。他还让老伴儿那天一定坐在听众席上,中途休庭的时候跟他碰一个头,告诉他哪些地方辩护得好,哪些地方还要加强。

那一天终于到了,他老早就来到审判大厅,在书记员那里签字报到。审判台上的人还没入座,听众席上却坐了不少,老人经过老伴儿座位的时候,坐在老伴儿右侧的一个穿白旗袍的女人看了他一眼,对她身边的一个男人说:"这老头儿是被告的辩护人,刚才我看见他在书记员那里签字,他一定想把被告的故意杀人说成是酒醉失手,不信等会儿我们听着!"

亚非的父亲愣了一下,担心这话被老伴儿听到,看看周围的听众,小声问她:"是不是换到后面去坐?那里离洗手间近……"

穿白旗袍的女人根本不理解他的一番苦心,抢在他们离开之前又对她身边的男人说:"这年头有钱能使鬼推磨,那天我亲眼看见凶手是成心作案,他先把收银台的小姐推了一掌,我这旗袍就是小姐倒过来时弄脏的!"

"也许是凶手的一个亲属,"她身边的男人说,"刚才他签字时我也注意到了,我发现他的右手好像在抖。的确有的被告家属不信任律师,父母就亲自为儿子辩护。"

亚非的父亲看见老伴儿脸色发白,老伴儿看了他一眼说:"带我到后面去坐吧,现在我就想上洗手间。"

开庭之后老人才看见福生,他被人带进囚车似的被告席上,本来一抬头就可以看见坐在辩护席上的自己,可他低着头哪里也不看。老人两眼一转不转地看着他,认为他这是在低头认罪,心里就免不了一阵激动,感到这些日子的苦心到底没有白费。老人的眼睛模糊起来,眼前的福生变得斯文秀气,英姿勃发,跟他的亚非一个模样,他对亚非说:"跟我回家去吧。"他的亚非就听话地跟他走了。

老人的辩护非常成功,连他自己也没有想到,整个过程就像做了一个美梦。中途休庭的时候他撑起身子,正要去听众席上听听老伴儿的意见,公诉人走过来拉着他的手说:"真敬佩您呀,老先生,我从来没有经历过这样的法庭辩论!"

"史无前例,"审判长说,"至少在我的办案史上。"

福生被判处七年零三个月有期徒刑,老人觉得这个数字是公正的。他马上计算出了福生回家时的年龄,并且开始安排以后的日子。

"三十一岁,他的一生还可以从头再来,"他望着老伴儿,眼前出现了未来的光景,"找个正当的事做,再找个合适的妻子……那时我们都已经退休三四年了,正好把房子装修一下,住在一起好好地过……"

七年零三个月的时光无比漫长,刑满释放的那一天,老人的头发全都白了。他担心福生猛地一下会认不出他来,昨晚扶着老伴儿去美发店里，一人染了一头黑发，回家时路过一家花店，老伴儿还花钱买了三枝百合。又是一夜不眠，两人清早起来就忙着收拾屋子，商量把儿子住过的那间小房分给福生，房里所有的摆设都原样不动。

见面的时刻惊心动魄，福生很远就认出了老人，老人却差点儿没有认出福生。铁门打开，一个中年模样的人光头上面顶着一块牌子走了出来，老人使劲儿睁了一下眼睛，看见牌子上有四个歪歪扭扭的大字，写的是"再生父母"，浑浊的老泪就一滚而出。福生的眼泪比老人更加汹涌，他把老人抱在怀里，用变音的嗓子喊着："爸爸。"

跟老人七年多来的设想一样，三人组成了一个完整的家，这个家里有父亲，有母亲，还有儿子，好像一切都回到了七年前，好像七年前撕破的一张全家福又粘了起来。吃罢第一顿晚餐，老人让福生坐在他们对面，对他讲着这七年多家里发生的事情，因为这些事都跟他有关，而对亚非活着时的往事绝口不提。福生望着他们默不作声，只是不断地起身为二老倒茶。这天夜里三个人都睡得很晚，第二天福生却天不亮就起来了。开门声惊动了两个老人，亚非的父亲追了出来："孩子，你干什么？"

"我睡不着，爸爸，我得出去找个事做，"福生压低声音，害怕吵醒了他的妈妈，"我在里面学会了做饭做菜，还练就了一手烹鱼的绝活儿，我想去问问酒店要不要人。"

老人一听酒店就想起倒在地上的儿子，心里立刻被针扎了一下。但他停了停，说："休息一天吧，孩子，在家我们好好聊聊，要不就看看书，明天再去找工作吧，不要去得太早，也不要去你们出事的那个酒店！"

他强行把福生留在家里，共享一天天伦之乐，福生为二老表演了烹鱼的技术，以此证明他有希望找到活儿干。一天时间很快就过去了，福生记住老人的嘱咐，第二天天亮以后再去求职，记住七年前的那个酒店不要进去。他坐车来到一条行人最多的街道，在那里一连进了几家经营餐饮的门面，然而别说是大酒店，小饭馆的老板看见他的样子都不动心，任他怎样低三下四，试也不要他试一下。幸亏福生思想上早有准备，知道事情不会一帆风顺，向老板们道过了别，接着再去找下一家。

以后的日子基本上就是这样，他早出晚归地出门求职，中午在外面草草地吃顿快餐，坐车和吃饭的钱是老人给的，这一点让他想起来就更加不安。可这是没有办法的事，他只能争取早日找到事做，挣钱报答两位世上难得的恩人。老人安慰他不要急于求成，怕他情急之下又出意外，说一时找不到工作也没关系，就靠两人的退休金也能生活，但他还是急得要命。后来他放弃了给酒店烹鱼的打算，把视野扩大到整个社区，只要是能挣钱的事他都愿意做，他想到过蹬三轮车载客、卖烤白薯、卖烤玉米、修鞋钉掌、给自行车补胎打气、清洗抽油烟机。最后他忽然想到了卖报，虽然干这个的多数是妇女和老头儿，但他年富力强，腿脚又快，干起来更应该得心应手。

最合适的是不需任何工具，只要很少的一点儿本钱，清早从批发点领取报纸，坐地铁和公共汽车到站口叫卖，晚上就可以根据卖出的份额获取收入。福生明白了这项工作的原理和过程，决定马上开始行动，当天下午打听好了去批发点的路线，次日不到天亮就直奔那里。一切都还算顺利，到了中午和下午，再去批些晚报和其他报纸，由于他走动得勤快，见人就喊，又会用重要的新闻吸引行人，福生第一天就挣了十二块钱，晚上回家把这喜讯告诉两位老人，老人为儿子的成功流下了热泪。

福生想再接再厉，过些日子再去试试时尚杂志或畅销书，方式由流动变成固定，向工商部门交点儿管理费，在社区门口摆一个小书报摊。这样想着他兴奋起来，中午去快餐店吃盒饭时，顺便买了一瓶二两装的小二锅头。他已经七年多没沾一滴酒了，从里面出来也没有喝，两位老人对他什么都好，唯一不许他喝酒。福生其实并没酒量，过去只是喝些啤酒，遇上高兴或者痛苦的事，就随便去找个饭店灌上一瓶。这天快餐店里的啤酒都卖完了，只剩下白酒和葡萄酒，福生选择了这种最便宜的。

他没想到这辈子还会遇上桃子，这么大的一座城市，这么多的人。他手里的报纸还没卖完,喝完酒接着卖,他的嗓子净出尖音,连他自己都听出来了,他还觉得身子有些不听使唤,走起路来一摇一晃的。这时地铁站里拥来一大群到站的乘客,卖报的妇女和老头儿蜂拥而上,福生也想上去却被人挤到一边,他看见车厢里走出一位漂亮的女士,像金鱼一样摆动着裙子,穿过人缝走到他的面前,从他怀里随手拿起一张报纸,塞给他一枚黄色的钢镚儿。就在这一瞬间,他认出了她是桃子。

"桃……"福生刚喊出一个字就闭了嘴,他是毫无准备地喊出来的,要有准备打死也不会喊。他看见桃子惊讶地看他一眼,他想回避已经来不及了。

桃子好一阵子才认出他来,他的模样有了大的变化,头是光的,脸上又黑又皱,看上去肯定不止三十一岁,而当年他是一个蓄小胡子的长发青年。桃子认出他后呼吸骤然加快,瞳孔里放出两道刺骨的寒光,福生觉得自己掉进了冰窖,冷得他的身子抽搐了一下。

"你怎么还能活在这个世上!"桃子恶狠狠地说了一句,把手里的报纸用力打在他的脸上,然后转身走了。走了几步又回过身来,重新走到他的面前,用手指着他的鼻子说:"七年前你杀死了亚非,亚非的父亲却为你辩护,为你争取减刑,让你死不了,让你活下来,还让你做他们的儿子,你就从来不觉得痛苦,不觉得这样活着还不如死了,不觉得两位老人是要替自己的儿子惩罚你吗?"

一大群人包围住了他们,看看桃子,看看福生,脸上的表情先是好奇,接着便成了鄙视和愤怒。人们继续往这里拥着,后来的人没有听到桃子的咒骂,睁大眼睛望着她,桃子突然放声大哭,一边哭一边指着福生大声喊道:"你们看哪,就是这个凶手,这个杀人犯,他竟然成了被害人父母的儿子!他又在喝酒了,你们闻闻他身上的酒气!"

福生被一片骂声笼罩在中间,他的脑子又昏又涨,身上燥热难当,出气一声比一声急促有力。听着桃子骂他喝酒,他才想起自己刚才又喝了酒,喝酒的感觉真是不错,酒把心里已经死去的东西又点燃了,重新发出呼呼的响声。他伸出双手想抓住桃子,任凭怀里的报纸掉到脚下,更多的手却狠狠地将他推开,他被推倒在一个靠着墙柱的垃圾桶边。

他在地铁的垃圾桶边像狗一样躺着,感到整个城市都压在他的身上,无数的车子和人在他头顶奔走跺脚,他心里不知道有多么痛苦。他觉得桃子说得很对,两个老人把他折磨得够呛,这样下去早晚也是一死,还不如把他们也杀了,然后自己亡命天涯。福生从地上爬起来,摇摇晃晃地走了,他还记得回家的路线,乘上了一辆正好停在站台的无轨电车。

家里的灯光是亮着的,所有的屋子全都亮着,亚非过去住的那间小屋，也是如今他住的那间，灯光是一种温柔的橘黄色。福生不明白老人在他没回家时，为什么要点亮他房间的灯，他摇晃着走进家门，发现两个老人都坐在他的小屋子里，小屋的桌上放着一个蛋糕，蛋糕上插满了五彩的蜡烛。

"孩子你回来了？今天是你的生日！"两个老人几乎同时说着，脸上的笑容像灯光一样。

福生站在门口一动不动，他的酒全都醒了。

好大一棵树

真要是我儿子栽的树,我就不会让人这样那样地摆布它,叫它长成这个中看不中用的样子了,我会叫它顺其自然地开花结果,苹果树就是苹果树,苹果树不是栽来给人看的。

老汉光着脊背靠在苹果树上，一不留神就睡着了，风把扣在他头上的草帽刮走了他都不知道。他梦见了儿子小的时候，他年纪也不大，他把光屁股的儿子顶在头上，仰着脸，儿子的小鸡鸡触着了他的额头，痒酥酥的，他说："你这个小杂种啊，要是撒尿可全都撒进我嘴里啦！"就用手去摸儿子的小鸡鸡有没有硬起来。可是那个东西很软，而且小得出奇，拈在手里就像一颗煮熟了的米粒儿，这下子把老汉吓坏了，这可怎么办呢，他还指望着儿子给他传宗接代呢，像这个样子还能传个什么代哟！

这么一吓老汉就醒了，从一个遥远的年代回到了树下，原来是摸着了一条毛毛虫，从苹果树上掉下来的，还是活的，在他的头上扭啊扭的。老汉把它拈下来顺手扔在草地上，想了想又觉得便宜了它，应该把它捏死才对，不然它早晚还会爬上树去，专拣树上的嫩叶子吃。老汉一撑身子站了起来，他要去找他扔掉的那只虫子，找到了把它捏死，让它再也无法爬上树了。但他怎么也看不见了，却看见他的那顶草帽被风刮到了另一棵苹果树下，就像是故意要勾引着他过去，看看那棵树跟他看守的这棵树有什么不同。

有什么不同呢？老汉心想，其实照他看来，果园里的每一棵苹果树都长得不错，别看它们个子不高，腰身又细，枝枝叶叶也都疏疏朗朗的，但是苹果树终究是要结苹果啊，那些树三年前就开始结苹果了，而他看守的这棵树倒是比它们魁梧，看上去财大气粗，可就是中看不中用，核桃大的苹果都不结一个，还专门派一个人整天看守着，人家结苹果的都不用人看守，你不结苹果看守你做什么？

老汉不服气地想着，弯腰去捡草帽，黑乎乎的脊背就对着了太阳，他的脊背上印满了树皮的花纹，一波一波的就像人工绣出的图案，简直跟艺术品一样。老汉刚把草帽戴在头上，就听到前面有汽车开过来的声音，那声音突然又没有了，接下来他看见果园的场坪上停了一辆大轿车，车门一开，从车上首先跳下来的是镇长，身后陆续又下来了一帮男女，男人有的穿着西装，有的穿着夹克衫，女人穿的是长裙和旗袍，漂亮得像是从电视里走出来的。老汉立刻觉得身上一热，心想，他们怎么就不怕热呢？人跟人到底是不一样的，看他们把身子裹得那么紧，可能就没长出汗的毛眼。老汉有些不好意思起来，担心那帮男女看见了他，认为他这光着脊背的样子很不体面，站在那里走也不是，不走也不是，就把草帽往下拉了一把，想等他们过去以后，自己好回到那棵树下面去，接着再睡一觉。可他才眯着一会儿，就被那只虫子给爬醒了。

那帮男女却不明白他的心事，要去的地方正好是他刚才靠着睡觉的那棵树。不是他们要去，是镇长要领他们去，镇长把他们领到那棵树下，围着树干站成一个半圆形，像是一把打开的折扇。镇长呱啦呱啦地讲着什么，脸上的表情很严肃，两只手还比比画画的。一个穿旗袍的女人忽然打断镇长的话，提出一个问题："的确是济生同志亲手栽的吗？"

镇长肯定地点着头说："的确是的，那天清早下着小雨，济生同志亲自挖坑，亲自把树放进坑里，接着又亲自培土，工作人员把雨伞撑开了遮在他的头上，济生同志说：'让我跟我的苹果树一起接受风雨的洗礼吧！'"

老汉看着穿旗袍的女人愣了一下，觉得她脸上有个地方像他儿子的娘，特别像，他想起来了，是那两条又长又细的弯眉毛，从眼睛这头一直盖到眼睛那头，儿子的娘年轻时的眉毛就是这样，镇子上的街坊邻居都称那是蛾眉。她死的那年也只有穿旗袍的女人那么大，不过她要是活到现在，也能做那女人的奶奶啦。

"长得真棒啊，这个果园里所有的苹果树就数这一棵长得最棒，你看它的枝干多粗，树叶子密得连雨都落不下来！"一个穿西装的男人赞叹着，看了穿旗袍的女人一眼，好像这句话是为她说的,想讨好她。

老汉站在远处看着他们,觉得好笑,心想:一看你们就是外行,懂个屁!如果不是镇长领着他们,老汉就把这句粗话说出口了。看守这棵苹果树的任务是镇长分派给他的,这棵树长得好不好跟他有关,也跟镇长有关,他不能让镇长脸上无光。镇长只让他看守这棵树,给树浇水淋粪的任务另外交给了一帮人,那帮人害怕任务完成得不好,先是只管把大粪往树根下淋,后来进果园的人都反映说臭,镇长才让他们改用化肥。老汉很想对这支参观的队伍说:"粗有什么用?密有什么用?那边跟它同一年栽的树都已经挂果啦!可它倒好,苹果花一谢果蒂就缩回去了。"但是这话他更不能说出口。

接下来镇长领来的那帮男女就雀跃着,冲到这棵树下,让一个拿照相机的拍下他们跟树的合影。老汉心想:幸亏虫子把我爬醒了,风又把我的草帽刮走了,要不然这时还靠在树上睡觉呢,镇长准得踢我一脚,让我到别处去避一避,别给他丢脸!老汉知道镇长是个很爱面子的人,嘴上说的是他,心里想的是这棵苹果树,并不是怕他给镇长丢脸,而是怕他给这棵苹果树丢脸呢。在镇长的心里这棵树比这个果园,比这个镇子还重要,更别说他这个看守树的老汉了。

老汉不想等着镇长赶他,他想趁这帮男女跟树合影的时候主动走开,等他们合罢他再回来。可是他不转身倒好,他这一转身,那个穿旗袍的女人就发现了他。穿旗袍的女人在背后喊了他一声:"喂,那位老大爷,过来跟我合个影好吗?"

穿旗袍的女人不光长得好看,说话的声音也好听,就像电视里的播音员一样。老汉的耳朵并不太背,但他以为她喊的是另一个老汉,这么好听的声音怎么会是喊他?这么好看的女人怎么会跟他合影?他一边加快速度往前走着,一边往左右看了一眼,他看见这一大片果园里没有别人,除了这帮参观的男女以外连个年轻人都没有,更别说能够叫老汉的了。就在他犹豫的时候,穿旗袍的女人又在背后喊了一声:"喂,那位光着脊背的老大爷,过来跟我合个影好吗?"

"这肯定是叫我了。"老汉一听说光着脊背,两脚顿时就停了下来,回头一望,穿旗袍的女人果然对他直招手,说:"老大爷,我特别想跟您合个影!"

老汉心想:你跟我看守的苹果树合个影就行啦,实在想跟人合,就跟镇长再合一个,跟我一个老汉合个什么影?人是年轻的时候好看,老了脸上皱得像个核桃,合影时笑吧是个豁牙子,不笑吧又是一个瘪嘴,反正丑得很,何况自己还光着脊背,跟女人合进影里,洗出来可对谁都没好处。这样想着,就对穿旗袍的女人摆了摆手说:"算啦,跟树合了就算是跟我合啦!"

穿旗袍的女人想不到自己会被拒绝,情绪立刻低落下来,好像有点儿下不来台,那个穿西装的男人觉得刚才讨好过她了,已经有了一定的基础,就趁机往她身边靠过去,说:"跟一个老汉合影有什么意思?要合就跟我合一个!"

穿西装的男人嘻嘻笑着,眼看着跟穿旗袍的女人靠在了一起,却被她一掌推开了。穿旗袍的女人嘴里好像学着鸟的叫声说:"去去去,你给我走开,去!"

镇长发现穿旗袍的女人那么执着,就只好出面来解决了,他小跑着过来抓起老汉的手,像牵羊一样往那棵树下牵,道:"真有你老汉的,这么漂亮的大城市的女人,刚才你亲眼看见的,别人想跟她合影她都不愿意呢,她想跟你合影你倒不愿意了!"然后对穿旗袍的女人笑道:"合吧合吧,你怎么知道他就是这棵苹果树的看守员呢?"

"看守员?"穿旗袍的女人两条蛾眉动了一下,接着跳高似的往上一跳,拍着手说,"哇,原来是看守员,我可不知道老大爷是这棵树的看守员,我只想找果园里的人合个影,怎么就正好碰上这棵树的看守员了?你们这里是一棵树一个看守员吗?"

"当然不是,"镇长回答她说,微微的笑容证明这是一个幼稚的问题,"只有济生同志栽的这棵树才有。"

"哦!"很多人的嘴里发出一声惊呼,朝着老汉走来。

穿旗袍的女人更来劲了，像跳舞一样来到老汉身边，不断地变换着姿势，忽然拍了下手，把刚才这些全都推翻了，说："我跟老大爷背对背地坐在这棵树下面，摆出共同看守的样子，好不好？"

听到说背对背，镇长这才发现老汉是光着脊背的，想脱下自己身上的衣服给他穿上，可是他只穿了一件衬衣，这么一来老汉身上有了衣服，他却光着脊背了，这不等于看守这棵树的老汉成了他，而他成了看守这棵树的老汉吗？镇长急得四处看，希望参观的队伍中有人也会发现这个问题，然后主动把身上的衣服脱给老汉。他们都穿着两件衣服，脱了外面一件，里面还有白衬衣和花领带，不是老汉赖着要跟他们的人合影，是他们的人赖着要跟老汉合影，当然是该他们解决老汉的衣服了。

可是他们中竟然没有一个人发现这个问题，也可能想到了却故意装糊涂，老汉黑乎乎的光脊背上，在树上摁满了疙疙瘩瘩的印子，像是被刮去鱼鳞的鱼，挨近膀子骨的那里还黏着一小片树皮，不管是谁的衣服穿上去了都有弄脏的可能性。老汉就这样光着脊背，跟穿旗袍的女人背对背地坐在了那棵树下，穿西装的男人眼尖手快地递过去一张报纸，让穿旗袍的女人垫在屁股下面，老汉的屁股却直接坐在淋过大粪的地上。为了不挡住头顶的光线，拿照相机的人要老汉把头上的草帽摘下来，在一只手里拿着，做出幸福的表情。老汉听话地摘下草帽，把脸上的表情尽量往幸福里做，那帮人看见老汉这个样子，都发出夸张的笑声，老汉也跟着笑起来，这时听得"咔嚓"一声，就这样，他跟穿旗袍的女人把影合了。

穿旗袍的女人为自己的创意高兴起来，又拍着手，号召大家都来学习她，各想一个姿势来跟老汉合影。几个穿裙子的女人嘻嘻笑着，一时想不出更好的姿势，她们就一拥而上，叫老汉从地上站起来，她们包围着他集体拍了一张。再接着有的男人也这么做了，他们让老汉站着别动，一个一个地轮流去拍，这些西装革履、又白又胖的人与老汉站在一起，使画面显得非常滑稽，每上去一个就会引起另外一群人哈哈大笑。镇长也笑，镇长笑的时候脸都红了，他一方面是为参观的人们高兴，另一方面似乎还有一点儿后悔，早知道这样，镇上花钱给老汉买件好衣服穿上就好啦。

老汉合一个影，就在心里记一个数，他觉得自己像根木桩，一动不动地钉在树边，头顶上是太阳，又不许戴草帽，每合一个都得费不少的工夫。老汉脸上的幸福越来越少了，到了后来简直像个傻子，恨不得马上结束这个合影的刑罚。他就这么一个一个地合着，总共合了十八个影，只剩下镇长没有合了，老汉在地上跺了跺脚，他的两条老腿都站麻了，身子僵巴巴的，而且头有些晕，再合一个恐怕就要倒了。幸好剩下的是镇长,他认为没有必要跟镇长合影,镇长三天两头就要到果园来一趟,还怕往后见不着面吗?

镇长没有跟他合影的意思,可能也是这么想的,老汉觉得这下他该走了,就把拿在手里的草帽重新戴在头上,转过身去正要走时,一个穿裙子的女人叫住了他。老汉记得穿裙子的女人刚才跟他合过影的,害怕她又想好了一种姿势,要来跟他再合一个,心里就紧张起来,不由自主地用手去摸头上的草帽。穿裙子的女人却问他:"老大爷,您今年多大年纪了?"

老汉松了口气,把手放了下来,又开两根指头在她眼前晃了两晃,见她没有什么反应,以为大城市的女人看不懂这是多少,又说:"满八十八,过完年就八十九啦!"

"哇,我还以为您只有六十多岁呢!"穿裙子的女人大惊小怪地叫着,"比我爷爷还大一轮,可我爷爷已经成植物人了!要不如今大城市的人都愿意到乡下住呢,住在这里看看果树,想种就种几棵,每天呼吸新鲜空气,不延年益寿才怪呢!"

可别这么说,老汉心里抵触着,他知道这个穿裙子的女人说的都是假话,这里好你们就到这里来住呀,想看果树也好,想种果树也好,都随你们便呀,又没有人拦着你们!但是老汉嘴里也学他们,笑呵呵地说着假话:"就是,就是。"

"不过，老人家，我要问您，您这么大年纪怎么不在家里守着孙子，怎么在这里守着一棵苹果树呢？"穿裙子的女人说着，发觉自己算错了账，"不对，不光是孙子，在乡下八十八岁的人，只怕孙子又有孙子了吧？"

穿裙子的女人说完就咯咯地笑起来，是为乡下人的早婚早育感到可笑，她不知道孙子的孙子该叫什么。老汉脸上的笑容慢慢地收缩着，目光也慢慢地暗下去，有些伤感地说："我哪里有孙子哟，我儿子五十年前就死了，要是我儿子不死的话，你给我算一算，我是不是该有玄孙了？"

老汉要穿裙子的女人给他算一算，他自己的手指头却一抖一抖地扳了起来，老汉的手指头又皱又抽，皮包着骨头，上面长满紫色的斑块，活像在地上刨食的鸡爪子。穿裙子的女人眼睛从老汉的手上移了开去，分明是嫌他的手脏。但她责备自己勾起了他伤心的往事，就不再跟他说儿子和孙子了，想了想又把话题转到苹果树上。穿裙子的女人看了一眼领她们来参观的镇长，问老汉："您在这里看守这棵苹果树，是你们镇长安排的吧？"

"是镇上安排的。"镇长的眼睛迅速转了一下，脱口而出。他猜不透穿裙子的女人了解这事有什么目的，只知道她们都是一些当官的夫人，那些男人也个个都是耍笔杆子的，所以一听这话就警惕起来。"其实就是看一看，守一守，防止有人破坏，也不干别的什么活儿，这事很适合找个老汉，他也愿意来干这个，老汉你说是不是这样？"

"就是，我特别愿意来干这个。"老汉说得跟镇长一模一样，不过后面再说就不同了，"镇上管我吃喝，还给我钱，在这里我又能每天看到我的儿子，你说我为什么不愿意？"

穿裙子的女人皱了一下眉毛，她的眉毛没有穿旗袍的女人那么好看，像是两条黑虫子趴在眼睛上方。她试探地问老汉："刚才您不是说，您儿子五十多年以前……"

老汉用手在胸脯上使劲儿搓着，好像那里面藏着他的儿子，胸脯上的一层黑皮被他搓得发红，又皱成了一团，看上去让人提心吊胆。他的两只眼睛望着果园的对面，痴痴呆呆的，简直忘了这个穿裙子的女人。镇长担心老汉怠慢了参观的贵宾，就替他回答："五十年前为了保卫这个镇子，他儿子一人打死了九个敌人，后来自己也死了，就埋在那儿，看见没有？喏，就是对面那片墓地，那儿埋的都是当年死了的战士。济生同志就是那次被敌人抓走的，后来才被释放出来。"

队伍里发出一阵惊呼，虽然声音不是很大，老汉还是听到了。他看见所有人的眼睛都向对面那片墓地望去，一个穿夹克衫的男人向前跨了一步，把掉在鼻子上的眼镜往上推推，怕的是宽大的塑料镜框挡住视线。他的胸前没有领带,却有一个用红丝绳坠着的牌子,上面写的好像是"记者"两字。穿夹克衫的男人转过脸来,眼睛看着身边的老汉,忽然问道:"老大爷,我一定要弄清一个问题,您在这里究竟是为了看守这棵树,还是为了看守您儿子的墓地呢?"

这个问题问得很毒,只有记者才有水平问出这么毒的问题。镇长为老汉捏了一把汗,担心他会钻进对方的圈套,说出后面的一句话来,就又一次替他回答说:"当然是为了看守这棵树了,这是济生同志亲手栽下的一棵苹果树,有句话是怎么说的来着?对了,看守它是一种神圣的职责!"

"您是这么想的吗,老大爷?"穿夹克衫的男人撇开镇长,他想直接跟老汉对话。

"我也说不好是为什么,"老汉忘了按照镇长的口径,嘴一张就把话说成了这样,"反正自到这里来了以后,我经常梦见我的儿子。那年我的儿子才二十岁,他死不久他娘就死了,全家就我一人活了下来,我要想见到他们,就只能在这里见啦!"

穿夹克衫的男人深沉地点点头说:"我明白了,您的潜意识里是把您儿子和树融为了一体。谢谢您,老大爷。"

"你搞错了,这棵树不是我儿子栽的。"老汉疑惑地望着他说。

"是的,这棵树不是您儿子栽的,但是我可以视同为您儿子栽的。"穿夹克衫的男人慷慨陈词着，鼻尖上的汗珠都冒了出来。他用手去擦汗的时候顺便把眼镜往上推了推，说道："您儿子如果活到今天，说不定也是济生同志那么大的官儿了，假设他衣锦还乡，想在果园里栽一棵苹果树作为纪念，这棵树不就成了他的杰作吗？"

老汉被他这个大胆的设想吓了一跳，自己却忍不住也设想起来。真要是我儿子栽的树，我就不会让人这样那样地摆布它，叫它长成这个中看不中用的样子了，我会叫它顺其自然地开花结果，苹果树就是苹果树，苹果树不是栽来给人看的。老汉没敢把自己的想法告诉穿夹克衫的男人，他只是在心里这么说着。一想到栽这棵树的是他儿子，老汉立刻就兴奋了，心里盘算着应当采取的办法，想象它硕果累累的丰收景象。不过话又说回来了，他的儿子真要是不死，如今当了大官儿，回到家乡在果园里栽了这棵树，他就不会抢着来看守它了。老汉的心里比镇长都明白，这事说是分派给他的，其实也算他抢过来的，完全是为了每天都能看一眼儿子的坟墓，他才从镇长手里接受了这个任务。

幸亏是夏天来，要是等到秋天结果的时候，你们可就要看出大问题啦！老汉看着镇长领来的这帮外行心想。他们已经参观完了这棵树，又在果园里转了一圈，然后背着手，在镇长的带领下往前走去。老汉以为镇长会领着他们一直往前走，走到对面的那片墓地，看看五十年前死去的那些好汉，其中包括他那打死九个敌人的儿子。但是队伍却在前面拐了个弯，朝着停车的场坪走过去了。

老汉的心都凉了，他记着这帮人临走的时候，除了穿夹克衫的男人跟他握了握手，其余的连声招呼都没有打，穿旗袍的女人迈着跳舞的步伐向前走着，因为合影时穿西装的男人给她递了垫屁股的报纸，两人到底凑到了一起，说着笑着头也不回。穿裙子的女人走在最后，老汉发现她倒是回了一下头，并且伸出手来，以为是要对他挥上一挥，却见她从他看守的那棵树上摘下一片苹果树叶，拿在手里又往前走了。

这些无情无义的人，别说是回到大城市里，现在就已经把他忘啦，老汉失望地想着。他后悔不该跟他们合那么多影，总共是十八张，光着个脊背，帽子都不许戴，花了足有一顿饭的工夫。这些合影洗出来后，还不知道寄不寄给他呢，本来上面有他的像，按说是应该寄给他的，可是老汉这才想起来，他们谁都没有问过他的地址，也不知道他的名字。他们只叫他老大爷，寄合影时写老大爷又收不到的！

太阳向山下落着，果园里的热气降了一些，老汉的光脊背上感到了凉意，身子不觉打了一个寒战。因为在太阳下面晒了半天，他的喉咙发干，肚子发慌，现在得回家去吃点、喝点，找件衣服披在身上，八十八岁的孤老头子，病了倒了又没人管，一到那个地步可就完啦！老汉觉得自己在这棵树下被人家摆弄了半天，到头来落了这么一个下场，这下场虽然说不上很惨，可它又好在哪里呢？

垂头丧气地走在回家的路上，老汉心里有了一个想法，他想今年就这么看守过去算了，明年开春，他去挖一棵苹果树苗栽在儿子的墓前，往后他要看守就看守儿子墓前的那棵树，看着它好好地长大，结出苹果。再有大城市的人来镇上参观，万一参观到了这片墓地，他就抓住机会，给他们讲儿子和他的战友们，讲他们五十年前是怎么牺牲的。

老汉的心情一点一点好了起来，这时候，太阳完全落下去了。

愤怒的青年

我就叹了一口气说:"胡醒侄子,我看出来了,你心里有一种恨。"

"你的眼睛真毒,"他老实承认说,"我恨不得见谁都打一顿!"

老胡临死之前,要我关心一下他的儿子。这事叫我有点为难,我说:"你能不能另外再托我一件事?"他摇头说:"没别的,就这一件。"

说完这话之后不久,他就死了。

在他说这话的当儿,他的老婆带着他的儿子住在广东,我说的是他十年前的老婆,也就是他的前妻。他们谁也没来看他,坐火车太慢,坐飞机又太贵,况且他们之间已经没有了关系,儿子当年是判给他老婆的,如今都记不起来他是什么样子了。

只有他还牵肠挂肚地想着他的儿子,他那一副马上就要火化的肠肚。

我觉得我可能会对不起我的朋友。胡红兵是我从小学到中学的朋友,原本叫胡鸿宾,"文革"时改的名字。我大学毕业后被分配到一家研究院,第一次进厕所去解手,发现有一个人长得很像胡红兵,既不脸朝墙壁站着,也不背对墙壁蹲着,却在厕所里面转来转去,一副忧心忡忡的样子。

"哎呀,你不是胡红兵吗?"我一下子认出了他,惊喜地大叫一声,扑过去就要跟他握手,"原来你也在这里工作?你是哪年分到这里来的?"

他也一下子认出我来,只是不肯跟我握手,他把一只手掌朝上在我面前一扇一扇的,像是赶鸡:"你快解吧,解完了我们出去说话!"

事后我才知道他是这家研究院的保洁员,负责厕所、楼道、门前、院后以及所有公共场所的清洁卫生。院里有个老研究员跳楼自杀了,他是那个老研究员的儿子,是作为内部职工家属招进来的,由于没有合适的职务可以担任,人事部门就让他做了保洁员。

我觉得我对不起他,是因为我无法关心他的儿子。

在我朋友死去的前一年,我住的这座大楼一层二号突然搬进来一位青年。这是我们研究院的职工大楼,一层二号的一居室原本是胡红兵的,当年他老婆跟他离婚,法院连房子带儿子一起判给了他老婆。他老婆带着儿子去了广东,房子却白白空着。空着也没有胡红兵住的,他在离研究院不远的路段租了一间九平方米的筒子楼房,做饭睡觉都在里面。

最初我以为是胡红兵的老婆把这房子卖了,或是租出去了,那位青年要么是新的房主,要么是她的房客。可是有个周日我从外面回来,看门的老头儿手里举着一张汇款单问我:"你知道一层二号有个名叫胡醉的人吗?"

我一愣,猛地想起胡红兵的儿子,接过汇款单来仔细核查一遍,认出这笔汇款来自广东,便对老头儿说:"可能是字写错了,我知道有个名叫胡醒的小孩,是原来住在一层二号的胡红兵的儿子,老胡离婚后他老婆带着儿子到广东去了。你怎么不敲门问问?"

看门的老头儿说:"我都敲八十次了,听着里面一会儿唱一会儿蹦的,就是不开门。接着又听住在一层的人说,闹得他们不能活了,一闹就闹到半夜!"

我敢断定我分析得不错,胡红兵的儿子就是这张汇款单的主人,同时也是一层二号的主人。我知道总有一天我会遇上他的,遇上他我得跟他聊聊他父亲生前对我说过的话。

春天里的一个傍晚,机会来了。我沿着地铁路线散步回来,正在楼门口的大花坛边观花,花坛里率先开出的花恰好是三种颜色,盆景似的黄色迎春,矮脚梨树上雪白的梨花,还有开成一片的粉红色的夹竹桃。很多老头儿和老太太站在花前,鼻子一抽一抽地享受着花的芳香。

这当儿一辆黑色出租车冲过栅门,开进院子,停在我的脚后跟边。从车里钻出一个细高个子的青年,披着一头垂到肩下的金黄色长发,额头下的一副墨镜遮住了三分之一张脸,一件和尚领大红汗衫把整个屁股都包在了里面,下边露出两条长毛的大腿，猛一看就像没穿裤子，脚上是一双半高腰的黑牛皮鞋，和尚领大红汗衫的左胸部别着一个酒杯大的圆盘，随着他的大步行走一甩一甩的。

我一眼就认出那是一枚毛主席像章，头戴绿军帽身穿绿军装的那一种，三十年前最抢手的。

那个青年大步走向楼门口，一辆收破烂的三轮车挡在他的面前，蹬车的人进楼去收破烂了，他嘴里说了句脏话，飞起一脚踢在一个车轱辘上，被踢中的车轱辘带动车身，呼噜噜地往后倒退，把停在院子里的自行车哗啦啦推倒了一大片。

我大声嚷起来："嘿！嘿！"

戴像章的青年大皮鞋咔嚓咔嚓，头也不回地进到楼里去了。

观花的人说："这年轻人！这年轻人！"

接下来又苦笑着，反而担心起了那青年的身体："这么冷的天儿，还不得冻感冒了！"

我见他进楼以后没上电梯，就更认定是我那朋友的儿子，就尾随着他来到一层二号，趁着屋里音响尚未打开，抓紧敲着他的门喊："胡醒！胡醒！"

他把门打开了两指宽一道窄缝，露出一只眼睛，墨镜摘了以后他的眼睛还是挺圆的，但那是使劲儿瞪成的圆形，两撮眉毛往上竖着，显出一副恶相。他问："你怎么知道我的名字？"

"我是你父亲生前的朋友。"我回答说。

"什么？你说什么？"他一下子愤怒起来，"你是说我父亲死了？"

我说："难道你还不知道吗？"

"不，"他忽然发觉自己刚才问得不对，"我没有父亲！"

"没有父亲怎么有你？"我说，"你父亲叫胡红兵，你现在住的这套房子就是你父亲的，他跟你母亲十年前离异，但他一直都想着你，他临死之前还托付我关心你。"

他想了想，换了一种声调问我："他为什么要托付你？"

"刚才我不是说过他跟我是朋友吗？"我说。

他沉默了，低下头去，门缝里的大皮鞋在地上搓了几下。

我把他的沉默当作犹豫，以为一秒钟后他会把门打开，请我进去坐坐，从冰箱里给我拿盒冰激凌吃，然后问我住在哪层哪号，他应该管我叫什么叔叔。

"请原谅我对你这位所谓父亲生前朋友的关心并不表示丝毫的感谢！"想不到他却抬起头来冷笑了一声，用欧洲人的句式回答我说，耸了耸肩，不等我再一次开口，两指头宽的门缝就啪地一下合上了。

我试着推了一下，得知门从里面已锁结实。我不敢再敲门，怕他第二次开门会对我更不客气。

回家后我对太太讲了这件事情,太太居然露出先见之明,说:"十年前我就看出来了,红兵的孩子长大了是个愤怒的青年,你还是少招惹他的好!"

夏季又到了,随着天气变热,他的隔壁邻居的痛苦也变成了全楼所有人的共同感受。午夜已快来临,与这座大楼地面平齐的一层二号,胡红兵留下的房子可是帮了他儿子的大忙,一根电线从那个窗口伸出来,同时出来的还有一套巨大的黑色音响,它们盘踞在楼门口的大花坛里。一群披头散发的青年脖子上各自挂着一把吉他,席地而坐,唯有胡醒一人鹤立鸡群地站着,一腿弯曲,只用另一条细腿支撑着身体。他还是那一身装束,包住整个屁股的和尚领大红汗衫,看着就像是常年不洗似的。

大家都以为他们要演唱埃尔维斯·普雷斯利的那首《百万美元四重奏》,或者《女孩!女孩!女孩!》,然而他们并不在乎猫王。只听胡醒拨完一个音后,他们齐声高唱道:

> 敬爱的毛主席,
> 我们心中的红太阳,
> 敬爱的毛主席,
> 我们心中的红太阳。
> 我们有多少知心的话儿要对你讲,

我们有多少甜蜜的歌儿要对你唱。

……

大家齐齐地愣住,不知道他们从哪里学来了这样的歌曲。

音响声、吉他声、歌声和口号声,在城市夏日的夜晚响彻云霄,淹没了楼前马路上的汽车声和楼后铁道上的火车声,一直持续到次日黎明。

住在楼里的居民一夜都睡不好觉。人们频频地翻身和上厕所,有的半夜忍不住了,打开窗户往楼下的花坛张望,发现一群上身打着赤膊下身穿着一条大裤衩子的青年,围着一个黑乎乎的音响边唱边跳,两脚像瘸子似的轮换着在地上一踮一踮的,双手往天上比画几下,又向自己心口比画几下。

天快亮的时候这支队伍就解散了,大花坛里各种颜色的花瓣落了一地,像是经过了一场暴风雨的袭击。这群青年一部分骑上摩托消失在曙色朦胧的大街上,一部分跟着音响一道搬进胡醒的家里,饱吃一餐之后就蒙头大睡。

晚上他们又开始了,但是唱了不多一会儿,黑色音响却戛然而止,怀抱吉他的青年们从喉咙里发出一阵变了音的狂呼乱叫,胡醒骂了一句,返身就向楼里冲来。

"是谁干的?是谁干的?"他在一层大厅里恶狠狠地

寻找着可疑分子,这座大楼的电闸和各家各户的电表全都安装在这间大厅的墙上。他觉得这座楼里至少有三分之二的人心里对他埋藏着仇恨,还有三分之一随时会对他进行阴险的报复。

谁也没有跳出来向他应战,那里根本就没有人。日光灯管明晃晃地高吊在大厅的楼顶上,除了他家,别人家的窗户里都透出明亮的灯光。

"这究竟是谁干的坏事?"他把吼声提高了一些,又冲着看门的老头儿奔去。

"谁都没干,要干只能是你自己干的,"看门的老头儿异常从容地回答他说,"你去看看是不是你家电卡用完了。"

他走到电表下面一看,可不是嘛,别家的小红灯都还亮着,唯有他家的那盏灭了。

"真不够意思!"他转而骂电表说,大皮鞋在地上跺了一下。

这一晚全楼的居民真是幸运,没有了雷鸣般的音响,他们弹着吉他唱了一小会儿就散场了,花坛里的各色花瓣落得不多。

第二天上午,看门的老头儿看着他打车出去,又看着他打车回来,出去的时候脸上完完整整的,回来的时候却这里破了一块,那里青了一块,其他不破不青的地方灰扑扑的,上面还粘着几颗沙土,额头下的那副大墨镜没有了。

下车后他扔给司机一张钱，嘴里气哼哼地说："就剩这一张了，不够下次补你！"

"你这是怎么啦？"看门的老头儿关心地问。

"买张电卡居然也要排队，"他回答说，"跟一个小痞子打了一架，哼，这次算是便宜了他！"

"别打架呀，"看门的老头儿说，"脸打破了不是？要上医院缝针不是？都是花自己的钱不是？"

"给我闭上你的臭嘴好不好？"他冲看门的老头儿吼了一声，"我还有上医院的钱吗？"

"上次我给你的那张汇款单呢？"看门的老头儿仍然好脾气地问他。

"把我的名字都写成胡醉啦！"他气上加气，说完还骂了一句脏话。

看门的老头儿为我朋友的前妻打抱不平说："那是你妈寄给你的钱，你挨了打别骂你的妈呀！"

这次他买足了电卡，音响却有好一阵子没有再响，夏日夜晚的大花坛寂静下来，花树上老的花儿落了一批之后，又开出一批新的花儿。看门的老头儿倒是经常看着他步行出门，又步行回来，欠那司机的钱不知道补了没补，似乎并没有去医院缝针，脸上的伤口已经好了一些。

有一天晚上我正坐在家里看着电视，听到外面有人按门铃，起身把门开了，想不到门外站着的是他。他还是那一套装束，只是脚下的大皮鞋脱了，换成了一双日式木屐，赤裸裸的脚趾间夹着一根小塑料棍儿。

我的心里有一点高兴，预感到我们的灵魂将要沟通。我叫了他一声说："胡醒你找我？"

他倒是很干脆地开口就说："你不说你是我父亲的朋友吗？那你能不能帮我一个忙？能帮就帮，不能帮就拉倒！"

我想起朋友的遗嘱，恨不得立刻帮他一百二十个大忙，就说："帮什么忙你尽管说吧。"

他用手把包住屁股的大红汗衫撩起来，露出里面的半边短裤，又从短裤兜里掏出一张汇款单，递给我说："你能不能让你们院里给我盖个公章，证明上面的那个胡醉就是我？"

我立刻明白了他的用意，原来他的这张写错名字的汇款单至今还没有取出钱来。我说："盖公章是没有用的，因为你并不是我们院里的人。不过我认识邮局的一个值班局长，可以替你担保，证明胡醉就是胡醒，明天你得跟我一起去一趟邮局。"

他感激不尽地说："好，明天一早你来叫我。"

"我去叫你的时候，你该不会把门只打开两指宽一道缝，然后又啪地一下关上吧？"我趁机跟他开了一个玩笑。

"哪会呢！"他否认着，求人的时候他的恶眉毛从额上放平下来，眼睛也变成了两条小鱼，样子居然还让人觉得有点可爱。

"你妈妈寄给你的钱？"我问他，想利用这个机会把他的情况打听清楚。

"就那一次，"他说，"从那以后她再也没有给我寄过啦！"

"为什么？"我继续问他。

他又恶狠狠地骂起人来："广东的老杂种搞了个小婊子，赶走了我又要赶走我妈！"

我猜想我那朋友的前妻不久就要回到这座楼里，重新与我们为邻，与她的儿子相依为命了。十年前她抛弃了她的前夫，十年后她又被她的后夫抛弃。

我就叹了一口气说："胡醒侄子，我看出来了，你心里有一种恨。"

"你的眼睛真毒，"他老实承认说，"我恨不得见谁都打一顿！"

我问他："你的那些朋友是从哪里来的？你的那些歌是从哪里学来的？"

"他们都跟我一样，"他一下子感到沮丧起来，"至于歌，这你就别管啦！"

他说完让我别管，就趿拉着一双日式木屐走了。

我心里记着答应他的事情，第二天清早起来洗漱完毕，吃过早餐，就下楼去敲他的门。这一次他的门并没有锁，手一碰就开了。我看见门内坐着一个上穿短袖衬衫,下穿西装短裤的英俊青年,手里拿着一张发黄的黑白相片,见我进去就递给我说:"你认不认识这个人?"

我只看一眼就认了出来,三十年前我看见过他,那时他的年龄跟我现在差不多。我说:"你是从哪里拿到的?"

"就在这屋里的一个柜子里,"他又问我一遍,"我要你告诉我,你认不认识这个人?"

我如实地回答他说:"他是你的祖父,我们研究院一位跳楼自杀的老院士。"

他继续问我:"我的祖父为什么跳楼自杀?"

我冷静地想了一会儿,这次回答得有点含糊,我说:"原因很可能出在你的父亲身上,以后我会详细对你讲讲当时的情况,当时他跟你……你今年多大了?"

他回答说:"十八岁。"

"正好一样大。"我回忆着我朋友当年的飒爽英姿。

我带他走到一个公共汽车的站牌下面,等来了一辆公共汽车。车厢两壁钉着一排推销产品的广告牌,他的一双眼睛左右看着,忽然又问我:"你能不能再帮我一个忙?能帮就帮,不能帮就拉倒。"

"你尽管说好了。"我期待着他说。

"想请你帮我找个工作……"他看着一块车窗玻璃,从那里狡黠地观察着我的表情。

我不能让他看出我有丝毫为难,立刻欣然答应他说:"研究院里正好要招一名门卫,我可以介绍你去试试,先干一段这个然后……"

说到这里我故意停顿了一下,也从车窗玻璃上看他的表情。我以为他会愤怒,会在飞驰的汽车里大声嚷叫起来。

然而他没有。他问:"没人的时候可以看看书吗?"

还乡记

他的眼前出现一幅乡村迎亲的热闹画面,不由得咯咯地笑出了声。

火车窗外的田野上长满了七长八短的楼房，酷似颜色单调的积木一闪而过，坐在车窗边的马凹川教授一张马脸快要皱出水来，两个大鼻孔像渴极了的狗一样出着粗气。杨家根同情地看着他的导师，心中几乎有了十足的把握，今天下午，最晚在天黑之前，这个在国际上都有名气的环境学家，一对棕色的眼珠就会从瞪圆的眼眶里蹦出来，那时候他们已经坐着汽车抵达一个名叫双乳垭的村庄，蹲在一条名叫桃花溪的小河边了。他教马凹川教授不用舀具怎么喝到河里的水：有两种方法，一种是蹲在河边，十指弯曲并成一个小碗；另一种是索性将身子趴下去，模仿牛羊饮水的姿态。他把两种都示范了一次，身高马大的马凹川教授意外地选择了第二种，下巴上的胡子都浸到了水里。"我家的水是不是有点儿甜？"他成心说"我家的水"，而不说"我们家乡的水"，嘴里咕嘟嘟地冒出一股骄傲自满的味道。马凹川教授刚要回答，被一口透心凉的河水呛得咳了起来，把脸都咳红了。"是的，是的！"马凹川教授咳罢才不得不承认，还说自己的咳嗽和水的质地没有任何关系，完全是因为喝得太猛,这叫酣畅淋漓,忘乎所以。

杨家根曾经以貌取人地认为他的导师有欧洲血统,那次是在导师的家中,马凹川教授暧昧的脸上不置可否,从摆在书柜顶上的很多玻璃相框中拿下一个递给他看。相框里一位身穿白色缎子旗袍的东方女人站在一位应该是她夫君的英国绅士身边,背后是一片绿色的果园,一架水车在果树的枝叶间若隐若现。他不能肯定果园中的两人究竟是导师的父亲母亲,还是祖父祖母,但他肯定这张照片一定被很多人看过了,包括大学生。因为有一天清早,他发现在操场边散步的马凹川教授让一个大学生把丢在地上的脏纸捡起来,大学生捡起来后用土语小声骂了一句"杂种",马凹川教授误以为是向校园道歉,还笑着说了声"谢谢",对方快速地走出三米开外,突然和身边的女友一起笑得弯下腰去,并且趁机把捡起的脏纸放进灌木丛里。当时他想上前去让那对情侣站住,却正好马凹川教授对他打起了招呼:"杨家根,暑假,君子一言!"

马凹川教授也是从他的照片中认识了双乳垭,自然也是他家的。那时候他就注意到了马凹川教授发呆的眼神,于是他又补充了一句,这是他用家庭小相机初学拍照时的作品,景色还不到双乳垭的万分之一。想起相框里的那个绿色果园,他也学习导师的做法,把这张照片放大四倍,镶嵌在一个玻璃相框里,趁着这次他要把它带回家去,就挂在他家那个双乳垭人叫作堂屋的小客厅里。他家小客厅与内屋的隔墙是用一排水竹拼起来的,竹节错落,凹凸有致,上面涂着一层闪亮的桐油,像一道工匠刻意雕就的金色屏风。

"别老是扭着脖子看外面,马老师,您那样不仅会得颈椎病,还会影响心理健康!我家的什么都比这里好看,山、水、稻田、麦地、树木、房屋……我敢保证几十户人家的房屋没有一间是肥皂箱子、纸烟盒子、小孩子玩儿的魔方那样……哦,上次您在我的照片上都看过了,它像古装戏里书生头上戴的帽子,全都是有帽檐的,中间一道脊,前后两个斜坡,下雨天好从前后檐往下流水。房顶盖的是灰瓦,墙上搪的是白石灰。后来也有人用红瓦盖屋顶,屋脊的两头向上翘着,青砖砌墙,白水泥勾缝,哈,配上周围的青山绿水简直像画儿一样!"

"不是像,你的家乡本来就是一幅中国画儿!"马凹川教授扭过头来咬文嚼字地纠正说,还索性把车窗的纱帘都拉上,要拍就拍他的学生一个大的马屁。

杨家根受到这个马屁的鼓舞,一时间心血来潮,起身对坐在旁边的一个穿迷彩服的年轻人说:"对不起,您请让一下,我给我的老师取一样东西看看!"年轻人礼貌地站起身子,就此机会爬到卧铺的上层,看样子他的确想躺下休息一会儿,昨晚杨家根睡在下铺,听着他在上铺老是翻身，半夜里还起来过一次，天亮前又叽里咕噜地说了一阵梦话。杨家根起身踏着床梯，从头顶的行李架上取下自己的双肩包，那里面的主要物品有他给姐买的一件漂亮衣服、给娘买的按摩器、给爹买的一根假烟，吸着那根假烟就可以不吸真烟了。他拉开双肩包的拉链，从他姐的衣服的包围中掏出那个玻璃相框，把它背朝自己，放在火车窗边的小台面上，并不说话，盯着对面的马凹川教授。

这张照片上的内容他熟记于心，远比那个欧洲果园要丰富得多，在两座乳房形的绿色山峰之间，一条小溪弯弯曲曲地流淌下来，水面漂着一些粉红色的小圆点，两岸有春天开花的山桃树和拔丝的垂柳。画面的中央是一丛两层楼高的墨绿色水竹，几间白墙灰顶的瓦房掩在竹丛中，竹丛边有一棵两人合抱的大槐树，一头水牛正在树荫下低头吃草。几年前的杨家根和一个打辫子的村姑并肩而立，前面坐着两个穿对襟褂子的农民，他们的坐具是两把黄色的矮脚竹椅，女人的神情有些拘谨，男人却把一条瘦腿潇洒地翘在另一条瘦腿上，左手还抚摸着一条黄狗。一只花母鸡率领一群小鸡急匆匆地横闯画面，好像在黄狗脚边发现了什么可吃的食物，镜头正好拍下它们母子矫健的身影。

"全家福！"马凹川教授脸上的肌肉幽默地动了一下，"这次别忘了让我蹲在阿黄同志旁边照一张相，将来在《世界环境报》上发表的时候，照片下面这样注明：前排左起第五位是考察者马凹川先生。"

杨家根大声笑了起来。马凹川教授却一点儿都不笑，昨晚睡在马凹川教授的上铺，现在坐在马凹川教授旁边的一个中年女人也一点儿都不笑，她不明白阿黄同志是谁，因此就不明白这句话到底有什么可笑之处。中年女人的白脖子上戴着一条坠着红色宝石的黄金项链，这时她向"前排左起第五位"的考察者凑了凑身子，用一根戴着绿色翡翠戒指的手指头在镜框上点了四下："咦，前排左起，前排左起不是连你才四个人吗？我猜你不是教数学的老师！你是教美术的！要不就是教体育的！对不对？对不对？"

看来这是一个胸怀和她体形一样博大的女人，她没有生马凹川教授的气。昨晚她一上车就不停地骂她老公因为签订一份房地产合同，延误了给她送机票的时间，这样她才决定退而求其次地体验一回乘火车回娘家的滋味。她提出多付一倍的钱，用她的上铺交换马凹川教授的下铺，马凹川教授像个相面大师一样在她脸上看了又看，后来幽默地对她笑道："这个问题涉及两条公共秩序，一条是女士优先，一条是老人优惠，年轻漂亮的小妹妹呀，我们两人选择哪一条呢？"杨家根为这个遭到婉拒的女人感到尴尬，提出代替老师与她交换，并且不需要她补一分钱，她却还沉醉在"年轻漂亮的小妹妹"里，过了一会儿才回过神来，斜一眼睡在他上铺的那个年轻人，走过来附在杨家根的耳边轻声说道:"我不愿意让一个打工仔在我上面爬来爬去,要是你还差不多!"

杨家根的脸都红了,躲开她的目光不再说话。马凹川教授自然更不会生这个女人的气,也用手指着相框里的那条黄狗说:"小妹妹,我不是数学老师,可是你的数学成绩也不好,你是不是忘记把它算上了?"

珠光宝气的中年女人愣了一会儿,突然醍醐灌顶般大笑起来:"你这个做老师的可真逗!"

"哈,要这么说这还不是我家的全家福,我家的鸡可不止这个数,每年下的鸡蛋卖了能凑够我的学费!还有七只鸭子,我娘管它们叫七仙女,说其中最好看的一只是嫁给董郎的那个四姐。拍照的那天姐妹七个全都下河游泳去了,春江水暖鸭先知嘛,还真是的!喏,就是照片上的那条桃花溪,它们不知道我要拍照,一游就游出了镜头。除了它们我家屋后的猪圈里还有一头大黑猪,也没来参加合影,如果都来了那才是我家的全体成员。"杨家根更来劲儿了,添油加醋地说。

他记得相框里的照片是他考上大学的那年春天拍的,他爹和他娘当时的年龄应该和现在的马凹川教授相同。外国人——如果把有一半或者四分之一外国血统的马凹川教授也算作外国人的话——看上去会比实际的年龄要大一些,因此,这次马凹川教授如果坚持和他爹他娘站在一起合影,他们三位会给人以同龄者的印象。他想这次精心地策划一下，在这张具有历史意义的照片中融入他家的鸡、鸭、牛、狗以及屋后的那头大黑猪，促成远行者马凹川教授完成自己的全部愿望。

爬到上铺准备睡觉的年轻人终于没有经住下面的诱惑，又从上铺爬了下来，假装要喝水的样子站在两边铺位的中间，扭着脖子也来观看这个相框。好不容易才看清里面的景物之后，他忍不住从嘴里冒了一句："嘿，有点儿像我老家！我老家也是这个样子！我爹我娘也是……"

这话引起了马凹川教授的高度重视，他立刻不失时机地问："是吗？你老家在哪里？"

"终点站下车不用再坐汽车，往右走半小时就到。可我说的是从前的事，现如今早就不是这样啦，什么都没有啦，到处都在拆迁，到处都在盖房，除了大吊车就是铁皮棚子，害得我都不知道家在哪里啦！唉！"年轻人叹了口气，又摇了摇头，两眼向上仰望着空洞的车厢，好像在空中寻找他失去的家园。

"你说得对，到处都是这样！不过这样也有这样的好处，小伙子，不这样你能到城里去谋求发展，还有钱睡火车卧铺吗？"珠光宝气的中年女人代表自己的房地产商人老公发表着不同的观点，她通过年轻人的肤色和服装，还有上车时肩扛手提的三个大包，坚信他是一个小有出息的进城打工者。

年轻人似乎被她一语道破，张了张嘴又闭上了，像在反思自己刚才的牢骚是不是发得有点儿不凭良心。但他接着还是嘀咕了一句："不管怎么说我打工回去也得有个家呀，我有什么钱？我买卧铺票是因为我带的东西太多了……"这么一来他忘了喝水的事，说着又要爬回上铺，马凹川教授看了一眼手表提醒他道："终点站快到了，小伙子别再睡觉，坐下我们说说话吧！那你找不到家了怎么办呢？"

"慢慢问呗，还能怎么办？先到我家原来的那个地盘再说，他们要的就是地盘，总不能把地盘也给拆了吧？"年轻人回到杨家根的身边坐下，看看头顶行李架上的三个大包，或许在预想着下了火车以后自己就像一首描写媳妇回娘家的歌里唱的那样，左手一只什么，右手一只什么，背上还要背一个什么。他的脸上露出沉重的表情，或许又想到他的这些行李远比鸡鸭和胖娃娃要沉重，而且还得走半小时才能走到过去的家址，走到后还不知道现在的家在何处，和一个回娘家的快乐媳妇简直是两回事，要是再遇上歌里唱的那样一阵风儿刮，一阵暴雨下，那他可就惨了！

杨家根看着马凹川教授为人担忧的样子，心里也在想象着今天下午，最晚不过天黑之前，他爹他娘一眼见到此人会是一种什么反应。这人又不是他们朝思暮想的儿媳妇，而是长着一张外国马脸的老男人，皮肤粗糙，毛孔密布，每一个小肉洞里都有一根黑毛，集中长在脸上的部分就成了络腮胡子，双肩包里装着高级的照相机、摄像机和录音设备，一到双乳垭就会像逃出动物园的老猴子一样东跑西看。他会快步走上前去向他爹他娘介绍："爹，娘，这就是我对你们说过的马凹川教授，我的指导老师。"想起他在爹娘面前对马凹川教授的介绍，杨家根偷偷地笑了一下，他第一次向他们说到导师的时候差点儿把他娘急坏了："道士？儿呀，你不说你学的是教人住哪里好的大学问吗？原来你还是学给人看地，你可不能像张地仙儿那样装神弄鬼，骗人钱财呀……"杨家根笑得喘不过来气了，下了一番功夫解释清楚了导师是指导研究生学习的老师，不是给人起屋造坟看地的道士，他娘才不好意思地扭头去唤鸡，而把他姐笑得趴在桌上半天都起不来。

他继续想，当他爹他娘得知是指导儿子学习的马凹川教授来了，一时间会紧张得手足无措，埋怨他这么大的事为何不早跟家里面说，害得他们什么准备都没有，连衣裳也没有换，连院子也没有打扫。他就得意地告诉他们，之所以不早对他们说就是害怕把他们吓着了，免得他们到时做出一些可笑的举动。同时也害怕吓着了马凹川教授，根据双乳垭的百年古风，谁家来了远客、贵客、稀客，主人都要穿上新衣、新裤、新鞋,院里院外打扫得一片树叶也不残留,把牛羊猪狗鸡鸭六畜都关上禁闭,免得燃放鞭炮的时候鸡飞狗跳,一生没见过世面的猪不顾一切地翻出圈栏,跑到屋后的双乳山上去做野猪们共同的妻子。

他的眼前出现一幅乡村迎亲的热闹画面,不由得咯咯地笑出了声。

"那个小伙子是无家可归,你这个小伙子倒好,是个神经病!"房地产商人的太太低头看看自己藏了两只气球一样的胸脯,很可能以为印在圆领衫上的一行字母出了问题,和前些时候流传在民间的那个笑话一样,这个小伙子又是懂得英文的,一定是被他看出了破绽。不过她对他友好地笑了笑,也爬到她的上铺去了。她雪白的屁股上绣着两朵粉红的荷花,似乎象征着出淤泥而不染,杨家根又觉得好笑。马凹川教授没有像劝年轻人一样劝她不要睡觉,好像非常愿意让她从自己的身边挪开,她的身上有一股香水和汗混合在一起的气味,而且热烘烘的。

"我是从您说的全家福想到我家的大黑猪了,"杨家根对马凹川教授解释着,"我家的大黑猪是母的,有一年春天,后山有一头公野猪玩儿假摔,就像我们之前看的那场足球赛里的球员一样,不偏不倚正好掉进我家屋后的猪圈里,和我家的大黑猪同居了一段日子,我娘每天给它送吃的送喝的,这家伙可能吃了,饭量是我家大黑猪的两倍,还净吃苞谷！不过我家大黑猪给它怀了一窝野猪崽子，生下来卖的钱是家猪的两倍还不止，那年我家发了一笔小财！"

"哈哈哈哈！这叫什么来着？天上掉下个林妹妹……不对，不对，这个比喻是不恰当的，应该叫天上掉下个大馅饼！哈哈哈哈！真是太有意思了，听你这么一说，我对你家这个双乳垭更加来了兴趣！哈哈哈哈！"马凹川教授不笑则已，笑起来就一发而不可收，把头顶的火车皮都震得嗡嗡直响。笑声从车顶篷上弹落下来，刚刚爬到上铺的女人一下子又被这件事情吸引住了，这是一个耐不住寂寞的女人，此时从上铺悬出小半个身子，两只气球在马凹川教授的头上颤悠悠的，她用一只弯曲的胳膊支撑着半边脸，迫切希望听到它们后来的故事。

"后来呢？"她不知从哪里摸出一块绿色的口香糖，表示要奖励给讲故事的杨家根，杨家根摆手说声"谢谢"，她就把它剥开丢进自己嘴里。

"后来，我爹把它赶走了。"杨家根说。

"哎呀，为什么呀？真是的！让它们……多好哇！哎呀……"她无限惋惜地叫着，热烘烘的身体在上铺至少翻动了三下，那张口香糖纸像绿色的雪花一样飘下来，正好落在马凹川教授的两腿之间。

"因为我家大黑猪不爱它了，一见它来就大叫大嚷，闹得家里鸡犬不宁！"杨家根说。

"哈哈哈哈，这就是猪，如果是人，完成了某个历史使命之后就知道急流勇退，保持自己应有的尊严。"马凹川教授又大笑着，伸出两根手指拈起腿间的绿色糖纸，丢在悬空台上的果皮盘里。他等着这位房地产商人的太太说了"对不起"后，及时地回她一声"没关系"，但是他头顶上的女人没按他想的来做，接着却问杨家根说："它以后再也没来了？"

"又来了一次，又被赶走了。"杨家根说，因为她没对自己的导师说对不起，他就故意这么惩罚她，其实那只野猪以后的确再也没来了。

"哎哟！"她嘴里的"哎呀"变成了"哎哟"，好像身上的某个部位在疼。

"你爹真傻！要是我，就把那头野猪关在圈里跟家猪配种，什么爱不爱的！不管野猪家猪，能够配种就是好猪！这叫杂交，又不是什么转基因！就是配不了种，拿杆猎枪'嘭'地一枪把它打死，卖野猪肉也能抵好几头家猪肉的钱！"坐在杨家根身边的年轻人忍不住插了一嘴，同样都是惋惜，他却又不同于房地产商人的太太，他完全是从经济方面考虑的。在此之前他还有些三心二意，看着对面女人脖子和手上的宝贝发呆，可能在猜测它们值多少钱。

"我爹傻？我娘比我爹还傻呢，为卖那一窝野猪崽子她还去向主任汇报，问这样做犯不犯法，会不会坐牢，不许的话就把这窝野猪崽子上缴给村里算了，折财买个平安！"杨家根看着马凹川教授，用滑稽的声调和表情赞美着他的傻爹和傻娘。

"哈哈哈哈，村主任……村主任怎么说？"马凹川教授已经笑得语不成声了。

"村主任说我家走出了一条发家致富的新路，是双乳垭全村人的榜样，年终给我爹评了个科技进步奖，还发了一千元钱。"

"哈哈哈哈，哈哈哈哈……"

"小伙子，大姐问你，你在哪里高就？年薪多少？如果想跳槽的话愿不愿意到我老公这里来干？"中年女人通过穿迷彩服年轻人对野猪的重视，觉得他有一定的经济头脑，另外她还发现了他也重视自己身上的佩戴，于是试探地邀请他说。

年轻人不敢相信她是在和自己说话，直看身边的杨家根。中年女人差点儿笑出声来，用手指着他说："我问的是你这个小伙子，不是他这个小伙子，他这个小伙子一看就是个读书人，将来跟他老师一样也要当老师的！"

"哦，多谢大姐，可我不适合做房地产生意，我一听到房子两个字就想哭，就会想起自己家住了几十年的房子被人拆了！"年轻人把两只手抱在一起，像作揖一样对她拱了几拱，脸上真的出现一副要哭的样子。

"还说人家爹傻，你比他爹他娘还傻！"中年女人对他撇了撇嘴，真像是他姐。

火车开始减速，女播音员再次以柔软的声音念出一个站台的名字，这次声明是终点站。车厢里骚动起来，人们拖着、提着或扛着形形色色的行李向门口移动。一脸哭相的年轻人立刻跳起来，登上床梯去取他的三个大旅行包，杨家根请他把他们师生二人的双肩包也提了下来，打开自己那个包的拉链，把悬空台上的相框装回原处。中年女人突然发出惊叫，身子从上铺一弹而起，埋怨他们为何不叫她，强调她是头一次坐火车没有经验。

"终点站，没关系的，大姐，你的行李呢？"尽管年轻人的后背和双手已被三个大包占满，可他觉得胳膊弯上还能挂一个小包，至少坚持到出站前没有问题。他想报答一下这个女人的关爱之情，却被她摇一摇手，又指一指精巧的手提袋谢绝了，暗示他房地产商人的太太不会携带行李，手提袋里的金卡是呼风唤雨的法宝。

师生二人和他们的旅友挥手告别，背着双肩包最后两个走下火车，杨家根以半个地主的身份带领他的导师，出站后直奔旁边的汽车站。他们今天的运气真好，半小时后两人就坐上了一辆开往双乳垭的长途大巴，而且还是头排座位，前面只有一个坐在左侧方的司机。双乳垭是这趟大巴的过路站,下车走五分钟就到家了,从沙石公路上可以看见他家那棵两人合抱的大槐树,而那一对形似双乳的青山,五里开外都能看见。杨家根从现在起就开始充当导游,兴奋之情溢于言表。

"那个找不到家的小伙子应该找到原来的家了吧?"汽车开动以后,马凹川教授还记着那个说从前半小时就到家的年轻人,这话听起来像绕口令。

"应该还没有,既然房子拆了,道路肯定也破坏了,他又带着那么多东西!不过要是能搭上拖拉机就好了,或者运料的大卡车,拆迁的地方每天都车来车往的。"杨家根设身处地为他想着。

"有没有这种可能,拆掉他们村庄重盖楼房的正是车上那位太太的老公?这是一个无奇不有的世界,没有什么事情不能发生!"马凹川教授突发奇想,和他的学生探讨着。

"哈哈,马老师您简直能当小说家啦,这篇小说的后半部分是这个小伙子成了这家房地产公司的销售经理,后来又成了这个太太的情夫,后来又和这个太太一起干掉了她的老公,后来就成了这家公司的总裁,最后,他理所当然地成了这一片摩天大楼的主人。这时候,他把过去生活在这片土地上的乡亲们都召集回来,推倒了楼群,恢复了村庄,重新种上了粮食、蔬菜和果树,乡村世界又回到本来的样子,因为有了更好的交通,生活也比过去更美好了……"

杨家根听到他的脑后响起一阵噼里啪啦的掌声,不知道发生了什么事,扭头一看,是坐在后面的乘客在为他的小说鼓掌。

"除了把大楼保留下来作为纪念馆外,我同意这个结尾。"马凹川教授沉思了一会儿说。

"你同意顶个屁用!我还同意呢,可惜决定权不在我们手里,前不久这前面还死了一个不肯搬走的老汉……"大巴司机认为这一老一少两个兴风作浪的人并不是什么重要角色,稍微重要一点儿的角色也不会坐在他的大巴里,他把方向盘轻轻一扳,满车的人都跟他一起转到了另一个方向。

杨家根发现马凹川教授的表情有些难堪,还有一些难过,就把话题像这大巴一样转移开去。"照这速度开,还有一小时就能到家,马老师,现在您可以告诉我您此行的真正目的了。"他小声地要求说,害怕又会引起身后鼓掌的乘客注意,自从答应暑假里带马凹川教授到双乳垭,他的心里就惦记着导师说过的话。马凹川教授说这是一个秘密,要在他即将到家的前一小时再告诉他,为这句话他一直坚持到了现在,现在他认为那个时候到了。

"那个找不到家的年轻人说你爹傻,那个房地产商人的太太说那个找不到家的年轻人比你爹你娘还傻,我说你比那个找不到家的年轻人还傻！难道你真的没有感觉到，我要把你家的双乳垭与我教授的环境学结合起来，成为我们一个原生态的教学基地，每年带着世界各地的学生去度假和写论文，也让更多的人去享受那里的自然美吗？"马凹川教授严守信用，一对棕色眼珠像是枪口里的子弹对准他的学生，想逼问出这个双乳垭人究竟是大智若愚，还是真的愚不可及。

杨家根的眼里涌满泪水，这会儿又把满车的人忘在脑后，竟像疯子一般喊道："马老师万岁！我跟您说实话吧，我的脑子里的确有过这一闪念，可是一闪就过去了，接下来我就笑话自己是自作多情，您把全世界都走遍了，怎么可能恰好选中了双乳垭呢？"

"要我回答吗？它太有特色了，仅仅从你说的万分之一的照片上就吸引了我！当然也和你有一定的关系，那里是我的学生的家乡！"

"哦，我真是太感动了！"杨家根的泪水流了一脸，"马老师我告诉您，第一个要感谢您的会是我们村主任，他夜里做梦都梦见双乳垭名扬天下，连美国总统都带着夫人来参观！这次他会把您安排在他家里住下，但您更应该住在我家，我家夏天特别凉快，屋前屋后都是树木，夜里能听到小河流水的声音，咕噜咕噜，咕噜咕噜，像有人在说悄悄话一样，可不是书上写的哗啦哗啦，哗啦哗啦！清早树上还有鸟叫,好几种叫声,有一种是'再睡会儿,再睡会儿',笑得您原本想起来都要听它的再睡会儿!我娘肯定让您睡东边那间房,那间房窗外就是竹林,夜里敞着窗子一丝丝的凉气直往进渗,从来都不用空调和电扇!吃饭您更不要像在城里那样提心吊胆了,猪是自己喂的,鸡是自己养的,鸡蛋是自己……养的鸡下的,粮食和蔬菜是自己种的,油是自己家地里产的芝麻和油菜籽榨的,果子也是自己种的树上长的,要是再不安全,世上就没有安全的食品了!"

"真好!真好!你的父母我应该叫什么呢?"

"叫大哥大嫂吧,千万别叫先生女士,您一客气他们就会以为您见外!"

"好的。我一直忘了问你,照片上和你站在一起的那个梳辫子的姑娘是你妹妹吗?"

"不,是姐姐,她已经出嫁了,这次您可能见不到她了,见到她也会认不出来了!我姐夫是个做生意的,几年工夫就把我姐姐打造成了……唉,火车上房地产商人的太太那个模样您还记得吗?"

杨家根说到这里有些难受,不是为他姐姐的辫子,而是为他整个姐姐。

大巴貌似在山路上奔驰,其实是在树林里穿行,这时候太阳快要落山了,前方橘红的晚霞如一袭薄纱,从下端慢慢现出一对虚掩的"乳房",越来越大,越来越清晰,它们两个浑圆、饱满、坚挺、朝气蓬勃,像在哺乳天上的婴儿,又像在呼唤地上的孩子们向它爬去,来吧来吧,喂养你们全部人马都没有问题!两乳之间,有一块倒三角的淡蓝色天空被泄露出来,像是传说的天机,一条白线顺着乳沟垂直而下,在强弩之末的阳光中闪闪发亮。杨家根越是激动不安,越是努力地不动声色,他像耳语一样对他的导师说:"看见没有?那就是双乳垭,再过十分钟,不,再过五分钟就能看见我家门口的大槐树了!"

马凹川教授其实在见到这两个"乳房"之前就已经如醉如痴了,有一次他还把头小心地探出窗外,但是迎面飞过来一条柳枝,吓得他赶紧缩回头,马脸上还是挨了一鞭。"真好,"他摸了一下疼丝丝的脸,把手放在眼前看看,发现上面并没有血,于是又说,"真好。"听到杨家根的耳语之后他把"真好"改成了"是吗","是吗?这山真是太形象了,这是生命的发源地!"

"说'是吗'的那位师傅,双乳垭到了,你们下车是吗?"大巴司机将车停在路边,打开车门。

师生二人跳下车去,穿过大巴开走时扬起的一缕轻尘,近距离地向那一对美丽的乳房望去。杨家根想也没想就伸出一只手来,朝他最熟悉的那个方向指着:"看见没有?那就是我家门口的大槐树!"

"我怎么没有看见？"马凹川教授睁大两只棕色的眼睛，看来看去也没有看见。

"那不是吗？就在双乳的中间，下方，往下看……"杨家根突然住嘴，他发现自己手指的方向真的没有那棵大槐树，一瞬间他想到了雷殛。"哎呀，一定是被雷劈了，今年夏天有几场好大的雷雨！哎呀太可惜了！"他像火车上的那个女人一样遗憾地叫着。"马老师，您跟我走，我们到近处去看看是怎么回事！"

杨家根引导着他的导师走下沙石公路，拐向路侧的一条黄泥小道，快速朝着没有了大槐树的地方走去。走了一阵，他突然又发现大槐树边的竹丛和房屋也没有了，两个"乳房"的根部，那条小河的岸边，却多出了一些绿色的东西，粗看像是倒下的大树的树冠，细看却比树冠绿得更深，它们是军绿色的，杨家根终于把它们认了出来，那是一排军用帐篷，野外工程人员临时扎营的设备，一阵轰轰隆隆的机车声正在向这里传来。他的心里顿时发了慌，头顶上咔嚓一响，像是打了一个想象中劈倒大槐树的炸雷。杨家根只僵立了一秒，接着就向那机车的轰隆声飞跑过去。

"发生什么事了？"马凹川教授在后面紧紧地追赶着。

"我的家没有啦！我的家没有啦！"杨家根一边跑一边喊，跑到中途就大声地哭了起来。

他的家果然没有了，过去是他家的地方现在是一堆堆沙子和黄土，几台红色的推土车好像一团团燃烧的火焰，卷起一堆沙子和黄土向他冲来，杨家根疯了一样迎上前去，火焰中有人对他一声吼道："找死呀你！"

杨家根在怒吼声中清醒过来，侧跑几步躲过了这片火焰，向那排军绿色的帐篷奔去。在一顶帐篷的门口他遇到一个披头散发的女人，他扑了上去，拦住她哭着问道："大嫂，你认识杨家的人吗？你知道杨家的人搬到哪里去了吗？……啊，你是村主任的媳妇？"

"你是……你是在外面读书的杨家根？"村主任的媳妇也认出了他。

"是啊，我爹我娘……"

"你到底回来啦！你爹要去拦挡他们，被他们用推土机轧死啦，你娘也疯啦，我男人是村主任，村主任带着全村人去讨公道有什么错？也被他们关起来啦！你姐不告诉你是……是怕你回来闹事，也影响你的学习，你姐夫领了你娘的赔偿款做大生意去啦！"

杨家根和他的双肩包一起倒在了地上。他恍惚还能听到，马凹川教授的大鼻孔里像渴极了的狗一样出着粗气，这个带着美好愿望而来的人，已经完全知道这里发生什么事了。

寻人记

我的嘴再一次张开,并且很久不能合上,我怎么就没想到向余虫落实一下她是什么部的什么部长助理,负责什么工作呢?

那天早上我起床以后，正骑在蒙娜丽莎的头上作威作福，我的手机突然响了，一看是老家县志办余虫的号码。

去年夏天我回了一次老家，临走时得知我小学时教过我的史冰清老师快不行了，我去医院看史老师，在病房里和另外几个小学同学意外相逢，他们都把矛头对准了一个名叫余虫的人，意思是说，大家都在县城里面工作，约他也来看史老师一眼，他说他忙得连放屁的工夫都没有。但是转眼间，他们却在这家医院的肛肠科里发现了他忙碌的身影，县志办的牛主任来看痔疮，五官向下趴在一张诊断床上，一个双手戴着胶皮手套的白衣人是医生无疑，另一个协助医生把趴者的裤子往下扒着的人就是他了。有个同学就朝他紧急地招手，等他腾出空来走到门口，那同学小声儿问："你不是放屁的工夫都没有吗？怎么有工夫来闻别人放屁啦？"余虫正要自圆其说，就听得背后"噗"的一声，牛主任真的被肛肠科医生的胶皮手套弄出一个屁来。

大家的脸笑得奇形怪状，嘴里又发出喷喷的声音，像很多年前老家人喂狗来舔吃小孩拉的大便。我弓着腰走到墙角，往痰盂里吐了一口，问道："我怎么想不起有这个人？余冲？"几个同学轮流着回答，又互相补充着关于此人的历史材料和生活背景，汇总起来大概是这么一个情况：他不叫余冲，叫余虫，昆虫的虫！这小子比我们高两级，史老师先教他后教我们，上完初中他就没再读了，后来逼宫让他爹退位，目前他上班的这个县志办本来是他爹的单位。当年给他们父子二人办交接手续的就是这个牛主任，名字叫牛有志，牛了这多年，这么有志，如今还是个科级。科级在北京相当于居委会主任吧？那时就老有人把他写成牛有痣，证明这人是一位资深的有痣之士了。

他们说的逼宫和退位我懂，那是20世纪末我国对大量待业青年实行的一项人道主义政策，允许单位的老职工提前退休，把自己干得滚瓜烂熟的工作让给一窍不通的子女，好听的说法叫替父从军，不好听的说法叫顶职，还有更难听的叫儿子吃老子的没出息东西！但是这样做据说有一个好处，能够让社会和谐，家庭稳定，父子团结如一人，同在天下莫为敌。因为在那个和平年代就像战争一样，仅我们一个小小县城就先后发生过三起弑父案，事情全都是由儿子向老子要工作引起的。同学们愤然地告诉我，余虫正是在那种大好形势之下成功地取代了他爹，并且一鼓作气，促使那位心情抑郁的老同志在离开单位的第二年就索性离开了人世，这个没出息的东西应了那句难听的话，真的是儿子把老子吃了。

同学们固然一百个看不起余虫，却还要把我回家看望史老师的事告诉他，还搭上我的手机号，回头对我的解释是如果不给，这人会把他们搅得日夜不能安生。我认为情况并非如此，他们隆重推出我的原因，无外乎是想让他产生一丝羞愧之心：看，人家在首都，你在县城，人家是作家，你是顶职，人家来看癌症晚期的小学老师，你来看牛有痣的痔疮！而把我的手机号给余虫，目的是他若不相信，就自己打电话向我核实有没有这回事。然而他才不会产生他们希望的那种心情呢，直到史老师的遗体运出医院，他仍然守护在牛主任的身边，牛有志主任把折磨自己大半辈子的罪魁祸首给切除了，住在肛肠病人的病房里疗养，身边需要有个聊天儿的人。

大家想让他感到羞愧的用心没有得逞，反倒成全他把我的电话号码输进了手机，从此以后，他三天两头就给我打一个电话来。头几次我以为是骗子，一响就按掉，后来我收到这样一条短信，才知道按掉的原来是此人："尊敬的彭著作郎先生搁下乎？吾乃昔日天宝小学高女两级之同窗余虫者也，今任乡辛县志编修，与女同行，女今衣棉还乡，未迎大骂，心甚鬼之，特致谦哉。"

这条之乎者也的短信我从上午看到下午，又从下午看到晚上，快到半夜的时候我终于看懂了，忍不住发出一阵大笑。余虫称我是古代朝廷里的著作郎,却把"阁"字写错了;说他和我是天宝小学的同学,又把"汝"字写错了;说他在家乡编写县志,又把"梓"字写错了;说我这次回乡他没迎接,又把"锦"字和"驾"字写错了;说他心里惭愧向我道歉,又把"愧"字和"歉"字写错了。有一会儿我简直怀疑他是在故意搞笑,一个编写县志的工作人员文化水平再低,也不会低到这种无法无天的地步吧?我在午夜的灯光下回复他说:"你比我高两级,虽然不是我的同窗,也是另一个窗子里的校友,以后有事就请直说吧!"

我让他直说的意思,是让他以后别再"吾"哇"汝"的,也别称"著作郎",著作郎是古代的一种六品官职,与著作有关,却不是我从事的这个著作。但他要的就是我"请直说"这句话,以后越发勤便地和我直说了,每次都直说是有事,说完我一回忆才觉得什么事都没有。不过最近这次他倒是真的有事了:"尊敬的彭著作郎先生阁下,我们主任让我代表家乡的县志办公室,请您帮我们做一件非常重要的事,您要是做了的话我们会非常感谢您的!"

"别别别呀,我们不说好是校友吗?说好有事直说吗?你怎么又……"

"哈哈,那我就直说啦!是这样的,我们县里的话呢出了一个了不起的人,我们牛主任昨天到市里开会听说的,这人还是一位女性,年龄应该不是很大,姓何,名字叫何青花，她现在的话呢是一位部长的助理！正好我们在重修县志，牛主任想把她收进县志的人物篇中，因为您是我们家乡在北京工作的人，就想请您的话呢去见她一下，然后给她写一个小传发给我们，小传，也就是几百到一千字吧！我现在的话呢把何助理的手机号给您，您把它保存好了，这是我们牛主任托人帮忙好不容易才搞到手的……"

"啊，我后悔刚才答应你了，我没想到是这类事，我不适合和官场的人打交道。你们为什么不自己来见她？"

"您可不能后悔哟！君子一言既出的话呢四匹马都难得追上！您问我们为什么不自己来见她，我倒是做梦都想来一趟伟大首都北京城，借这机会进故宫在皇帝坐的那把椅子上坐一会儿呢！可是的话呢我想见何助理，何助理就会随便让我见了？只怕她一看手机号显示是老家这边的，立马就怀疑有人想求她办事，还不一下就挂断了？人家是部长助理，部长助理应该是副部级吧？……要么是正厅级？至少！那不相当于我们市长那一级，比县长还高一级吗？……而您的话呢最起码是在北京，又好歹是著……"

"得得得，你千万别再叫著作郎了，请你把她的电话号码给我，我答应帮你找一下好不好？"

我经不住这个余虫死皮赖脸的磨缠，他那被逼宫退位的老爹真会取名字，他就像一条虫，爬到人的身上让人难受。可它又没咬人，打它于心不忍，善良的做法是把它拈到一个对它有益的地方,让它达到目的之后不再来了,我好清静下来做些事情。我的头皮硬了一硬,像给自己戴上一顶准备遭到冷遇的钢盔,咬牙切齿地答应了他:"我试试吧,只能说是试试……"

这么一来我的便意全消,提前从蒙娜丽莎的头上站了起来。刚才我忘了说,蒙娜丽莎是我家马桶的昵称,我在重新装修洗手间的时候,从建材城的洁具店里独独选择了它,这完全是看在死去的史冰清老师的面子上。史老师在我去年离乡回京的第三天就去世了,他的病是因长期操劳过度和营养不良而引起的,一旦倒下就不可救药。在老家医院重逢的小学同学告诉我,史老师死前一天已说不出来话来,只是瞪着两只眼珠,伸出三根手指,像准备要写字的粉笔一样在空中摇晃着。大家都不懂得这代表什么,他的儿子史水青突然哭着跪在了他的面前:"爹,您是想说您这一生要教够三千个学生,现在还没有够数是吗?是的,肯定是的!可是爹您忘了,您的儿子也是您的学生啊!要还不够那个数,还有您的儿媳妇,还有您的孙女,她们也都是您的学生,都会记着您教我们做人的道理啊……"

同学们在电话里对我描述,史老师听了这话啪嗒一下眼睛就闭上了,接着又啪嗒一下,那三根粉笔一样在空中抖动的指头也随着枯瘦如柴的胳膊塌了下去。

直到史冰清老师死后我才知道,他的那个名叫史水青的儿子年龄比我要小，得过小儿麻痹症，治好以后手脚有些僵硬，可能因为这个才没有找到正式工作。我也才知道史老师的老伴，那个我们应该叫师母的女人很早以前就死了，手脚有些僵硬的儿子此前一直和史老师住在一起，父子两个相依为命。史老师去世以后，史水青来到自己一直都想来的北京，碰巧就在离我家不远的建材城一个洁具店里给老板盯摊儿，北京话盯摊儿就是当售货员。媳妇也跟着一道来了，把女儿丢在自己娘家上学，来这里找些家政服务的事做，比方说月嫂、保姆、钟点工之类。

我像余虫找我一样设法找到了史水青，听说他每月除了老板给他一千元保底工资以外，效益工资是按售货额的百分之五提成，就专门在他盯摊儿的店里买了这个蒙娜丽莎牌的坐便器，这是一家名叫蒙娜丽莎的专卖店，所有的洁具都是这一个品牌的。其实我并不是真心喜欢这个牌子，价格贵于同类产品不说，耗水量还特别大。还有就是每当我骑在蒙娜丽莎头上拉屎拉尿的时候，总会心猿意马地想到文艺复兴时期的意大利，想到达·芬奇和他创作的神秘的微笑，因此精力老也不能集中，每次都会浪费很多和生命一样宝贵的时光。

不过我为自己小学老师的儿子着想，希望他可以在月底多拿一点提成，尤其当我看见他手脚僵硬地帮我展示着坐便器，又两腿一高一低地安排人为我送货时脸上混合着的汗珠和笑容,就对我选择蒙娜丽莎更加无怨无悔,虽然我明知道得便宜更多的是店老板,落到他手上的微乎其微。我记得在我买下这个坐便器后,有一位身材娇小的女士挽着一个体积是她三倍的壮汉走了过来,请教我蒙娜丽莎有什么好,我出口成章地编了一大套。壮汉的眼睛发出异光,立刻尝试性地坐在了它的上面。我想史水青如果给另一个老板卖蔬菜、卖水果、卖牛奶鸡蛋以及其他任何生活日用品,我都会每天带着一张好嘴前去,那样对他的支持力度将会更大。

此后我又去蒙娜丽莎专卖店买过两样小的洁具,一样是洗手的瓷盆,一样是淘洗墩布的瓷桶,总之一有这方面的需要我就会想到那里。我还记得买瓷桶的那次我问过史水青一件事,那是我由他现在的处境联想到了余虫,就问他在史老师活着的时候为什么不像余虫一样走顶职的道路,以至于让史老师把一个教师的职业带进坟墓。这句话似乎刺疼了史水青的伤心之处,他低头叹了一口气,眼泪都快要出来了:"唉,我当初也这么想过,有天晚上还厚着脸皮对他说了,可他说教师是一种特殊的职业,特别是小学教师,可惜我的身体条件不具备,他指的是我小时得病落下的残疾……为这话我恨了他好长一段时间,我想我怎么就不具备……后来有一次我看见一个学生在放学路上模仿一个瘸子走路,把另几个学生笑得东倒西歪,我一下就明白他的意思了！"

"再后来你就不恨他了吧？"

"是啊，我觉得他是这个世上最好的老师，也是这个世上最好的父亲……你可能不知道，我不是……"

"不是好儿子对吗？不对，你能这样理解他你就是他最好的儿子，余虫做不到这一点！"

"我是说，我不是他亲生的儿子！"

"啊？"

"我在读二年级下学期时得的这病，从那以后家里就不让我上学了，他到我家来动员让我复学，说着说着和我爹吵了起来，我爹一生气说把我送给他做儿子，任他把我带走上到大学都不管！他也一生气说行，拉了我的手起身就走，从那天起我就成他的儿子了！那时候你可能已经上大学了吧？……"

"我从来都没听人说过这事，他真是这个世上最好的老师和父亲！"

"我对不起他，这辈子没有考上大学，混得不远千里来到北京给人卖马桶！"

"不，检验一个人成功与否的标准不是职业，史老师不也只是一个小学老师吗？"

我用毋庸置疑的目光盯着史水青，直盯得他不能不点了点头，这才装了淘洗墩布的瓷桶开车回家。第二天一早我就接到余虫交给我的这个任务，当晚我按余虫提供给我的手机号码，试着给那位即将被写进县志的部长助理何青花女士打了电话。到这时候我还在想着史水青，心里居然闪过一个卑微的念头，如果我的这个电话能打通，我能帮县志办写好何助理的人物小传，我就顺便请她帮我做一件事，以后她的家里，以及何部长家里，需要添置或更换什么洁具，就到我们这个残疾老乡的蒙娜丽莎专卖店去购买，他们钱多，房子多，洗手间多，可以选购最高档的品牌。

这个号码打通了，这让我取消了对余虫曾经有过的怀疑。为了验证对方是不是一见老家人的电话号码就会关机，我对电话那头的部长助理没有自称北京的作家，而撒谎说我也是从家乡来的人，听说她的奋斗历程以后，很想和她见面聊聊，目的是回家教育我那个不好好读书的孩子。

非常出乎我的意料，何助理只是稍微停顿了一会儿就回答我说："谢谢老乡，既然您大老远地跑一趟来见我，那我不见您就说不过去了！不过在我工作的这个地方见面不大方便，能不能趁我本周五晚上回去取东西时，我请您到我居住的地方见一个面？能的话我就给您发我的住址，那里就是有一点儿远，也没有地铁。"

我说远和没有地铁都不要紧，哪怕挨近天津和河北的地界，我也能够开车走高速过去，或者坐火车和长途大巴也行。她说不会远到那种程度，也就是北京郊区，住在那里的很多人每天都到城里上班。这么一说我的心里高兴起来，想不到一举手就把余虫视为登天的大事给办了，虽说离圆满完成还早，但起码已经进入那个圆满的外圈。于是我请她把详细地址发给我，几秒钟后我就收到她的一条短信，是一个远郊区的地名、区名、栋号和门牌号，随后写着："周五晚上见，何青花！"

我正要把这个消息打电话告诉余虫，余虫的电话却早一秒打了过来，这次他记住了没叫我著作郎，开口就问何部长助理的事联系得怎么样了。为了节省时间，我丝毫不卖关子地如实回答了他，没想到电话那头突然没了声音，几乎是万籁俱寂一般，我以为是电话断线，刚要挂了重新打过去，却听得耳边一声大叫，好像天上打了一下炸雷，差点儿把我手里的话筒震掉地上。

这雷声自然是从余虫嘴里发出来的，他刚才是狂喜得说不出话了："啊，这真是太好啦！我们牛主任说了，这件事做好了的话呢就给我申报一个副科！他还让我转告您，您的话呢也可以考虑写进县志里去，那么您的小传就由我来写，写好了您给改改？"

"得得得，想调动我的积极性是不是？再这么说我周五晚上就不去见她了！"

"别别别，您可千万别这样，这事的话呢我们以后再说吧！"

周五的晚上是北京城里堵车的高峰,这时候总比平时要多一些亲友相聚的活动,特别是通往影院、剧场、饭店、商厦的繁华街道上。我力所能及地错开堵车的时间,避开堵车的区域,绕开堵车的路段,提前一小时开车出发,当我找到何青花发给我的那个小区的时候,严格地说还没有正式进入晚上,虽然四周已经华灯初上。这是城乡交界的一片住宅区,一些自由散漫的建筑像是郊外的农户自己在宅基地里盖的房子,我怀疑这里莫非是何助理家保姆的住处,她在单位和自家不方便与我见面,所以临时借用一下,接待我这个自称从家乡赶来身份与此相匹配的人?

我在几盏昏暗的路灯下暗自一笑,顿时轻看了这位刚刚给我一点好印象的老家女人,因为在我心里,别说是区区一个部长助理,就是部长本人也未必能让我在周五的晚上自己驾车前来拜会。之所以今晚我来,本就是被余虫像虫一样死死缠上,推不开摆不脱扔不掉,他用家乡二字绑架了我,我方才硬着头皮前来采访,接下来还要写个什么小传!我把车停在路边一个巨大的停车场上,那里乱七八糟地停着一些小轿车、大卡车、面包车、三轮车,还有几辆已有许久没有见过的拖拉机。我跳下车来,找到了她短信告诉我的门牌号,这扇门外连个门铃也没有,我用屈起的指节在门上敲了两下。

"请问何青花在这里吗?"由于情绪受到影响,我没按余虫告诉我的那个职务叫她。不过即便情绪不受影响我也可能不会这么叫,我叫人职务的时候身上有一种不舒服的生理反应,就好比听余虫叫我著作郎。

门立刻就开了,及时得好像有人从门镜里看见了我,开门的人此时就站在门的背后,不用说这人是何青花。但是这道有些破旧的门上没有门镜,难道为了一个老乡的约见她会在门后守株待兔?接下来从门缝里探出的却不是一颗女人的头,而是一个男人,一脸毛茬茬的胡子,我大吃了一惊,不久以前我们还在建材城的洁具店里见过面:"史水青?你怎么在这里?"

"快进来!你快进来!我上个月才搬来,城里房租太贵了,实在是住不起呀!"史水青一把将我拉进屋里。这时我才知道为何我只敲了两下门就开了,原来门的背后面是一个两米见方的小厅,小厅里摆着一张桌子,他就坐在桌子与门之间的一把简易椅子上,听到敲门起身一伸手就能把门打开。

"这里……不是一个名叫何青花的女人的住处吗?你……你是她家的亲戚?她借你的房子和我见面?"我的目光在屋里迅速地搜索着一个女人,一个想象中太有心计的女人,怪不得能够当上部长助理的女人。

我没有搜索到这个女人。大约二十平方米的整套房里一览无余,除去这个小厅之外只有一间小屋,屋里放了一张床后就剩下一条走道,从走道走过去还有一个阳台,那里现在成了厨房。没有卫生间,这让我忽然想起刚才的停车场边哨亭一般竖着一个厕所,残缺的红砖砌的墙,生锈的红铁皮盖的顶,门上挂的一张帘子也是红布做的,当时我在万忙中还给它取了一个诗意的名字,叫红房子。

史水青摩拳擦掌,我知道他不是要打我,而是在想怎么回答我的问题。

"是她让我来的。"我在房门对面的一把椅子上坐下,这样告诉史水青。

"我知道,她打电话对我说了,让我等你,你知道她是谁吗?"史水青终于摩擦出一句话来,站着问我,满脸是惊恐不安的神色,因为病好后两腿长短不一,他的身子有点儿向一边偏倒。

"老家县志办的余虫说她是部长助理,说实话,我根本就不知道她'助理'的是一个什么部的什么部长,我只是碍于家乡的面子,答应帮他们写一个县志里要的人物小传。"

"部长……助理?什么部长助理?别开玩笑了!我让你猜她和我什么关系?"

"难道你们真是亲戚不成?"

"她是我老婆!"

史水青那两片干炸了裂的嘴唇里石破天惊,吐出的话把我全身上下都给震动了，屁股以上的部位往起一昂，两腿并拢，眼睛瞪着他已闭上的嘴，自己的嘴却张得大开，至少在十秒之内不能发出任何声音。我的小学老师的这个儿子让我别开玩笑，他自然不会开玩笑，这么说他真是老家县志办要写进县志的那个部长助理的男人？可他的样子又似乎否认她是部长助理，此中到底有着怎样的秘密？

"肯定是县志办搞错了……肯定是……"

"你也坐下，慢慢跟我说！她到底在什么地方干什么工作？她今晚回来吗？"

他在我的面前坐了下来，依然坐在他开门以前坐过的那个位置，望着我摇了摇头说："她今晚回不来了，正是因为回不来了她才急着给我打电话，让我向你说对不起，没想到事情临时会有变化，想和你另外约个时间都来不及了！……哦，她还说她不在家，嘱咐我请你到馆子里去吃饭……"

"谢谢，我吃过了，出门前抢着吃的，你不要想着吃饭的事，我们还是多说点有用的话吧！她今晚为什么回不来了？她到底在什么地方干什么工作？"

"刚才你说她是部长助理？这肯定是有人挖苦她，挖苦我们！她在部长那里做事不假，那是她去年来了以后，通过职介所先在一个部长的下级家里做事，那个部长的老婆听说她老实勤快，就把她要到自己家里，可她哪是什么部长助理,她是部长家的家政助理,你在北京知道家政助理是干什么的,不就是家庭保姆吗?今晚她回不来是因为部长家……"

我的嘴再一次张开,并且很久不能合上,我怎么就没想到向余虫落实一下她是什么部的什么部长助理,负责什么工作呢?至少我也应该在心里闪过这样一念啊!这个余虫,还有他那个割痔疮的顶头上司牛主任,他们被人耍了,他们又来耍我。我继续问史水青:"部长家怎么啦?"

"出事了,出大事了!青花偷着给我打电话说,有人举报部长家里藏了很多黄金,上面派人去一搜查,想不到真的搜了出来,就在她睡觉的那间保姆房里!这下子她就得陪着他们受审了,她说她根本不知道房里有这东西,要是知道她也不敢睡那间房……"

"那她什么时候才能回来?"

"是啊,我也问她,可她那头突然没声儿了,我猜是不是连她也被管制起来了,只怕手机……"

这时我才知道他的脸上为什么带着惊恐。看来家乡县志办要的这个人物小传写不成了,我只好辞别史水青打道回府。临起身时我安慰他不要担心,说何青花不会有事,部长家里的黄金和她没有半点关系,不过等这事过去之后她应该离开那个贼窝,另找一份工作,如果有合适的机会我也帮她物色着。史水青万分不安地感谢着我,只是不能留我今晚住在他家,他迈动一长一短的双腿把我送出门外,接着还要往停车场送,我把他推回屋里他又出来,这样较量了几个回合我妥协了。我听他在我背后的脚步声快一下慢一下,就也慢下来与他并肩同行,最后我把手扶在了他的腰上。他目送我打开车门钻进车里,抬起一只僵硬的手来在路灯下像钟摆一样机械地摇晃着。

"她不会有事的,我可以向你保证,你只管放心!"我再一次安慰他,发现这么长时间过去他的脸上惊恐犹在。

我把车子开出来后一路狂奔,心里想着回家如何向那个等候佳音的余虫交代,要不要说出何青花的真实身份,虽然这件意外的事对他来说有些残酷。然而根本没有等我回家,车子刚过第一个红绿灯我的手机就响了,不用看我敢保证全世界除了余虫没有第二个人,他会死死记着本周五晚上我和部长助理何青花女士见面的这个重要时辰,甚至他可能昨天夜里一个通宵都没合眼,一遍又一遍地想象着我们访谈的情景。这时候我已经想好了要说的话,我对他说:"我正在回家的路上,我们没有见上面。"

电话那头突然没了声音,我想起几天前我告诉他我和何青花联系上了,他曾经也是这样好一阵子沉默,让我误以为是电话断线,刚要挂了重新打过去却听到他的一声大叫。过分期待的人在消息到来之时容易出现这样的情况,无论是惊喜还是惊讶,我害怕即将到来的晴天霹雳,于是把手机使劲儿攥住,做好了听他大叫的准备。没想到他重新开口之后,会是像哭一样地追问我说:"为什么?这是为什么?"

"因为那个部长出了一点儿问题。"我长痛不如短痛地直接对他说了。

"部长?部长为什么会出问题……部长怎么会出问题呀?"这次他稍微停顿了一下,几乎把对我的追问变成了质问。

"我不知道,你可以自己问她,对不起,前面要拐弯儿了。"

"别别别,别拐弯儿……我是说您别挂,您……"

再这么说下去会影响我的安全,前面不远就是事故多发地带,路边的指示牌上画着一个触目惊心的感叹号,我一狠心真的就把电话挂了。但是我刚从那里平安通过,稍息片刻的手机又响了起来,我不接它就响个不停,响得人的心里烦躁不安,本来我一边安慰着史水青,一边仍为何青花的下一步感到担忧,这么一来简直让我体验到了心乱如麻的滋味。于是我又腾出手来接了一次,余虫抓住这个机会,一个劲儿地问为什么和怎么会,口气已经由追问和质问发展到逼问了。

我有些招架不住,决定索性关掉手机,等到了家再开机。不过就在这一瞬间我忽然又改变主意,决定和他说上一句话后再关不迟,我就好言对他说道:"余虫同志我的校友,你能不能……"

耳边突然响了一个炸雷,只听他破口大骂道:"谁是你的校友?有这么对待校友的吗?你用我提供给你的手机号让何助理不接我的电话,是不是怀疑我们骗你,利用你给她写了人物小传以后不给你写,想让我们先写了你再写她呀?我告诉你,你要是这么想的话呢我们可以不用你了,明天一早我就出发直接进京找她,而你这辈子就别想进县志!什么著作郎,我都查过了,你连一个科级都不是,还不如我们牛主任!"

我到底把手机关了,随着那五彩屏幕变得漆黑,我的心里宁静下来,身上也有一种类似的超脱。我在驾驶座上调整了一下坐姿,感觉自己又骑在从史水青盯摊儿的专卖店里买来的蒙娜丽莎头上,脸上竟然来历不明地笑了一笑。

打狗记

谢道义在来的路上想了千遍万遍,也没想到眼前会出现这么一个情景,远远向他奔来的不是一只狗,而是两只狗,但这两只狗还比不上一只……

谢道义看着这一包报纸裹着的东西向他递来,一边后退,一边伸手拦着,好像这是一包转眼就会引爆的炸药。他的对面,谢道仁把右边胳肢窝下的一根木杖支稳当了,用左腿往前迈了一步,将他逼到一个墙角,逼得他不能再退了,说:"拿着,一万块,这是他赔我的钱,都在这里了!"

"道仁哥,拿你一万块钱,让我坐十年牢,值当吗?"

"谁让你去坐牢啦?谁让你真的打断他一条狗腿啦?我只是让你吓唬吓唬那个狗东西,他要是识相,把欠我的九万块钱交给你,这事就算了结!不给,你就说我把这一万块钱还给他,看看里面我给他写的信,信上我要他还我一条腿!再不给,你就真的给我把棒子举起来……我不信他一个资产过亿的大煤老板,就为赖人九万块钱情愿连腿都不要了,他的一条腿可比我的一百条腿都值钱!"

谢道仁说到这里又气又急,身子快要失去重心,赶快用一条左腿扎住了阵脚。他气的是那人赖钱不给,急的是这人给钱不接。喘了一阵子气,接着又说:"我要不想着他是我们一个村，一个姓，而且是一个辈儿的，在他窑里给他挖煤塌断一条腿，只赔我十万块钱行吗？塌死的那几个，哪一个的家属不要了他几十万？"

"我知道道德哥不占理，可道仁哥，这事我还是不能干！"

"还叫他道德哥？那年你在他窑里挖煤的事就忘啦？就因为你弄坏他一台钻机，他把你的工钱都扣了个精光，大年边上你没钱回家，差点儿寻了短见，要不是那夜我吃坏了肚子拉稀……"

谢道义一听这话，立刻哑口无言，记忆像水一样流回当年。当年他读完高中，没考上大学，又不想待在家里吃闲饭，就偷着跟年长三岁的道仁哥一道去煤老板谢道德的窑里挖煤。谢道德听说他有文化，把一台新式钻机交给他用，别人都用旧钻机打眼。他至今回想起来，还怀疑那台新式钻机是个水货，不然为什么不到半天就不转了？就为这谢道德扣了他半年工钱，害他过年都有家难回，那天晚上他喝多了酒不想活了，半夜到外面去寻找怎么个死法，却正好被出门拉屎的道仁哥发现，一耳光把他扇醒，拖回棚子里又一顿臭骂，骂得他抱头痛哭直说对不起爹娘。那年腊月二十九了他才回家，是道仁哥借给他的路费，还把自己挣的工钱拨给他一半，让他回家对爹娘说是他挣的，这钱至今也没让他还。

从此他没再到谢道德的煤窑去。谢道义是个读书人，他觉得自己对付不了外面的世界，就在家里守着二老，白天跟爹到地里干活，晚上在灯下看一看书，偶尔还想一想考学的事。

"道仁哥，我去吧，我这条命是你给的，我还你一条命都应该，何况只是坐几年牢！更何况我也恨道德哥……恨那个没良心的煤老板！只是我有一点想法，我要是真的被判了刑，还请道仁哥逢年过节去看一眼我爹我娘，让他们等着我出来……"

"我再跟你说一遍，谁让你真的打断他的狗腿啦？你好歹也是有文化的，听说过《孙子兵法》没有？不知道打仗要兵不厌诈？"

"知道是知道，怕就怕我到时候把握不好火候……"

"把握得好！我敢保证，只等你把棒子一举，他会吓得赶快喊你'兄弟慢点儿，有话好说'，然后乖乖地带你去拿钱！去吧，道仁哥不会害你的！我再给你拿一千块钱，路上坐车、吃饭、住店用，不能我请你办事，反倒让你贴钱！还有，那年回家我给你的那笔钱你也别还我了！"

"那可不行，那笔钱我应该还你！还有这次，这次我不是去为你贴钱的，而是去还你钱的，花的钱从我那次拿你的钱里扣除。再说了，你不让我贴钱，你自己不也得贴钱吗？"

"这对我来说是应该的,谁叫我咽不下这口气呢?不说这个了,拿着!"谢道仁又从兜里掏出一沓钱来,数了数,又掏两张加在上面,一手扣着他紧握着的拳头,一手往他掌心里塞,"我再给你写个凭据,你要是为打断他一条狗腿坐了牢,不光是我永远不要你还我那笔钱,我还要养活你爹你娘,直到给二老送终!如果说话不算话,我这辈子就不得好死!"

"道仁哥快别赌咒了,万一事没办成,别让我退还你的出差费就行啦!"老实巴交的谢道义居然说出一句幽默话来,把谢道仁也说笑了。

不过谢道仁一言既出,就还是撑着木杖,转身一高一低地走到桌边,找出纸笔写好了一句话,用手压在纸包上,又一高一低地回到谢道义的面前。谢道义目睹这个半年前还是村里第一好汉的人相当困难地做完这一系列动作,心里丝丝地疼,终于把手掌翻了过来,接住他递来的全部东西。他觉得报纸裹着的东西很重,而且还在慢慢向两端延长着,长得像道仁哥的一条腿。道仁哥的那条腿从煤窑上运回来了,洗干净了上面的乌血和煤灰,白花花的像一截藕,用一张塑料薄膜卷着,埋在后山的坟冈子上。道仁哥说,这东西是娘生的,等到自己死了再跟它合葬。

这东西也像谢老板的一条腿,谢道义心里在想。谢道德的腿他也见过,比道仁哥的短粗,上面长满了打卷的黑毛。夏天这人穿着一条雪白的西装短裤回来,据说那叫衣锦还乡。手里牵着一条白狗,一坐下来,那条白狗就伸出红腥腥的舌头把那腿从下往上舔着,舔得打卷的黑毛一根一根向上竖起。在谢道义此时的想象中,那条毛腿是被他用棒子打断的,一根什么棒子他还没有想好。他的脑子里出现了一种撬石头用的铁棍,有一人长,挑担子的打杵杆子粗细,下头尖,上头扁,扁的一头像闭合的鸭嘴,身上满是麻花一样斜着的螺纹,防止人在使用的时候双手打滑。在谢老板的煤窑上他见到过这样的工具,煤黑子们挖罢了煤之后有的把它放在窑里,有的就随身带出来扔在窑面上,根据这个经验,他觉得他在那里碰上一根应该没有问题。

"包里除了钱,除了信,还有他打的一张欠条。他给,就把欠条当面撕了!他不给,就连它带钱都还给他,一棒子下去,我和他算是两清了!"

"你放心,我知道怎么做,尽量不动武,不战而屈人之兵……"谢道义刚才听道仁哥谈孙子兵法,就也笑着谈了一句。

他把这包像腿一样沉重的东西装进自己的挎包,悲壮地背在肩上,转过身去正要出门,谢道仁忽然想起一件事来:"站着,哥忘了嘱咐你一句,那个家伙养了一条狗,你去找他时得提防着点儿,他只要唤一声'香香',那狗就会身子一纵朝你扑来,不管多远,比射箭还快,你得把手里的棒子准备好了，打它你不要有任何顾虑，它是狗，别说打坏，打死也不犯法的！"

"香香？母的？是不是他去年夏天回去时牵的那条白狗？"

"咦，你别看它是母狗，它比伢狗还猛，有人还说它是狼呢，可它的尾巴是往上翘的！过去那个家伙和我好时啥话都对我说，他说他从狗肉贩子手里救了这条母狗一命，当时跟它一起的伢狗，还有它和伢狗生的小狗统统被狗肉贩子宰着卖肉了，只有它在笼子里又撕又咬，那哪是狗啊，简直是狼，简直是狮子、老虎，有万夫不当之勇，武松再世也拢不了它的身！谢老板一直想有一条猛狗跟在自己身边，要花三千块钱把它买走，狗肉贩子一见买主有钱，就狮子大开口要价一万块，最后两人八千块成交。这条母狗被他驯养得眼睛只认主子一个，已经咬坏了好多人，有个老汉差点儿被它咬死了，都是煤黑子，都是去向他讨要工钱的！"

谢道义冷不丁地又说了一句幽默的话："哥的意思是，这个香香是谢老板的女保镖？"

"何止是女保镖！有人还说是他的情妇，夜里都睡在一张床上！"

"知道了，我提防着点儿就是。"

第二天他出发，临行前对爹娘撒了一个弥天大谎，说要出门去做一桩挣钱的生意,可能得十天八天才能回来。他还没娶媳妇,全部亲人只有爹娘,说完这话他的心中一阵酸楚,觉得对不起生养他的双亲,想着这次万一火候没把握好,那就不是十天八天,而是十年八年,等他出来都不知道爹娘还在不在人世了。但他不许自己往这里想,往这里想他又觉得对不起救过他一条性命的道仁哥。

他坐火车,转客车,再走路,第二次来到谢老板从贪官手里买下的那一口煤窑。一切景象照旧,煤窑的侧面盖着一排简易房子,红砖砌的墙,灰铁皮盖的顶,头戴安全帽的煤黑子一个也不见。在正常的工作日,他们应该都下到窑里去了。这是阴历十月,十月有个小阳春,又正在晌午头上,太阳晒得人身上暖烘烘的。他看见那排红砖铁皮的房子门前有一副石桌石凳,石凳上坐着一男三女,他们正在全心全意地打牌。男人嘴里叼着一根不用手扶的香烟,眼睛在烟气中虚成了一条线,一条腿搭在另一条腿上,身子往一侧倾倒着,像是偷看身边女人手里的牌,又像偷看她身上另外的东西。

那三个女人他一概不认识,他只认识那一个男人,因为快进冬了,那个男人互相交叉的腿上不能再穿雪白的西装短裤,也就不能再露出长满黑毛的腿。白狗香香无腿可舔,趁他和三个女人玩儿牌的时候,在离他大约五米远的草地上也和一条黑狗玩着爱情的游戏,已经枯黄的草地上散落着一些零零星星的黑点，那是它们玩耍时拉的屎。看样子黑狗是一条发情的伢狗，先把头钻到白狗香香的两只后胯之间，接着好几次那两只前爪都要搭上它的腰了，只见它奋力一跳，让黑狗的所有努力都付之东流，前功尽弃的黑狗不气不馁，一切从头再来。太阳的光辉照在那一黑一白上，黑狗黑得放亮，像是累出了一层湿漉漉的汗水，白狗却像一朵绽放的白棉花，诱得那个黑货直想钻进它的身子里面。

谢道义记着他对煤窑外面的印象，没有从家里带一根棒子去，那样乘坐火车也不方便，他采取的策略是到了这里以后就地取材。但是有些出乎他的意料，这次他没发现他曾见过的那种鸭嘴螺纹撬煤的铁棍，连木棍和竹棍也没发现一根，他的心里有点儿慌了，没有武器，如何对付母狗香香？又如何威胁谢老板补赔给道仁哥那九万块钱？他担心第一次若是出师不利，第二次来就会更成问题，直后悔自己没有做好第二手准备，不知接下来该怎么做。

正这时他看见眼前不远的地方出现了一个红点，上不沾天，下不沾地，像一面鲜艳的小红旗垂头丧气地悬在空中。他相信一定有什么支撑着它，往前紧走几步，真是巧极了，那面小红旗下果然有一根插在地上的棍子，而且正好是他想要的那种鸭嘴螺纹棍，只是鸭嘴被小红旗搭在了里面，剩下一截半人多高的螺纹棍身。再看那面小红旗，其实是一条女人的红裤衩，腰有点儿肥，他猜测它的主人是陪谢老板打牌的三个女人中的一个。说不定那上面是谢老板给弄脏的呢，他的心里这么想着，听人说在这窑上打杂的女人都是谢老板的，负责接待的啦，烧茶做饭的啦，收钱记账的啦，出外联系的啦，有人称她们是谢老板的黑色娘子军，还有的说是谢大王的三宫六院，其中有几个都为那腿上长黑毛的人打过胎。

谢道义赶在那一男三女注意到他之前，一把将那根铁棍拔了起来，轻轻一抖，红裤衩就被他抖落在地，然后他手里拄着铁棍，挺起胸膛朝着谢老板走去。

"你好哇，道德哥！"他走得不快也不慢，走到不远也不近的地方才鼓足了勇气叫道，脸上谦卑地笑着，给人的感觉是一个来窑上找活儿干的年轻人。

谢老板从手中的牌上抬起眼来，扭头斜看了他一眼，嘴里叼着烟不能说话，就用下巴向上翘翘。

"道德哥不记得我啦？我是道义，谢道义。"谢道义又一次鼓足了勇气。

这一次谢老板用手扶着嘴上的香烟吸了一口，摘下来夹在手指间，吐出一股烟雾问道："谢家湾的？"

"是啊，好远的路，腿都走酸了，好像比我上次来时还要远！"谢道义担心他对这根铁棍起了疑心，嘴上这么解释着，还故意让一条腿做出有点儿瘸的模样。

"你来过？你什么时候来过？"

"道德哥你肯定忘记我了，我在你这里挖过煤的，你把那台最好的钻机交给我用，被我不小心给用坏了……那时我刚高中毕业，什么都不懂，让你蒙受了损失……"

"嗬，你这么一说我就记起来了，你不会是来向我讨工钱的吧？那次我把你的工钱扣了不假，可你算过没有，它还不够我买那台钻机的一个零头！"

谢道义默记着这次肩负的使命，正要再一次委屈自己，先承认了谢老板对他和钻机零头的评价，然后才说出他的来意。这时候，那三个打牌的女人从谢老板的话中听出了他的身份，其中坐在两边的两个几乎同时说出一句同样的话来："谢老板你理他呢，快出牌！快出牌！"

"道德哥你想错了，我不是来向你讨工钱的，我是帮道仁哥给你送一样东西。"谢道义赶快把话抢过去，看着催促谢老板快出牌的两个女人身材都比较瘦小，心想被他抖掉在地上的红裤衩可能是那个没发言的胖女人的。他用手拍了拍吊在腰上的挎包，挂着铁棍，装作走瘸了的样子继续往前走着。道仁哥不让他叫这人道德哥，可他怀着解决问题的侥幸心理，背着道仁哥还是这么叫了。

"道仁？谢道仁？他让你给我送什么东西？"

"你一看就知道了。是这样的，道仁哥说他在你的煤窑上断了一条腿，你说好赔他十万块钱，可你只给一万块就不给了,他让我帮他把你欠他的那九万块钱要回去,还把你当时打的欠条也给了我,欠条就在我这包里装着,他说你给了他钱,我就把欠条还给你,从此以后你们就算两清。"

"嗬,他真是这么说的?那我要是不给呢?"谢老板只稍微地愣了一下,立刻就冷笑起来,他把夹在手指间的香烟叼回嘴上,狠吸一口,虚着眼从吐出的烟雾中观看谢道义的脸。

"道德哥别和我开玩笑,你怎么会不给呢?道仁哥还是你的本家兄弟,别人你都一人给几十万,怎么对他连说好的十万也不给了?"谢道义回避了要是不给会怎么样的问题,尽量自己不说,而让他从道仁哥的信里得到那个答案。

"快出牌!快出牌!谢老板,让你别理他你还理他!你是不是不想打啦?"刚才催促过他的那两个女人中,有一个性子急的第二次催促说。

"不想打可不行!不想打也得打!这一盘你输定了!你说好输了给我们一人一万,当大老板的要说话算话,可不能自己拉的屎自己又舔回去哟!"两个女人中的另一个半是激将,半是真的担心他会以此为由,扔下这把输牌不打了。

"别把话说得那么难听好不好?不就是一人一万吗?多大屁事!我谢老板什么时候说话不算话,什么时候自己拉屎自己舔啦？把你们的心放进肚子里面去吧！"谢老板一心无法二用，急着要对付谢道义，对她们的催促有些不耐烦了。

两个女人挨了臭骂，却因为各自的一万块钱有了保证，高兴地嘻嘻哈哈着。

谢道义的感觉刚好相反，像有一把刀子扎进了他的心里，他那里面疼痛地想着，这两个女人赢一盘牌是一万，道仁哥断一条腿也是一万，在这黑了心的煤老板眼里，一个人，并且还是一个同村同姓又是同辈儿的人，一条腿原来和一个女人的一盘牌是同样的价！这个黑心人的手上有多少个一万，但宁可给不该给的女人，也不给该给的道仁哥！他在恨着这人的同时也恨着那两个女人，恨她们先后两次让这人别理他，也恨她们在十月的天气里还把棉衣的领子解开着，让谢老板左右逢源，往那边一歪能看见那个女人的奶子，往这边一歪能看见这个女人的奶子，虽然两个女人的奶子加起来也未必有对面那个胖女人的大。

他想把刚才问的话再问一遍，以免被谢老板一番打情骂俏给忘记了，不料这样的话这人是忘不了的，等把两个催促出牌的女人安抚下去以后才接着回答他的反驳说："别人？你拿他跟别人比？别人死了，难道他也死了？好，要这么比的话你就回去告诉他，只要他愿意死，我也给他几十万！"

谢老板说完这句狠话，把手里足足还剩半截的香烟扔在地上，抬起脚来猛踏了一下。不管奶子大还是奶子小，也不管是对家还是两边的三个女人，一齐为他的精彩回答和豪爽动作笑了起来。

"道德哥别这么说，你这么说就是欺负人了！道仁哥不是差点儿也死了吗，他断了一条腿，也算是丢了半条命，从前那么壮的汉子，如今连路也不能走了，要还能走路他让我来干什么？做人要凭良心……"谢道义的脸都红了，一是因为这人的蛮横，二是因为三个女人的势利，三是因为自己在快到这里的时候喝了一罐牛牌的啤酒，现在酒劲儿开始往头上窜了。

"你说什么？说我欺负人？说我不凭良心？你敢再说一遍！"谢老板把手里的牌啪地一下拍在石桌上，吓得三个女人的身子往后一仰，她们都穿着色彩鲜艳的衣服，这下真像是花儿一样绽放开来。接着他弹起身子，好似一个吹足了气的圆气球，只是从上半部分多出一根肉滚滚的手指，像枪口一样指着谢道义还没闭上的嘴。

女人们一见这个阵势，把插成扇形的牌死死地捏在手里，也跟着起身离开石桌，坐他两边的两个女人趁这机会走到一处，把手里的牌互相交换几张，更加有了胜利的把握，然后又分开站着。只有打他对家的那个胖女人快步返回石桌边，一边嘴里叫着"打不成了"，一边用手刮走了桌面上剩下的牌，把谢老板扔下的牌也毁灭证据一般混杂进去。这种做法立刻引起另外两个女人的强烈不满，她们齐声抗议着，并且伸出双手，做着保护和抢救现场的动作："咦，不许混！这一盘我们赢定了！"

"再说十遍也还是这句话，难道我说错了吗？"谢道义红着脸高声喊道，他是要盖过那三个女人的嚷叫，继续和谢老板进行对话。想起道仁哥对他的恩情，他一下子变得英勇无畏起来，在还没有出门之前，在前往这里的路上，他已预先想到了被这人威胁的可能。他倒是没有再说一遍，但他这话本身就相当于重复了十遍。

这样的事，比这严重十倍甚至百倍的事，谢老板自开煤窑以来经历得多了，但他没有想到会发生在眼前这个娃子的身上。在他心里谢道义还是个学生娃子，那年他扣了这娃子的工钱，这娃子也只是蹲在棚子里双手捂着脸嘤嘤地哭，几年不见，同样是这娃子，竟敢帮着别人来向他要钱，还敢对他说出这样的话来！照这么说，他真得对这娃子刮目相看了！谢老板就这么刮目一看，看清了这娃子手里拄的不是木棍，也不是竹棍，而是一根鸭嘴螺纹的铁棍，说是铁棍，其实这家伙的官名叫作钢锯，它是用从铁里提炼出来的纯钢打造的棒子，能把房顶大的煤块从煤窑里撬下来，自然能把人的腿打断，身子打扁，脑袋打开花！

谢老板油亮的卤肉脸霎时变得白而无光，接下来就把头快速地扭过去，又快速地扭回来，死死地盯着谢道义的手，两片嘴唇动了动，随时准备从里面发出一个声音。谢道义知道他要发出的声音无非是那两个字，顺着他刚才快速看过的方向也看了一眼，看见五米开外的草地上那只名叫香香的白狗，经过一番辗转腾挪之后，这时已经被那只黑狗联系上了。黑狗把一截根状的红肉插进它的两腿之间，它们两个正张嘴露出舌头呼哧气喘着，声音大得站在这里都能隐约听到。三个女人的目光都被这声音吸引了过去，随即她们就看见了这幕好戏，其中两个手里仍然死捏着好牌的女人嘻嘻笑着，互相推了一把，又伸长颈子，争取看得更清楚些，后来张开的嘴就一直没有合上。

"我知道你心里在想什么，你想唤你的那个香香来咬我！可它来了我也不怕，我已经做好了充分的准备，既然我答应了道仁哥，我就得为他完成这个任务！你给他的那一万块钱我带来了，你给他打的那张欠条我也带来了，你看我是把他拿你的还给你呢，还是你把欠他的交我还给他？"谢道义笑着又往前走了几步，他们之间的距离跟那三个女人差不多了。他一只手拄着那根官名叫作钢锅的铁棍，一只手拉开了挎包的拉链，伸进手去掏那个报纸裹着的东西。

"你是不是喝酒了？"因为两人的距离近了，谢老板在他身上闻到了一股熟悉的气息。

"哦,是啊,你都闻出来了!我喝酒是为了壮胆,你也知道,过去我在你窑里干活儿一见你就害怕,怕得要死,这次还怕见到你了不敢说话,所以就在来的路上喝了点酒。你看看吧,我这包里除了钱,除了欠条,还有道仁哥给我写的凭据,我把它也夹在里面了,按说这是不应该给你看的,我是想让你心里明白是怎么回事。"

谢道义往前再走一步,坐在了胖女人刚才坐过的石凳上,解下肩上的挎包,把里面的东西掏出来,用一只手打开,让它明明白白地摆在谢老板的面前。谢老板的警惕性放松了一点,脸上恢复了卤肉的亮光,正要伸手过去,胖女人的眼睛突然转向谢道义另一只手里的铁棍,嘴里发出一声尖叫:"别拿,他会打断你的手!"

她在发出这一声尖叫之后,还不等谢老板做出反应,指着谢道义的手紧接着又是一声尖叫:"啊,你这根铁棍是从哪里来的?是不是插在房子旁边的那根?上面还搭着一样东西?肯定是的!你肯定不会从家里带铁棍来!你家里也没有这样的铁棍!那你说,这上面搭的东西哪里去了?"

谢道义得意地想,他果然猜对了,那条裤腰肥大的红裤衩原来真是这个胖女人的。他笑了笑如实地告诉她说:"你说得对,我手里拿的正是你说的那个玩意儿,上面搭的东西被我扔了,等你们老板还了我道仁哥的钱,我替他做主买一条还你就是!你放心,我不会打断他的手,道仁哥只说他要是不还那九万块钱的话就打断他的腿，等于一条还一条！"

谢老板的身子抖了一下，从上面飘下一些细小的灰末。其实他根本就没有资产上亿的大老板样子，一年有半数时间守在窑上和女人们玩牌，也玩一些其他游戏，衣领那一圈经常是黑乎乎的。当然她们会给他洗，和自己被弄脏的裤衩泡在一个盆里，那样往往把他刚买的白衬衣染成粉红色，目前他贴身穿的一件就是这么个情况。

"你放一百二十个心吧，他不敢动我一根毫毛，这娃子是读过书的，跟那些煤黑子不一样，打伤了人要犯法，打死了人要偿命，他连这个都不懂了？"谢老板的身子只抖一下就控制住了，很快又挺起腰杆，大声说着，这话既是警告谢道义，也是给自己壮胆，同时还让这个真正关怀他的女人放心。

这话对谢道义起了作用，虽然他从接受任务起从来没有想过要把人打死，连打断一条腿也是在关键时的一个口头威胁，不到万不得已他也不会真那么做，他此行的战略战术还是不战而屈人之兵，一路上他反复地嘱咐自己，包括他在喝那罐牛牌啤酒的时候。谢老板说完这句话就大着胆子，不看他的脸，也不看他手里的铁棍，只看一眼自己给的那沓钱，一伸手推开了，又看一眼自己打的那张欠条，也推开了，倒是用两根指头的末梢轻轻夹起谢道仁写的那张凭据,做出极端重视的样子紧贴着自己的眼皮,洗脸似的上下摩擦了两下。

谢道义知道这人是用这夸张的动作对道仁哥,也对他这个替道仁哥讨债的人进行讽刺,谢老板的眼睛一点儿都不近视,能把四肢趴在煤窑口上,脑袋探进窑里,拐着弯儿地观察下面的煤黑子们偷没偷懒。果不其然,这人在这张凭据上发现了连他都没发现的问题,嘿嘿地笑了起来:"这个蠢货!他说让你打断我的狗腿,把我赔他的钱还给我,你拿他的钱也不让你还了,那行,那我们就这么着,你把我这只狗的腿打断吧,打断了我和他从此两清!这可是他自己白纸黑字写的!"

说完这话,谢老板又快速地扭过头去。谢道义有些意外地眨着眼睛,回忆凭据上写了些什么话,正准备解释这可能是道仁哥表达上的错误,要打断的不是他的狗的腿,而是他的狗腿,也就是长在他肚子下面的两根能够走路的支柱。道仁哥恨他,骂他,就说成是他的狗腿了。不过谢老板根本就没打算听谢道义的什么解释,嘴巴一张,对着五米开外的地方唤了一声:"香香!"

白狗香香的身子已经被那只黑狗牢牢地锁住,在那两个女人兴奋的观察中站在那里不再动弹了,它好像是接受了黑狗的追求,而且沉浸在了享受之中,尽管它开始时根本不是这种态度。听到谢老板的呼唤它向这里看了一眼,接着身子也动了一下，但是把上身伏在它下身上的黑狗丝毫没有停下的意思，反而感觉到情况有可能会出现变化，因此不仅不停，相反还加快了速度。谢老板唤过这一声后，并没有听到过去那种像一阵疾风刮来的声音，再次扭过头去，这下才发现了问题出在哪里。

"杨杨你这条骚狗，老子把你买来是为了跟香香做伴的，可你早不弄它晚不弄它偏偏选在这个时候弄它，你再不放开它老子打死你！"他对那只加快速度的黑狗骂道，同时用力地跺了一下脚，还弯腰做了一个假装捡石头的动作。然后又唤一声"香香"，眼睛看着谢道义，身子向着后面退去。

那只名叫杨杨的黑狗听到主人的骂声，看他又是跺脚又是弯腰，意识到自己犯了严重错误，却又欲罢不能地汪汪叫着，好像希望得到他的谅解，让它把事情做完再说，或者提前结束也行，只是不要因此受到他的惩罚。问题是它想结束而结束不了，白狗香香从主人的吼叫中知道了他的焦急和愤怒已达极点，他也一定是到了最危险的时候，它必须放弃眼前的享受，不顾一切地奔向主人。

但它刚一动步就发现自己的身子已不像往常那样受自己的支配，它往前奔黑狗杨杨也往前奔，它越用力黑狗杨杨也越用力，两只狗屁股对着屁股，头却朝着相反的方向，这让它除了感觉身体一阵阵被撕扯的疼痛，已经没有可能摆脱这只不识时务的骚狗了。紧急中它想出一个办法，提起后蹄狠踢了一下黑狗杨杨，示意它调过头来和自己保持一致，由相反的方向改为相同的方向，黑狗杨杨总算明白了它的意思，这才调头和它肩并着肩、胯连着胯地向这里奔来。

不过它们最好的效果也只能是斜着身子向前，这样跑起来仍然非常困难，即便如此两个的后胯还会不断地互相踢蹬，有时一只狗被绊倒在地上，另一只狗立刻跟着摔倒。它们倒下后还努力地想要挣脱，但不管怎么努力也无济于事，就汪汪地惨叫着，爬起来继续奔跑。那两个伸长脖子观看的女人被这突如其来的变化惊呆了，跟在它们的身后又走了回来，两人的手里还各自捏着插成扇形的好牌。

谢道义在来的路上想了千遍万遍，也没想到眼前会出现这么一个情景，远远向他奔来的不是一只狗，而是两只狗，但这两只狗还比不上一只，无论速度还是气势，都不能对他形成威慑。他把手里的铁棍往紧处攥了一下，从容地举起来随时准备落在其中一只身上，谁先挨近就先打谁。谢老板刚才唤狗的表现让他看出，这人是选择不给道仁哥的九万块钱了，那么他的选择也就只能是打死或赶走这两只狗，消除障碍之后再接着打断这个黑良心人的一条腿。他看着互相纠缠的两只狗在向他奔来的路上忽倒忽起，忽左忽右，举起的铁棍也在空中不停地调整着方位，抽空还预防一下谢老板会对他采取什么行动。

谢老板并没打算对他怎样，却对站在他对面的胖女人使了一个眼色，那女人略微领会了一下，紧接着以最快的速度扑到石桌边，一下子将那包钱和那张欠条抓在手里，然后退到远离谢道义的安全地带。谢道义现在就等着两只狗扑到他面前了，白狗香香可能是最先扑来的一只，因为是它带动着黑狗杨杨，而不是黑狗杨杨带动着它，别看那是一条伢狗，谢老板用重金买来的母狗毕竟有它的价值所在。事情果然就是这样，只见白狗香香拖着黑狗杨杨，一路磕磕绊绊地向他扑来，接下来就要对着他的脸纵身一跃，谢道义又调整了一下方位，正要抢在它跃起之前一棍打去，却听得谢老板突然改变主意，在远处大喝了一声："香香你给我退下去！杨杨你上！"

香香一步也没有后退，倒是更加凶猛地伸出前爪，腾空纵起。杨杨也没有扑上来，它看着谢道义手中的铁棍正对准了它们，汪的一声就扭转身去，拖动着香香的前爪从空中搭在地上，非但不能上前，还一连倒退了好几步。谢道义手里的铁棍放了下来，准备迎接香香的下一次进攻。但是由于杨杨的临阵脱逃，被它拖动的香香急得汪汪乱叫，用四爪把地皮刨得尘土飞扬，也不能近到谢道义的面前。谢老板对那两个手里还捏着牌的女人喊道："看那没用的娃子，还想把我的狗腿打断，你们去夺下他的棍子帮着他打，打死那只骚狗杨杨,剁下它的腿给他带回去交差,这事我们就两清啦!小心别伤着了香香,香香花了几千块钱,这骚狗才花二百五,打死给他一条腿还有三条,自己吃也值了!"

那两个女人脸上做出为难的表情,试着往前走了一步,很快退回原地。谢老板抬高声音喊:"不想要那一人一万块的钱啦?不听谢老板的话啦?好,那你们也和我两清了吧!"

"上!"那两个女人齐喊一声,这时才扔下手中的牌,从左右两翼朝着谢道义包抄过去。

谢道义还真是一个没用的娃子,看见向他夹攻而来的是两个女人,不是狗也不是谢老板,就几乎丧失了反抗的能力,不出几下就被她们夺下手里的武器。两个女人旗开得胜,一个举着铁棍,一个呐喊助威,追赶着两只狂呼乱叫的狗,朝着那颗黑色的脑袋一棍打去。这两个女人可能是给谢老板做饭的厨子,打狗的这一个负责切菜剁肉,眼睛和手上的功夫真好,杨杨还疑惑地看着她过去扔它棒骨的手里怎么拿起了棍子,只听得"梆"的一响,嘴里闷叫一声就淌出了乌血,接着倒在地上不能动了。香香也想不通怎么会发生这样的事,这女人本来是它们一伙的,就是恨杨杨不该和它做那样的事,也不该下这样的毒手!它望着谢老板一边又哭又喊,质问他这是为何,一边等着这女人的铁棍向它打来。这女人却不再打了,招手叫来另一个女人,一个用双手固定住香香,一个从它的胯裆下拔着杨杨。拔了几下没有成功,疼得香香用嘴咬她,最后只好等待死掉的杨杨筋肉慢慢松弛,这次一拔就拔出来了。

谢老板的脸上露出微笑,又喊一声:"拖过去把腿卸了,三个人都动手,人家点名说要我的狗腿,给他后边的那一条!我记得是右边的!"

被拔出那根死肉的母狗香香一边后退,一边看着躺在地上任人宰割的伢狗杨杨,眼里闪着悲哀而又恐惧的光。傻了似的谢道义却发呆地瞪着那三个忙忙碌碌的女人。他喝下的那罐牛牌啤酒的酒劲儿已经过去,脸色发白,身子发软,眼前出现了道仁哥胳肢窝下架着一根木杖,身子一高一低向他走来的影子。这自然是他的幻觉,此时向他走来的是腿子比水牛还要粗壮的谢老板,谢老板放心大胆地走到他的面前,拍拍他的肩说:"一会儿就弄好了,麻烦你给他带回去。"

看他好像已经没有了说话的力气,谢老板想了一会儿又说:"要是觉得不好见你道仁哥,那我就给他寄回去吧。你呢,就留在我这里干,我再给你买台钻机,只要你死心塌地是我的人,就和她们三个一样,以后哪怕把我再好的东西使坏了,我也不会扣你工钱啦!"

谢道义从那三个女人的嬉笑声中听出了谢老板的一语

双关,心里翻起一股想吐的感觉,但他开始思考着这人的话。如果回家,他的确不好向道仁哥交代,如果留下,倒是还有机会完成道仁哥托付的事。他悄悄斜了一眼面前这条比牛还壮的腿,心想那就只好留下来了。

"道德哥,我听你的。"

代后记 | 阳光房顶上的垂死挣扎

——中篇小说《女人与猫》创作谈

野莽

中篇小说《少年与鼠》发表以后,我接着写了《女人与猫》,这种现象容易被人戴上姊妹篇的花边草帽,实际情况却是即便没有那只老鼠,也会有这只猫,因为如果把小说中的裴太太换成第一人称,至少它前面的那一部分,就会成为文坛曾经提倡的非虚构写作。在一个紫藤疯长的夏日,我手持一根长绳从我家小楼的二层翻窗出去,打算把伸到阳光房上的藤条悬空挂起,让它斜着向上攀爬,不然会被灿烂的阳光烤得滚烫的房顶烙死。这时候一团黑影突然向我扑来,同时还发出恐怖的叫声,我之所以没有落得裴太太的下场,乃是得益于男人的价值观,宁可毁容也不坠楼。

当晚我的朋友告诉我,哺乳期的母猫可以和人拼死一决。经考证这是一只野猫。北京当然没有词典上登记的那种野猫，我这样说无非是嘲讽，意思是它被它的无良主子弃于野外，她或他将它玩味够了，看它老了丑了病了残了就把它赶出了家门。而它虽比狗弱，却没有狗的忠心和下贱，不会对主人用尾巴表示活着是谁家的狗死了是谁家的鬼，于是从此四处漂泊，寄居于它自以为安全的地方。我不知道它如何看中了我家阳光房的房顶，而且早在一个月前——根据孕妇分娩前大约一个月应该保胎静养的常识——就住了过来，生下了让它在月子里也时刻守护的幼子。

我甚至想到它的丈夫，做完那件事情之后，现在干什么去了。

关于猫，中国现当代的作家如梁实秋、老舍、冰心、丰子恺等都写过，鲁迅也曾把它与兔写在一处，不过都是散文和杂文。印象中的小说，只有钱锺书写了一篇《猫》，后来汪曾祺又写了一篇《虐猫》。其实也都不是写猫，钱锺书是以猫做道具，讽刺邻家猫的主人林徽因，以及汇聚于她家客厅的一堆文人，开头是这样的："打狗要看主人面，那么，打猫要看主妇面了……"汪曾祺则是写了四个名叫小什么的少年，千方百计以虐猫为乐，当其中一位的父亲从六楼跳下去了之后，他们改变了自己的做法，结尾是这样的："李小斌、顾小勤、张小涌、徐小进没有把大花猫从六楼上往下扔，他们把猫放了。"

我决定真正写一篇关于猫的小说，以它为主猫公，写它的猫性、它的生存状态和不幸遭遇，它受虐时的愤怒、反抗、挣扎、复仇，它的不可更改的悲惨命运。

故事从黄太太开始说起。黄太太是煤老板包养的七个女人之一，寂寞中不能忍受两只猫在寻欢时发出的叫声，有一天她烧了一壶开水向它们泼去，公猫当即被烫死，一息尚存的母猫被一个环卫工人救走，伤好后它每到夜间就到黄太太的窗外号叫撕抓，黄太太唯恐它报复，央求煤老板卖了别墅，将她迁往别处。不知内情的裴先生买下这所凶宅，此时身怀有孕的母猫正好要临产了，登上它所熟悉的她家的阳光房的房顶，选择空调室外机的平台做了产房和育婴室。

我在小说中安置了一对和猫同样卑微的生灵，救下母猫的环卫工人得了绝症，被物业解雇，他的乡下妻子顶替他做了女环卫工人，为给男人治病打死母猫，偷走五只小猫卖到了菜市场。母猫再次复活之后发现孩子没了，以为是来解救它们以免它们被电死的裴太太所为，疯狂地扑向仇敌，裴太太躲闪不及从房顶上摔了下去。裴太太的身份比黄太太要高一点，黄太太是煤老板包养的情妇，裴太太是因丈夫有了一份重要工作而弃职做了家庭主妇的前幼师，最低贱的自然是那个顶替男人来做环卫工人的姓罗的农村妇女。她们是三个和猫一样弱势的女人。

在我居住的这个区域里，这样的女人为数不少，她们养猫，也是猫。

营救五只幼猫的过程可谓艰苦卓绝，惊心动魄，先后两次差点死掉的母猫一路狂奔找到了菜市场，发现它的两个孩儿刚刚被猫贩子卖掉，另两个已被人抱在怀里讨价还价，唯有最小的一个在狂叫乱咬着，当它想一次救走三个孩子的计划失败之后，只好忍痛放弃，先救走一个再说，但在逃亡途中母子双双丧身于飞驰的车轮。小说的结尾是妄图救夫的农村妇女也和患病的丈夫一样被赶出京城，临走去看裴太太一眼的时候撞翻了女孩儿手中一罐刚刚炖好的新鲜猫肉，民间医生说猫肉能明目，女孩儿的父亲眼睛快要瞎了，他干的是最伤眼睛的工作……

同为畜生，同与人往，猫和狗在人的心、目、口、笔中的地位显然不同，人类出于自私的本性，对无私报效人类的狗点赞不已，然而却忽视了狗在它的同类中的表现。它对狗族的不忠和对狗类的背叛，与对骨头的感恩和对人类的报答形成反差，君不见，当人类和狗类发生战争的时候，它绝对要誓死捍卫主人而与同类自相残咬，血肉横飞，就如同某些弱势的民众，却偏要站在异己的裆前臀后，以狂吠和爪牙换得物质的赏赐与精神的褒扬。

猫则不然，身形柔弱的猫在保卫同类、拯救同类，为牺牲的同类复仇的时候犹如猛虎，那令人心虚胆寒的吼声、面容、姿势和行动，我算是亲身经历过的了。我同情猫，尊敬和理解它,它的斗争是为了自己,而非为了主人,我把它垂死挣扎的场所安排在阳光房的房顶上,是想说在这样一个充满阳光的世界里,也没有它们的自由性爱和繁衍之地。

我为弱势的猫写了这个悲惨故事,关于狗的幸福生活,容我下次再写。

2018 年 2 月 27 日写于北京听风楼

图书在版编目（CIP）数据

女人与猫/野莽著．—厦门：鹭江出版社，2018.6
ISBN 978-7-5459-1474-0

Ⅰ．①女… Ⅱ．①野… Ⅲ．①中篇小说—小说集—中国—当代　②短篇小说—小说集—中国—当代　Ⅳ．① I247.7

中国版本图书馆 CIP 数据核字（2018）第 061422 号

NVREN YU MAO

女人与猫

野莽 著

出版发行	：海峡出版发行集团	
	鹭江出版社	
地　址	：厦门市湖明路 22 号	邮政编码：361004
印　刷	：北京市十月印刷有限公司	
地　址	：北京市通州区马驹桥北门口	
	民族工业园 9 号	邮政编码：101102
开　本	：840mm×1092mm　1/32	
插　页	：2	
印　张	：11.25	
字　数	：198 千字	
版　次	：2018 年 6 月第 1 版　2018 年 6 月第 1 次印刷	
书　号	：ISBN 978-7-5459-1474-0	
定　价	：49.80 元	

如发现印装质量问题，请寄承印厂调换。